文
景
————
Horizon

社 科 新 知　文 艺 新 潮

请勿离开车祸现场

叶扬 著

上海人民出版社

谜

愿

说吧，
说出你的
秘密

1

赵南坐在我对面，对我说："我给你讲一个八卦，你要觉得有意思能写成小说。"

"你自己的事？"

"不不不，是我一朋友。他的事。"他嗫了一下冰咖啡，我看着白色的吸管里深色的液体还没进入他的嘴里，他就松开了，"真的是我一朋友的事。"

"好好好。"我无所谓地摊开手，管他是谁，不就听个事儿吗。

他为了增加现实感，加上了"我也是从饭桌上听来的"。

我配合地笑着。

他说："真的。"同时仓促地低头挠挠手背。

"我这朋友……有一天，他老婆跟他说，我怀了。"他停下，看着我，我只好也看着他，他说，"你看，大家肯定都认为这是一好事，对吧。咱们这个年龄，正好弄点儿这事。对吧？"

我不置可否地看着他。

"我这朋友，他不能有孩子。这孩子不是他的。他老婆不知道，问他，你怎么不高兴啊？我这朋友顺嘴说，高兴啊，高兴啊，这是责任啊。"赵南又低下头吸咖啡，眼睛看着我，"不然他能怎么说啊？"

我只好顺着他问："为什么不能有孩子？"

"你看过一印度电影吗？挺老的一片子，我忘了是不是载歌载舞了。里面有一男的，从楼梯上滚下来了，然后医生幽幽地对他说，拉杰古兰丹姆啊，"他忧心忡忡地看着我，表演充满真情实感，以至于我没法张口揭露"古兰丹姆"是一个大眼睛的新疆少女的名字这一史实，"真可怜，你失去生殖能力了。这事发生在我朋友身上了。他也是摔了，从房顶上。"

赵南是我以前在建筑公司时的同事。几个月前，他从一栋两层小楼的二层上摔下来了。是我送他去医院的。他很幸运，摔断了腿。我们之前另外一个同事摔伤了脊柱，虽然没瘫痪，但一动不动地躺了小半年。

"你没事儿。别自己瞎想，不是人从高处摔下来一定能把繁殖功能摔没了。"

"不是我，是我这朋友。"他坚持纠正我，"去检查了，医生跟他说你是不行了。"

"如果是精子数量、质量的问题，也不是完全不能怀上。"得尊重科学，科学不说百分百，总有百分之零点零零零几的可能性。

他摆了摆手，不想跟我谈论这事，"总而言之，孩子肯定不是他的。"

"那他想怎么办？挑明？离婚？"

"他……怎么能跟老婆明说呢，怎么说，我不能生，孩子不是我的，你说是谁的就去跟谁过吧。"

"为什么不能？"

他舒展了脑门上的皱皮，放平了上眼皮看我，像是在说"你以为谁都跟你似的"。

"他老婆心里知道孩子不是他的，对吧。"我问。

"不知道，我怎么知道她知道不知道。"他想了想说，"总之，因为种种原因，他老婆没有离婚的意思，他找了个小三儿，故意让他老婆发现。"

"之前就有小三吧。"

他再次紧张地摆手，"没有没有，真没有。现找的。"

"什么人？"

"他同事。"

我逼问他："那小三我认识吗？"

他抠了抠脸，说："那不重要。"

其实不用问，谁会愿意配合他的表演我很清楚。

"怎么发现的？我喜欢听这段。"

"发了一些信息，夜里发的，被他老婆看见了。"

原来我们做同事的时候，办公室里有一个人的婚外恋就是这么被发现的。那次大闹最终不了了之，夫妻俩还是"幸福"的夫妻。偶尔我会觉得人类的耐性正体现在这种时候，对背叛的容忍，以一些权宜之计来维持幸福的外在轮廓。

我想象着他跟他老婆在卧室里吵架的样子，想到他可能抓着她的胳膊，那场景让我心里一颤。

"他老婆发现之后，他立刻交代了实情，说自己跟那女的已经好

5

了有一段时间了，本来想跟你坦白，没想到你怀孕了。诸如此类的。"

这是实情吗？实情不该是质问她孩子是谁的吗？"他老婆的反应呢？"

"大哭大闹呗。"

"多伤胎气。"我对于这种缓慢的故事讲法有点儿厌倦了，翻着手机，希望有人打来一个电话让我借此脱身。

"对。"他又抠抠脸，本来就有点儿蜡黄的脸上出现一个短短的红道，"一个女人遇到这种事该怎么办呢，你说？我看她该把孩子打了。这样他们说不定会复合。只要没有这个不属于他的孩子，这些事都不是问题了。"

我该跟他说打胎一点儿也不好，想到前两天听体检的护士们聊天，她们说起来现在十有八九检查妇科的女性都打过胎，两次以上的怎么也有一半人。对不少人来说，这并不是什么大事。

我记得他之前住在长安街附近的高级小区，那是他岳父母购置的房子。我碰到他的地方在五道口，他办公室在不远的地方，他手里正拎着一个塑料袋，里面放着大饼、一盒黄瓜和一只烧鸡。那只烧鸡正源源不断释放出一种古典传统的香气，和我们所处的这个咖啡馆里本来有的那股小资情调的气味格格不入。

"我住在……"他有点儿捉襟见肘，露出瞬间的尴尬相，露出牙，笑，说，"这真不是我的事，你这写小说的就是爱乱想，跟我一点儿……一丁点儿关系都没有。"他随后说，"我老免不了想，你说这男的该怎么办呢？怎么能在不说明自己不能生、不明说老婆外面有人的情况下，逼她打掉孩子呢？离婚是次要的，据我所知，他岳父母家相当有钱。"

"这事只要当老婆的不乐意打，他也不能怎样吧。老婆不想离婚吗？既然怀了别人的孩子，她不想跟孩子他爸好吗？"

"不知道啊。信不过吧。可能不知道孩子是别人的……"赵南的声音变得很轻。

"你知道她跟谁搞婚外恋？"在我看来，没有什么比明说更直接的解决方案了。如果是他和老婆之间发生了这些事，以我对他的了解，他不是有话直说的那类人，这么重要的事，不妨直接摊开，到底孩子是谁的，以后是不是共同生活，省得在这儿受罪似的瞎琢磨。听他说岳父母有钱的事，我一阵厌恶。

"如果是你呢？你是这男的，会怎么办？认怂认栽，替别人养个孩子这些都不行。"

"我？"

"现在的局面是，你不想失去岳父母，不想跟你老婆离婚，不想说出自己不能生的事实，在你父母渴望——极度渴望——要个孙子的情况下，要她弄掉孩子。"

"先为小三的事向她承认错误，尽量解释得很圆滑，然后，回到家里，慢慢跟她说不适合要孩子的理由。比如，事业，女方的事业，等等等等，表示说，这样不太合适。"我说着，根本无心设身处地地为他着想。

他若有所思地点点头，我没想到他趴在了桌上，头枕在一只手臂上，显得相当抑郁。我坐在他对面，并不想安慰他，想着那孩子的父亲到底是谁。他冰咖啡里的冰已经化了，吸管的头被他咬瘪了。我的美式咖啡早喝光了。塑料袋里的烧鸡味已经稳定下来，并没有最初那么诱惑了。

接着，他的手机响了，他冷冷地说，嗯，好，就回去。没有别的话了。

我们在咖啡馆门口分手，假装要走向两个方向，最后一前一后走到路口，又说了一遍客气分手的话。

他嘴里说着："我今天跟你说的，你可别跟别人说啊。"

我说，好，一定保密。其实，我猜他认定我保守不了这秘密。

2

文字：最近好吗？

没有回答。

文字：你和赵南分居了？

没有回答。

文字：怎么不告诉我孩子的事？

文字：什么孩子？

文字：我已经知道了。

语音："放屁！滚蛋！"

3

我在闫咪咪办公室的地下室等着她出来，她像以前一样穿着有着十厘米细高跟的小皮鞋，轻快窈窕地从里往外走。我站的地方正对着从电梯间出来的通道，她不可能看不见我。但她一副目中无人的样子，演技太差了，很做作，微微仰着头。

我在她后面不紧不慢地跟着，计着时，看她到底打算什么时候对我有反应。

她一直走到她的车旁边，甩着头发回头看我："你这人太没劲了。"

"咱俩彼此彼此吧？"你也没找过我。

"那你还来犯什么贱啊？"

"我是来问你孩子的事。"一阵恼火蹿上来，我低声呵斥她，"你他妈哪儿像一个怀孕的人，穿成这样！"

"谁他妈怀孕了！你妈才怀孕了呢！"她把手里的名牌包直接抽起来打我。

我倒退两步，闪过一击，深吸一口气，决定冷静下来跟她谈，以往的经验告诉我，跟她硬碰硬没用……实际上，跟她好好说话没用。她吃的唯一一套就是堵住她的嘴把她摁倒让她少废话。曾几何时，我心里嘲笑赵南怎么摊上这么一主儿，后来终于有一天我自己也落得这个下场。

"好好好……咱好好说话行么？"

"谁他妈先他妈他妈的啊？"她瞪圆了眼睛。

这时，她的脸有种虚张声势的可笑……挺让我喜欢的。我对自己说，我们的关系跟爱情一点儿关系都没有，怀孕什么的说起来是意外之喜，其实是个大麻烦。我心里理性残忍的那部分希望咪咪会打掉孩子，这孩子出生对我们仨谁都没好处。它……他……她……其实我挺希望有个女儿的。

事情真荒谬啊……我们总要到怀孕这步才开始决定理清头绪。

想当初我跟她莫名其妙地发生了一夜情和多夜情。那时我是赵南的同事，闫咪咪的公司跟我们公司有很密切的合作，我和她甚至约定，只要遇到、见了面就去找个地方做一次。那时候才发现人的疯狂和想象力都是无限的，我本不相信在飞机卫生间里可以做成一次，却在很多之前认为不可能的地方跟闫咪咪发生了不正当的男女关系。谁都没认真，如果你在现场，看到我们俩笑眯眯的表情会非常确定这是两个成年人童心大发玩的不太正常的游戏，不涉及任何深入、有价值的感情。所以，在我辞职之后，重新回到那个办公楼，推开那个卫生间隔间的门的时候，内心一阵空洞的唏嘘，我为这种难得的肤浅关系的结束而遗憾。

好像除我们俩之外，没有人能正确理解这关系里的纯粹。

最后一次，闫咪咪在拉着长筒袜的时候问我："咱们是炮友吗？"

我说："不如炮友走心。"

"怎么讲？"

"炮友好歹要约会，咱们都是择日不如撞日。"

闫咪咪听到个"日"字开始笑，笑得很浪很泼皮，爬到床上张牙舞爪地一屁股坐到我身上："咱们像两个小孩儿。"

"对。我辞职了。"我将两个完全不同的意思无缝连接在了一起。

"你辞职了？"

"对。"

"因为我？"

"不是。"

"因为赵南？"

"不是。"

"我也觉得不是，你没那么有良心。"

我笑了。对。

"那以后碰不见了啊。"

"是啊。"我轻描淡写地说。

她一言不发地从我身上下来——在我下腹部留下很色情、因为色情而让人遗憾的温度——穿上长袜、裙子、外套，戴上围巾，对着镜子反复整理，拿包，走出去。在这个过程中，我几次想要张口说话，说些俏皮可爱的话——想着我们分了手，这些最后一次说出来的话会变成脑海里的直接引语被反复拿出来自我折磨——于是，都没说出来。我扪心自问是不是自己理解错了我们的关系，反复播放了四遍我们刚才的对话，回想我们之前几次对我们关系有定性作用的关键对话，我没错，没搞错，如果错了，那个人肯定不是我……糟糕的是，我们中间只要有一个人对事情产生了不同理解，这事就变味了。我在床上支着上半身惊讶地看着她，她对着镜子的时候一定看见了我愚蠢的半张着嘴的表情，她什么都没说。这简直是个陷阱。我在逐渐缩小。

那之后，我再没联系过她，她也没搭理我。

直到昨天。

停车场里非常安静，这个时间这个大厦里的人早下班了，想到闫咪咪虽然张狂自我但也加班到了十一点多，我真有点儿心疼。

可她问："你在这儿等了多久？"

"从五点半开始吧。"我认识她的车，中间倒是没有什么动摇和失落。因为心里有一块石头，甚至连饿也体会不到了。

"我没怀孕。"

"你是已经决定把孩子打了？还是已经打了？"

她忍着怒气，闭了下眼睛："我没怀孕。"

"你别骗我。"

"你他妈是让我扯下卫生巾给你丫看啊？？"她说完这话之后，咬了下嘴唇，很愤恨又轻声地说："你放心，有孩子也不会给你添麻烦。"说完，她钻进她爸给她买的那辆红色宝马里，啸叫着从我面前疾驰而过。

我一阵胃疼，蹲在停车场的地上。

4

我对我的同事们说我要辞职了，他们都以为是因为我出了一本小说，决定要去当作家，忧心忡忡地拍着我的肩膀对我表示这是一条艰辛的穷路，又说，说不定我会像郭敬明、韩寒那样畅销发达，到时候不能忘了本。

我很不好意思说，真正的原因我不清楚，兴许是我厌倦了经常加班却毫无回报的日常生活，对当作家我一点儿憧憬也没有，甚至为即将发紧的钱包感到焦虑，出一本书带来的收入更让我认识到以我的水平这行当远不如画几张图的性价比高。

我像一直在潜水，需要透口气。那口气要比闫咪咪带来的新鲜空气更多点儿。

也许需要透口气的感觉正是闫咪咪带给我的。

也许从我在卫生间的坐便器上看着我腿上的她发青的手腕开始。我对她有了一丝同情……比同情更强烈，甚至有点儿暴躁，心里像炸开了一个个爆破掀起的尘埃圈。她戴着美瞳的大眼睛在我面前，她并没笑，我问她是不是很疼，她说已经没感觉了。我想如果早几年在学校里遇到她——她那时候在另外一个城市学建筑学，正在跟赵南网聊，想考北京的研究生——说不定我会喜欢她，但那感情一定不会长久。我们会激烈地吵架，一拍两散。

她突然搂着我，我们这样搂着待了很长时间，这中间我闭上了眼睛，体会她柔软的胸部在我身上留下的温热，一点儿没想要把手放在更流氓的地方满足什么欲望，只是环抱着她的腰，连屁股都没抓。

闫咪咪开车从我面前绝尘而去之后两个小时，她发了一条信息，问我："你在乎孩子吗？"

看着手机咽了口水，我不知道。

她怀了我的孩子，我的下一步应该怎么走？这事我在停车场已经想了好多次。我的反复在于，我冷酷地想着让她把孩子打了，感到于心不忍，如果她也想要那个孩子的话，为什么不留下呢。那是我的孩子，怎么能让她在别人家长大？我有预感，一定是女孩。

她发了一条："等孩子出生，我会让你给她取名字。"

这个"她"字无比扎人，我立刻打过去，手机里传出"您所呼叫的用户不在服务区"的声音。

这么说，她是想留着孩子？

我在夜里想着没有做好防护措施就做起爱来的那几次，给她买过事后避孕药。她一脸不在意的表情像这事根本不会找上她。

在三十几个小时里，我想她的次数要比之前半年还要多。

结果，当天晚上在我的梦里，我们躺在同一张床上睡着了。

这之前从未发生过，即使有几次在做爱之后她困得揉着眼睛，像个小孩儿，我只是催促她，让她赶紧穿上衣服。有一次她挂在我身上睡着了，我心软，让她睡了二十分钟，强迫自己睁着眼。

醒过来之后，我给她发了条信息。我说，我很想你。

5

闫咪咪没理我，她决定钓着我。我拿她没辙。反复想赵南说的那些话、闫咪咪说的话，不太放心，判断不了自己的推测到底对不对。

以前办公室的秘书打电话给我，说这儿收到我不少银行信用卡的对账单，老板娘让我去拿。我羞于见老同事，他们总是"大作家""大作家"地乱叫，问我"新作什么时候问世啊？什么时候请吃饭啊？"这样让人尴尬的问题。像当初硕士快毕业、毕业论文迟迟写不出来的时候，人人见我都问，什么时候写完啊？快完了吧？这是在人心上磨钝刀子。

走进办公室之前，在楼道里遇到方月，她在我前面，走路打了个晃，我吓了一跳赶紧伸手去扶，她先吃了一惊，看到是我放心下来，"你来了？"

"嗯。取信。"我看着她的脸，她脸色有点儿苍白，头发边缘湿乎乎的，不知道是汗还是刚才在卫生间里沾了水。"最近办公室有什么八卦？"我决定先入为主。以她和赵南的关系，一定知道闫咪咪是不是怀孕了。

"哪儿有什么，没什么可说的。"她笑着。

"我听人说赵南的老婆怀孕了。"

"是吗？"

我没想到她立刻变得很严肃，一秒之后，她重新挂起笑容，但嘴唇在抖。

"我以为他会跟你说，大概是我听错了吧。"

"谁跟你说的啊。"

"在这附近碰上他们的时候瞎聊说的。"我有些后悔，她好像受了打击。

正好走到办公室门口，秘书看见我，按了门禁的开关，我给方月拉开门。她笑着说谢谢，那笑容很短暂，没有再说任何话走向了她的办公桌。

我从秘书那里拿了信，跟老同事们寒暄、客套，被追问小说和"文学事业"的进展，只有项目部主任看见我之后说，诶，你别走，等我开完会，找你说点儿事。我骨子里希望那是跟钱有关的事，如果不能从以前做过的项目里补发我点儿什么钱，那就给我一个私活儿干干吧。

我坐在小会议室里看着做装饰的建筑杂志，里面一个装逼的瑞士建筑师做了一个特别可笑像被劈开一半的小黑房子。小会议室在大办公室后门的一侧，每当有人从磨砂玻璃隔墙外走过，屋里的光影都会为之一变，我忍不住张望一下看是不是主任来了。在这时，方月走过来，我认得她梳得比较高的发髻，赵南跟在她

15

后面跑过来拉了她的手臂，方月把他甩开了。他们没说话，这样拉扯了两次，走了出去。

全办公室的人都知道赵南喜欢方月。这家公司是我们一个师兄创办的，所以，研究生毕业之后，几乎是顺理成章地来这儿工作，因为这样的关系，我们之间除了是同事，还是师兄弟，赵南和我是同一届的，方月比我们低一年级。她上研究生第一年，赵南无数次地挑明了表示自己喜欢方月。不巧的是，方月和她现在的丈夫范博从高中时就在一起了，碰巧的是，当时范博正在英国念一个我们提起都微笑沉默、一定用怪表情表示看不上的学位。

对于赵南的照顾、优待和爱，方月没拒绝，在我们面前不直接回应他的热情，要么是很得体地笑，要么是把他推开。

我有一次很事儿多地问方月怎么看赵南，她说，同学嘛，一个好师兄。

就这样吗？我追问。

方月想了想说："他有女朋友。"

她指的是赵南 QQ 那头的闫咪咪。

方月和赵南，保持着距离，亲密又隔膜又各有备胎，很安全。这样的关系一直保持了很多年，中间方月要跟范博结婚。赵南给她写了一封长信，在她结婚的前一天夜里，我和赵南还有其他几个人在办公室加班，准备应付一场重要的投标。赵南本该干活，却突然在办公室里乱转，问我该不该把写给方月的信发出去，让她重新考虑再做选择。

当我们的面或者背地里，赵南已经问过方月好几次了，你是选我，还是选范博？方月每次都选范博。

我劝赵南别闹了，都这时候了。闫咪咪已经来北京了，正跟赵南一起住在闫咪咪老爸用省里公款租用的小楼里。

后半夜赵南一点儿活都没干，不断烦躁地走动，揪头发，叽叽歪歪，我们所有人都不耐烦、愤恨地训斥他，他却在天快亮的时候把信发出了。

我说，现在说不定方月正在化新娘妆，谁会在这时候检查邮件。

快中午的时候，我们其他人带着赵南薄薄的红包拼车去了婚礼现场，满脸疲倦、出于把份子钱吃回来的目的大吃特吃。方月那天显得很幸福很快乐也很美。没有人冲进来把她带走，范博哭得稀里哗啦，说要给方月一辈子的幸福。方月听了，把手里本来要递给范博的纸巾按在脸上，我知道她没有流出任何眼泪，只是从纸后面看着范博什么时候哭完。

我们以为她和赵南的关系会转冷，实际上他们像什么都没发生过，一个表演欲拒还迎的闪躲，一个表演穷追不舍的执着。

之后，赵南和闫咪咪领证了，去闫咪咪家搞了盛大的据说有不少省领导参加的婚礼。他们回北京之后也办了个宴席，请了几桌，那时我第一次见到闫咪咪真人。

我曾经同情她，想到赵南在办公室里说他这辈子只爱方月一个，为闫咪咪不值。为什么要嫁给赵南呢？可是，眼下看着她在包间内外的七八桌之间像蝴蝶似的翻飞招呼着，又觉得她是那种气场强大到你认定她不会被伤害以至于心底里阴暗的地方有一点儿想伤害她、剥夺她的人。

在吃那顿酒之前，我们已经看过了他们拍婚纱期间的录像，在马尔代夫的海边，赵南极尽恶心地献媚秀爱。我们一边捧场地笑，一边提防着方月走进小会议室。赵南得意扬扬地描述他们新装修的豪华的家——这是闫咪咪父母买的，特意在结婚前在房产证上加上了赵南的名字——又信誓旦旦地说他对闫咪咪没有爱，他对方月才是"真爱"。

方月这时突然打开门探头看着："你们说我什么呢？"

我正要开口，被赵南的汗手捂住了嘴："没说你，是他说他找到真爱了。"别人除了笑，能说什么呢。

闫咪咪走到我们那桌，随便说了一些客套话，挨个敬了酒，跟我碰杯的时候，她没有像应付其他人那样只是抿一口，而是喝掉了半杯红酒，向我晃着空杯子，笑。我傻乎乎地手里端着满满一杯，听见起哄的声音只好都喝掉，胃里一阵酸烧。

她没完没了："赵南说你写小说，写什么题材？"

我敷衍说："随便写写。"

没想到赵南笑嘻嘻地说："他啊，写爱情啊。写婚外恋和孕妇。"

"啊？"闫咪咪也笑出声，歪着头看我。

我的脸因为羞臊和酒变得通红。

"这方面经验很丰富？"她问。

全桌人都笑了，包括刚从主桌走过来的我们的老板。

她眨巴着妆很浓的大眼睛，我想象着怎么摁着她的脸把她推开，因为我实在想不出能如何有趣而不丢脸地反驳，没有人出面替我解围。最终下台阶的方式也只是新婚夫妻二人转向下一桌，闫咪咪把刚才的对话当作一个笑话讲给了她的同事们，笑声大得我都听见了。

临走的时候，她不依不饶地说："给我一本你的书吧。"

这像一个更致命的羞辱，我说，我没出书。

"现在出书不是很容易吗？那哪儿能看到呢？"

赵南说："让丫把 word 文档打个包发给你。"

"那多不好意思。"闫咪咪说，"这没法表示对作家的支持啊。"

赵南说："支持他这个干吗，让他有空多做俩项目才是正道。"

我根本没接话，干笑着逃走了。

当我在一个会议上遇见她，她从五十米外踩着高跟鞋迅速移动过来逮住正要逃走的我，问我哪儿能看到我的小说，我说我是瞎写。

她说她看事很准，"你写的会好看啊。"

我在心里想，你看得准吗？你嫁了个混蛋自己却不知道。

那天晚上，在便宜的商务旅馆里，掐断了不断有陌生小姐问我需不需要特殊服务的电话，百无聊赖，我把笔记本里的一篇小说发到了她名片上的公司信箱里，第二天一早五点钟赶去机场准备坐最早的飞机回北京，没想到飞机延误了，坐在冰凉的金属椅子上死等，好容易连上了机场 Wi-Fi，发现她在凌晨四点半给我回了一封邮件，说她看我的小说看哭了。我没有给她回信，接下来的几个小时，我时不时想，闫咪咪到底在干什么。不是那种带有女性魅力特写和两性互动情绪的想，而是想着她下次见到我会说什么取笑挖苦的话。

她再次出现，是来我们办公室谈项目的事，那事跟我无关，她从大会议室出来，特意跑到我的桌子前，说那篇小说她看了三遍，她喜欢里面的男主角但是那人太不直接了，让人心急。我吃了一惊，只好敷衍应付，是吗，是这样啊。她并不在意我的回答，三跳两跳走了，突然蹦回来，说："再发给我一篇吧，你肯定有。"

她像怕我翻脸或者袭击她似的，又跳开了。

再下一次碰面是在大连，我们各为其主去竞标。晚上分别跟自己公司未来的甲方吃了饭之后，在酒店大堂撞上了。她问我要不要去喝一杯聊聊小说。我们遣散了同事，走进顶楼的酒吧。与小说相关的话说了三五句，与工作有关的话说了十几句，然后我们没有任何主题地笑着，她拉着我去了酒吧里发出怪异香气的卫生间。我心里打鼓，却不想在她面前示弱，在头靠在她胸口的时候感到她的心跳也很猛烈，故意假装自己很有气势很霸道。她发出浪荡的笑声咬了我的耳垂……有时候人为了证明自己并不胆怯，会做一些并不高明的事。她和我恐怕都是这样。

我正在想着这些，主任推开会议室的门，他根本没注意我正耳朵发红，直接把几本很厚的文本册子扔到我面前，跟我说我要不要接两个私活儿，写一些可行性研究报告。

6

时间不早了，主任没有请我吃饭的意思，只是拍拍我的肩以示鼓励，给我在服务器上开了个权限，让我赶紧把需要的资料都拷走。我在弄这些的时候，他手里玩着一个不知哪儿来的棒球，语重心长地说："队伍不好带啊，人心涣散啊，想当初以为是精兵强将，结果发现眼看适龄男女都要生娃了，大家都变成拖家带口上有老下有小的一群疲惫中年人。"

我在屏幕反光里看到自己的脸，想到闫咪咪的孩子，问他当父亲是什么感觉。

他是公司里比较早有孩子的几个人之一，有时候没什么公事他也会在办公室待到很晚，打打CS甚至挖挖雷，我们都笑话他是为了逃避回家带孩子，他对着一闪一闪的屏幕，一边在游戏里扔出闪光弹，一边悠悠地说，术业有专攻。

他说："没什么感觉。"

"怎么会？"我笑着，把文件拖入指定文件夹，看着进度条上的等待时长，想装得轻松随意。

"真要说的话，有种……很突然——这种事儿怎么能发生在我头上呢，为什么没有好好使用避孕套——的感觉。"

"你们不是早计划好了要孩子吗？"

他抠抠脖子，单手一上一下地抛接着球："说是这么说。岁数到了，能怎么样……"他想了想，说，"你想看我儿子的视频吗？"立刻起来从他桌上搬过笔记本电脑，直接点开桌面上的文件夹给我看，视频里一个不太能称之为可爱的缩小版的他正在暴躁地叫嚷着把茶几上所有的东西胡噜到地下。笔记本单薄的身体随着孩子的喊叫震动着。

"我打算以后在我儿子婚礼上放这段，黑他一辈子。"他说着。

对这种话我只能配合地笑，暗暗盼望闫咪咪怀的是个女孩。

7

我又去找闫咪咪了，她的车在停车场里，我给她发了条信息说我在楼下，她过了四十五分钟才下来。我注意到她穿了一双平底鞋。她身材娇小，总是穿高跟鞋，加上小时候学过芭蕾舞，像个骄傲的公主要去打仗似的，走得很有气势，马尔克斯看见她，会说她走得像头鹿。穿了平底鞋之后，她不得不仰望着我。

"和好吧。"我说。

"哼。"她翻了个白眼。

"我是说真的。是我不对。"

"你怎么不对了？"

"我不该单向地……"断绝关系……

"我不想听那些废话。"

我歪头看着她："你想怎么样？"

"你吃饭了吗？"她没等我回答，打开车门，钻进去，用下巴点了一下副驾。

我坐下之后，在她开车之前，像自言自语似的说："跟我结婚吧。"

她冷笑着，看着我，我看见她又小又白的牙齿，然后她张开嘴大笑出声，我看见她小小的粉色的肉舌头，她伸手越过我的身体把我这边的车门推开，"滚吧，滚蛋。"

"我是说真的。"我握着她的胳膊，她前倾的身体的重量被我撑着。

"因为你以为我怀孕了，你的孩子，所以才说这种话，是吧？"

我自己突然笑起来，松开了手，她啊地叫了一声，摁着我的大腿，狠狠瞪了我一眼，退回到驾驶座上。我拉上车门，对她说："去吃饭。"那语气接近命令。

没法跟她好好地解释清楚，今天晚上在主任跟我说他的家庭问题的时候，我一直在想，如果我是丈夫，应该不会比他或者赵南差太多，应该会跟我爸、我爷爷差不多，闫咪咪不会比我妈、我奶奶差太多，也就是说，如果我们是夫妻，将是这世界的正常水平，吵闹拉扯着过了一辈子，那有什么不行呢？我想试试了。考大学、开车、写小说，在面临决策的时候，我对付自己小规模节节败退的胆怯唯一一招就是对自己说，别人可以，我认为不怎么样的人都可以，那我应该也可以。

之前闫咪咪问我为什么不找个对象，有没有喜欢的人，我说没有。

"骗人。男的要没有一个意淫对象就见鬼了。"她笑嘻嘻地说，"是不是你小说里写的那种女孩，文静端庄捉摸不定，你喜欢那种。"

"我不喜欢，那是一类人。"

她像逮住了什么证据，信心十足地说："你是喜欢过。"

我第一次见到方月的时候，心里咯噔一声，甚至怀疑旁边的赵南都能听见。但他立刻说："我喜欢这姑娘。范博怎么这么好命啊……"

我不喜欢方月对赵南的暧昧态度，在我看来，他们像跳舞的两人，你进我退，你退我进，一二三，二二三，蹦恰恰。我在心里替方月解释说，毕竟她男朋友不在国内，真有事需要帮忙的时候，总要有人照顾，这是人自然而然的反应，再者，她能怎样呢？既然都在一起读研，同一个导师，大家抬头不见低头见，总不能跟赵南搞僵。我总是多怪赵南一些，赵南也觉得自己责任更重一些。

有一天夜里，快十二点了，我正躺在床上看一部节奏缓慢的法国电影，方月给我打了一个电话，她在电话里没有提赵南。那天，按说她在外地谈合同，第二天才能回北京。那个电话打了五个多小时，她在电话那头的声音很轻，偶尔有一点儿撒娇，说的都是很实际的家庭生活，抱怨她的公公婆婆，抱怨范博，抱怨办公室那点儿事。

每天赵南送她回家。赵南跟我说他们会一直走到离范博家很近的一个蛋糕店，有时再在里面坐半个小时。他会站在路口看着她拐进那个小区。"每次看她回去就像目送她进狼窝一样心如刀绞啊。"他做出夸张的手势把胸前的衣服拧成一个漩涡。

我听着方月说的话，无法和她的振动频率达成一致，不得不动用全部心力进行理智上的配合，说一些合适说的话。我把手机夹在头与肩膀之间，找到耳机，插上，去剪了指甲，喝了水，刷了牙，连上手机充电器，拿了罐啤酒，重新躺在床上，把电视的声音开到最小，里面正在演一对法国男女偷情的故事，这电话像这电影一样，让我毫无触动，却有义务坚持到最后。她说的事我不关心，可听着她的声音确实挺舒服。我出于严谨的自我要求才没有在这中间打个手枪。这时，我满心遗憾地想，对方月来说，这个电话打给谁都无所谓，因为她根本不需要一个特定的反馈对象，我不用发表任何意见，只要在她停下的时候表示我在听就行了。

凌晨五点半，她在电话那头睡着了。

那通电话，虽然没有感动我，但是让我得到了不少信息。比如，她中学时代在濒临离婚的舅舅家寄住，那种每天都很动荡的不安全感让她发自内心地想要找个对自己好的人，要从对自己好的人里选一个条件最好的。她不清楚自己对范博是爱还是家人的亲情，因为在不懂爱的时候，他们已经定下来了，这种"定下来"是她促成的，不然她没安全感。她又感到这种关系缺乏激情。

她问我，如果你和一个人在一起了，发现另一个人才是你人生中的"真爱"，你会怎么办？

我支支吾吾不置可否，想着如果她说的"真爱"是指赵南的话，这结果跟选范博没什么本质区别。他们之间是一百步和一百零一步的感觉，甚至范博各方面更……算了。

然后，她说到范博是多么胆小，依恋父母和家庭。他出国的时候不敢去美国，因为发现愿意给他全奖的那个还不错的学校在一个荒凉的城市，城边上是沙漠；他宁可去英国，住在一个楼下有人十几年如一日每天准时吹风笛的阁楼里。他对父母唯命是从，常常被他父亲严厉训斥不敢还嘴，甚至回到他们的房间默默哭。她说，范博有一次眼含热泪对他爸说："我到底是不是你亲儿子？！"

方月平常话不多，这时说起她自己的丈夫却描述得很详尽生动，语调里透着对范博的看不起。这种看不起，让我这个听者感到心凉，难免会想到不知她在背后是怎么想我的。或许她把那些想法也告诉赵南了。

在窗口看到太阳从一条肮脏陈旧的楼房轮廓线边上猛然出现的时候，我发现自己再也不喜欢方月了，甚至抛开外表，她正是我的理智拉响警铃，让我退避三舍的那种人。

周一上班，我先去跟甲方开了一个会，吃完午饭之后才回来，方月把中午食堂发的大红苹果扔给我："大作家，吃苹果吗？"我放在桌上忙别的去了。她两次催我吃，被赵南看在眼里，他走过来拿起苹果，用纸巾抹了两圈，三啃两啃吃光了。方月瞪了他一眼，他赔以贱贱的笑。这时，方月看着我笑，我们之间达成了沉默的协议。我猜她给我打电话是因为我即使说出去她也会全盘否认，推说是我在搞创作。我在听她说话的时候，感到相比于现实生活的两面三刀的复杂性，小说算个屁啊。

想到这些，再想到闫咪咪就会觉得她对我还是真实的，她的狡猾、妩媚、暴躁都很真实。

在我跟闫咪咪搭在一起之后，她有一次决定描述一下我是什么人，她是这么说的："你是个纯真的人，强迫自己把小孩心收起来、假装大人。你不喜欢那些真的'大人'，你怕他们。"

我想反驳，却没什么可说，只好世故地笑得像个黑社会中层。

面对我，闫咪咪笑得像个看见毛绒玩具真心感到快乐的小女孩。

当吃完饭，重新坐进闫咪咪的车里，我又说了一次："跟我结婚。"这次的语气更肯定。

她没笑没出声。刚才在餐馆里我们没说什么话，像单纯为了吃饭而吃饭的老夫老妻那样各自看着手机。

"你疯了。"

"会很不错。你，跟我。"我说。

她吸了下鼻子，"如果我没怀孕，你会说这种话吗？肯定以为我配不上你吧。"

"我没那么想过。"我瞪着她，感到自己眉头紧皱，心里发虚了，我在干什么，向别人的老婆求婚，并没准备任何像样的仪式必需品，比如，婚戒。

她又笑了，有点儿苦涩，一言不发，发动了车。

8

接下来的两周，我们没机会碰面，她出差了，一直很忙，我们隔天晚上打个电话，说一些无关紧要的话，但这些无关紧要，让我感到彼此很亲密，甚至比我们玩一碰面就找机会做爱的游戏更亲近。最后谁也不想做先挂断电话的那个，嘀嘀咕咕互相责怪，当沉默的时候又等着对方先挂，希望她别挂，搜肠刮肚想一些可说的内容预备着。

有一天这么拖延着到了半夜，我说，睡吧，你那么忙，早点睡。

她说："你在想孩子的事？"

"嗯。怎么能不想？"

她不出声了，那沉默都显得很不高兴，是无法冲我发火的更强烈的不高兴。她说话的声音却很轻："你……终究是不爱我啊。"

我一时想不出说什么，她毫不犹豫地挂了。

我们又分手了。

我写完了主任让我写的报告。他让我下班前过去。到的时候他们在开会，我在办公室里找了张有零食的桌子，上了一个半小时的网。他们出来的时候，天都黑了，赵南跟我打了个招呼急匆匆送方月回家去了。主任看着他们的背影，眉目不动地摇摇头耸耸肩，嘴里嘟囔着："瞎搞。"

我把报告拷给他，他让我下次来的时候多带些换银子的发票。我以为没什么事了，他没头没脑地说："大作家啊，我劝你永远别结婚别要孩子。"

"你是天伦之乐受够了？"

"受够了。孩子就是地狱……"他煞有介事地扶了扶眼镜，"我老婆生孩子之后到现在两年多了，我们没再做过。"

我故作镇定地笑着，心里吓了一跳，想到闫咪咪。

"一开始是我老婆忙着照顾孩子不乐意做，现在是我自己一回家看见孩子、丈母娘，顿时筋疲力尽兴致全无。地狱啊。人间地狱啊。"

"你是在办公室待的时间太长。早点儿回家，什么都有了。"

他露出皮笑肉不笑地冷笑："你可不知道我多羡慕你这种无事一身轻、站着说话不腰疼的生活状态。"

从办公楼里出来，我揉着沉船式的胃去快餐厅，刚端了餐盘从点餐台转过身看见了范博。他也看见我了，点点头，示意我过去。

"你怎么到这边来吃？"我笑着问，他的公司在离这儿往南两个路口的地方，他家也在南边，过来吃快餐，并不顺路。我记得他公司楼下有同一家连锁店的分号。

"过来谈点儿事。"他不善于说谎，眼光闪烁。

让我忍不住想折磨他一下："跟谁？我认识吗？"我们是本科同学，不是特别亲近的朋友，但熟到了随口打听打听的地步。

他皱了皱眉，说："赵南。"他那时候跟赵南是好朋友，所以才在方月来上研究生、他自己却出国的时候，把自己的女友托付给赵南照顾。

我想揭穿说赵南送方月回家去了，又觉得这样太过了，笑着说："是吗，我看他早走了。"

范博一副说谎露馅的尴尬，反问说："你怎么知道。你不是离开那儿了吗？"

"那你说我干吗跑这儿来吃饭？"我有点儿同情他，扯开话题说了些闲话。以前办公室里所有人都默许了赵南和方月的事，没有人打算开口告诉闫咪咪或者范博，不想当传递坏消息的家伙，不想好像管闲事似的多这句嘴，劝自己说，男女之间有好感没什么了不起，即使双方都已婚，他们之间是否真发生了什么并不确定，大部分人都认定他们并没有那么大的胆子，纯粹是精神上的意淫，这成了一个办公室长期取乐的谈资，尤其是当公司雇用了一批新人之后，这成了老同事间共同持有的一份秘密，一旦说出来、再说出大家沉默了这么多年，人人都有罪。

范博很快吃完了自己餐盘里的东西，显得很匆忙，我跟着他站起来。走到门外，他环顾了四周。选了一个方向，我尊重他的选择，走向另外一边。没走多远，他从后面追上我，问我有没有空喝一杯。

我们坐在几天前我和赵南聊天的那家咖啡馆里，我要了一杯热水，他点了一罐啤酒。

"我给你讲个别人的事。"他苦笑着说，"你以后可以写成小说。"

这情景让我误以为时光倒流了，微笑着看他。

"有这么个人，有一天，他老婆跟他说，自己怀孕了，但他知道他老婆肚子里的是别人的孩子。"范博低头看着啤酒。

我想跟他说，如果你说的是赵南的事，那我已经知道了。

他抬头看着我说："可是，……他爸妈欢天喜地，以为要有孙子了，所以，他没法跟家里人说，这孩子肯定不是自己的。他心里实在憋屈。结果，他办公室的同事安慰他……"他警觉地说，"不是你想的那样，他们之间没发生什么。"其实我连他指的同事是男是女都没来得及细想，他低下头，"有天晚上，他老婆翻他的手机，在家里哭闹，说他出轨了。然后他爸妈就信了。亲生的父母啊……把自己的儿子赶出家门了。"

范博叹了口气，我在想他说的到底是不是赵南。我没问过闫咪咪赵南是不是还在家里住。我以为赵南跟我说那些废话，是为了欲盖弥彰，增加戏剧性。他上次摔断腿之后，他父母从郊区过来了，现在到底走没走？这肯定让闫咪咪烦心，她没跟我说过一句抱怨的话。难怪她在办公室待到那么晚。

"如果这个故事发生在你的小说人物身上，你会让他怎么办？怎么能顺利回到家里，让他老婆把孩子打掉？"范博问，那语气里有种特别的认真，眉头也微微皱着。比起赵南，他更不适合说谎和伪装。表演果然是件依靠天赋的事。

……这么说，怀孕的人，是方月？我想着那天遇见她，她从卫生间里晃悠悠出来的样子。

闫咪咪没怀孕？像我第一次去问她，她回答的那样。她没说谎。

我有种鲜明的失落，和被人从楼上推下去差不多。不是为孩子，真奇怪，这几个星期我除了认定那是个女儿之外，没有认真地想过孩子的问题，想的都是闫咪咪，想她，想她的身体，想她这个人，想一些很具体的生活场景，那里都有她。我想到她，又笑了。

"你怎么了？"范博突然问我。

我从晃神里抽魂回来，把胳膊交叉在胸前，说："我在想，我

30

在想呢。"

那个孩子，不会是赵南的吧……那他为什么非跟我聊这事呢。他到底在想什么。我们那天到底是怎么遇到的？

……是方月给我发消息说我的信在秘书那里的。我误以为秘书在等我，到办公室门口隔着玻璃窗看进去，秘书的工位已经黑了。走出楼的时候看见赵南，他拎着塑料袋就像要回办公室一样，我们从咖啡馆出来，他却走了反方向。难道他本来是为了碰到我？

这是一场预谋好的报复吗？

"你真的没怎么？脸色不太好啊。"

我抬起头对范博说："为什么不跟你爸妈直说那孩子不是你的？"

"我爸妈……"他声音打战，立刻说，"这不是我的事……"

我们面对面，有一阵谎言被揭穿之后的尴尬沉默。他默默低下头："我吃着药呢……说不定就好了。所以我本来……每次都很注意……从这方面来说……不可能啊。我跟我妈说了，她不信。说我老婆都怀孕了还在外面跟别人……我没跟……"他说话变得断断续续，声音越来越小。

他猛地抬头，把啤酒都喝光了，对我说："不好意思。我先走了。"在桌上留下一张一百的纸币，"我请我请。"我并没跟他推让。

我坐在椅子上，把已经凉了的咖啡慢慢倒进胃里，不太好的咖啡的酸味和胃里的炸鸡油脂混在了一起。那种隐隐约约的疼痛感逐渐变得很清晰。给闫咪咪发的信息她没回。我只能去找她，希望能找到。

9

　　在打车到她办公楼的路上，胃疼变得越来越不对劲，从细小的针扎变成刀削般的划拉，在我肚子与指北针的方向之间一次次地挑劈翻弄，我摸了摸头，出了汗，体温好像不太对劲。我在信息里说，我现在去找你，有件重要的事跟你说。

　　本来我打算拿到私活的钱之后去给她买个戒指，对于想和她好的事，最近我都没有犹豫和退缩过。

　　我不得不让司机停车，慌慌张张地站起来，颤巍巍地走到路边顶着树对着树坑吐。司机从路边摇下车窗看着我："哥们儿？喝多了？喝多了我可不拉啊。你打别的车。"

　　我抹着嘴，说不出话。

　　"还是病啦？病了得治，传染吗？"

　　在这时我想笑，在笑的过程中才发觉自己没有力气站住了，一屁股坐在了自己的呕吐物旁边，中间小心地扭转了身体，这让我更为歪斜。

　　我只记得我躺在地上，这个姿势，让肚子里的疼痛稍微减轻点儿，好像快要好转了，疼劲儿要过去了。我却失去了意识。

　　再下一秒，睁开眼，是医院的屋顶。想到我以前画过的图，我甚至说得出天花板装的灯是什么型号。躺在床上笑，身体的抖动带来了一大波剧痛，明明打了药，我还是不由得发出了哼唧的呻吟。

　　然后……闫咪咪出现在我的视野里，她的眼妆花了，眼线晕开了。

"哭了？"我问。嘴里有着隐约的酸臭，我捂住了嘴。她离我太近了。

"吓死人了你。"她嘟囔着，声音像个小女孩，不知为什么我明明睁了眼，她却要哭了似的。

"别哭啊。"我说，"我这不是活着呢么。"

"司机给我打电话的时候我急死了。他说你要不行了。我手都凉了。"

"别逗我笑啊，笑最疼了。"

"笑什么啊。"她打我胳膊，那震动让我疼得想死，心里反倒很高兴。

"我要跟你说件事。"

她像个小女孩听到坏消息似的撇着嘴："要说什么。是你得癌了吗？你是因为生病了才辞职才跟我分手的吗？"

"医生说我得癌了吗？"

"没有，他说要你胃穿孔了。我搞不清他说的是不是实话。"她的眼泪流下来，滴到我脸上，我想抬手去碰她，手臂软绵绵的，没有一点儿力气。她抽泣着说："医生看我哭得太厉害，所以可能是拿个轻点儿的病安慰我一下吧。"

"我只知道我有胃溃疡。没到癌症吧。"

"你不会也是安慰我吧。你说实话，没关系。就算得病了，我也跟你好。我会照顾你到死。"

看她诚心诚意地这么说，有点儿可笑，我感到有点儿幸福。

"我要跟赵南离婚，咱们结婚。"她坚定地说完，忽然迟疑了，小声地说，"如果你愿意。"

33

"我愿意……等我给你买了戒指，会向你求婚。到时候别拒绝我……"我想到要说的事，有点儿没那么有把握了，"我要告诉你的不是这个，应该不是癌症，放心，别伤心，小傻瓜。要说的是……我做了件很坏的事。"

"你跟别人有一腿？"她警觉地问。

"……听我说。"

10

在我发现闫咪咪手腕上的淤血之后，有好几天我都故意找赵南的茬，不仅在工作上想跟他争执，甚至走在办公室的格子间之间遇到他都要给他一拳或者撞他一下。他惊讶地叫："干吗啊？很疼啊。"

"你知道疼啊。"我一边假装傻笑，一边说出了让自己莫名其妙的话。

"什么意思？"赵南不敢跟我打架，但还是谨慎地摆出了防御的架势。

"没什么意思，逗着玩呗。"在干什么？我也不明白。

"你有杀气。"他防备的双手没放下。

我们那时在搞同一个项目，时不时一起去一次现场，高层建筑的裙房拆掉了防护网，开始装玻璃幕墙，我们去的时候，工人们正在干活。我看上了二楼的一个地方，没有工人，下面是工地常见的大土堆。在那里，我在一处有五厘米高差的水泥地边缘放了一块斜板，撒了些薄土，踩上去有点儿滑。做完这些，我直接从距下面平台大概五米高的地方跳到土堆上，并没有觉得很危险，只是灌了一脚土，裤腿全脏了。既然没法正面跟他打一架……我实在没有立场去为他的老婆和他打架，所以，我打算吓他一跳。他胆子小，一定会吓坏。

我给赵南打了个电话，跟他说二楼水泥过梁有点儿问题，让他去看看。我在楼下向上看着他，给他指示位置。他一直仰着头问我哪儿有问题，抱怨说安全帽弄得他看不清楚。在我让他踏上那块板之前，他突然身子一歪掉了下来。他啊的一声大叫，周围正在休息的幕墙工人急忙跑过来。

大家一边说着幸好摔在土堆上，一边想把他拉起来，但赵南龇牙咧嘴地捂着小腿惨叫。我向上看着我放的那块板，它还在那里。

人们把赵南驾到他的车上，我赶紧开车带他去医院。X 光片上一根骨头断为两节，非常明确。我在想我到底都干了什么，为什么我自己从二楼跳下来没怎么样，他却真的摔断了腿。我发现我不是在自责，近似于报仇雪恨的幸灾乐祸。

我想到了闫咪咪，给她打电话，说，我现在在医院。

她的第一反应是："你怎么了？"

这让我颇感欣慰，又很难受。

我给她说赵南从楼上摔下来了，她说，是吗，怎么这么不小心。停了两秒才问："严重吗？"

"腿断了。你过来看看吧。正在打石膏。"

"嗯。"

那天闫咪咪一到，我跟她说了几句话就离开了，一点儿不想看见他们夫妻俩同时出现在我眼前。双眼的小镜头里只能容得下他们中的一个。我心里预备了一个可以跟闫咪咪说的笑话，你看，那天咱们遇到了却什么也没做。但我一直没有勇气毫无自责地说出口。

那天主任本来要来医院，听说是摔断了腿就把穿上的大衣脱了，给保险公司打了电话，回家看孩子去了。

第二天，他去了趟医院，回来把我叫到小会议室问情况，我说："当时有点儿问题，我在下面看着，没想到他……"

我记得他抠了抠脸，抹了抹下巴，说："你跟他没仇吧？"

原来传说中的脊梁发冷是真的，我故作平静地看着他："说什么呢？"

他的脸从面无表情变得笑嘻嘻的，没再问这个话题，下午保险公司的人来，他们什么也没问，很痛快地确认了医药费和误工费的部分。

那种脊梁发冷的感觉一天没退，我在想虽然二楼的楼板离那个土堆可能就三米，但我是不是在心里非常期望赵南受重伤。我是不是就是那种会给室友下毒、想置人死地的人。还是说，也许凶手们都跟我一样，只是因为想惩罚一下对方，没想到结果失控了。

我后来回到工地，去看二楼那块板，它在原位，上面一个脚印都没有。我赶紧给抽开了，扔到角上。

不久之后，我本以为不抱希望的那本小说集竟然出版了，我写了简单的辞职信给老板，他跟我谈了二十分钟，说，你还年轻，难道要去避世写小说了吗？我很茫然，想着，为什么，为什么跟我谈的不是涨工资之类的话，难道是我不够珍贵？

我想在赵南病假结束之前离开这儿，甚至那时都没意识到这么做附带的结果可能是再没有跟闫咪咪玩游戏的理由。

11

闫咪咪陪了我一夜，她的大眼睛下面露出了黑眼圈，这让我心疼。我们没说几句话，主任突然出现在门口，他看到闫咪咪正在往我嘴唇上喂水，明显吃了一惊。闫咪咪立刻站起身，问他："您怎么来了？"

"方月说大作家被我累病了，生命垂危，我来看看。"

闫咪咪的表情立刻变得严肃了。大概是因为提到方月，她吃醋了。想到她仍然为赵南吃醋，我胃里更难受。

她哼了一声说："昨天晚上已经做手术了。得住半个月医院。"

主任提了一个我没想过的问题："手术谁签字的？你？"

闫咪咪说："是啊。说我是他老婆啊。"

"这事闹的。"他笑了，"唉……你这狗东西。"他冲着我说："我还是赶紧走吧，这他妈要演哪出啊。"

他没退出去，赵南进来了。接下来的场景是我写小说的时候一定会极力避免的狗血场面。赵南当着主任的面指责闫咪咪和我偷情，几秒钟里涌出了一把鼻涕一把泪。闫咪咪说："你别以为我不知道你，我昨天已经跟你说清楚了，我要跟你离婚，我喜欢他。"

她背对着我，我看不见闫咪咪的表情。她的声音严厉果断，在我脑子里回响了半天。

"你还有理了？你个荡妇。"

我听见耳光的声音，看见闫咪咪的身体动了一下，紧接着是我胳膊上扎着点滴却滚下了床，这一次我失去了意识。

　　我醒来的时候，主任坐在我病床旁边看手机，他瞄到我醒了，说："别找了，他们在楼道里打架，被保安弄出去了。"

　　"他打她……"

　　主任笑着说："谁打谁？我看是闫咪咪占上风呢，你没看她那一耳光扇得那叫一个响亮。这她让我看着你，我都吓得不敢挪窝。"他想了想说："今天早上方月说你病了，我想她怎么知道呢，还想说不定是你也跟方月有一腿……唉，世界真复杂啊，原来是这样。反正横竖都是你把他弄得摔下楼的，你真行。"

　　"我……"

　　"别解释了。等他们都听说了你跟闫咪咪的事，那事儿你解释不解释意义都不大，大家一定都认定了是你丫搞的鬼，就算你现在跟我说清楚了，我到时候不会替你解释的。我肯定在人堆里抱着肩说，真他妈是知人知面不知心，没想到大作家有这种鬼心。"

　　听他这么说我很想笑。

　　"你有什么计划说来听听？"

　　"我想跟她好。"

　　"你搞得定吗？"

　　我笑了："我也不知道。"

　　主任嘿嘿嘿地笑着，说："年轻真好。"

　　"你不过就比我大三岁秃了顶长了个大肚子。"

　　他咧开嘴，露出缺了一颗后牙的嘴角。

12

　　闫咪咪和赵南离了婚，房子、一辆车、大部分他们共同的存款都归了赵南。她父母气她做事的方式，说要跟她一刀两断。她住进了我的小屋，把那里收拾得很亮堂，我出院之后推开家门都不敢认了。我为她不值，那个家也许不值得留恋，那些财产至少都有她一半。我不确定她值得这么做。她并不打算跟我讨论这些事。

　　我妈从城里跑到我的被她称之为"狗窝"的家，要一睹即将成为我老婆的"二婚妇女"的芳容。她们把我推出家门之后，进行了激烈的争吵。我爸一边抽烟一边问我是不是真的要和这么厉害的女人结婚，问我以后能不能在家里立足，他给的建议是：一定要生女孩啊，不然你在家里更没地位了。我不想跟他争论性别歧视的政治正确问题，想到自己前三十年的家庭生活里的点点滴滴，默默地点了点头。

　　闫咪咪的父母跑来观赏我到底是个什么"东西"，他们拉着箱子进了屋，五秒就把一切看透了。什么也没说，什么也没吃，走了，已经吃准了无论说什么闫咪咪都不会为其所动，她信心满满的样子意味着有一大堆话蓄势待发，他们根本不想听。

　　第二天，我们在饭馆订了一个包间，没有告诉自己父母对方父母会在场，就这么把他们叫到了一起。想象中大家扭脸四散的尴尬场面并没发生，酒过三巡之后，她妈、我妈和闫咪咪三个女性仍然吵成了一锅粥，因为闫咪咪她妈暗示是我搅黄了她的婚姻，我妈说是你女儿勾搭我儿子的，闫咪咪说我没勾搭她，我说，对，她没勾搭我，我们是两情相悦。她妈说，这事总有人主动，有人婚姻好好的，会主动吗？我妈说，那可不好说，这世道什么人没有啊。闫咪咪没说话，因为我在饭桌上吐血了。除我之外的五个人都以为我要完蛋了。这时候闫咪咪她妈又表示为女儿要伺候一个病鬼而不值，我妈没说话，因为我又吐了一口血。

在去医院的车上，我对闫咪咪说，咱们回家吧，我没事，要不咱们去牙科医院？我只是弄掉了半颗牙。

我们的婚姻没有得到祝福，但我和闫咪咪很幸福。我们并不是相敬如宾的夫妻，吵架、喊叫、咒骂，把她推到不大的屋里唯一的一段光墙上猛亲她以便不让她说话和拒绝我，这些都有，有一段时间我在想我是不是后悔了跟她好，下一段时间我又很高兴她在家里在我身边，我能随时搂紧她，即使从她那里得到的反应是嘟嘟嚷嚷地嫌我碍事。

胃病让我两三个月没有能做什么赚钱的工作，主任之前给我干私活的劳务费全拿去付了手术费和住院费，这还不够。我后悔我之前花钱大手大脚导致积蓄为零。闫咪咪虽然年薪不低，但要到年底才能发放，这让我们捉襟见肘。她抱怨，却很高兴。我为这种高兴而快乐。

这就是共同生活吧。然后，她怀孕了。

13

赵南拿到了房子、车子和钱，他所筹划的整出狗血剧本该进入得意扬扬的尾声，他去向方月求婚。方月仍然不置可否。于是他去跟范博坦白，说这孩子是他的，他都说得出那受孕的具体时间。范博的父母坚信她肚子里的孩子是范家的，那时，范博才知道，家里所有的避孕套都被他父母戳过了。

孩子出生之后没几天做了亲子鉴定。

他不是范博的孩子。

那次鉴定捎上了赵南的DNA，他也不是赵南的孩子。

方月辞了职，离了婚。

以上，是前公司的同事透露的。

范博在上午办完了手续，下午带了一名女子回家，对他父母说，这才是我的真爱。当然，他被他爸爸骂哭了。

以上，是被他带回家的这名女子透露的，因为我重新去找了一份建筑设计相关的工作，该女子正好是我的新同事。她说起范博，语气和方月在电话里的感觉一样，充满鄙视。

晚上，我回到家，闫咪咪已经做了晚饭，她说："你还是写小说吧，我今天跟别的妈妈说我正在养你，你是作家。他们都说，说不定你跟李安一样，以后能得大奖呢。我向她们推销了你的书。每本书六折卖的。"她指了指墙角堆的小说，把一小把零钱放在了桌上。

2013-04-23

有时候你并不觉得
还有什么
可能性

　　无论是情人节、妇女节、母亲节、七夕、圣诞节，在我们这儿处理方案都是一样的。我按时回家，然后跟孩子妈说，出去吃。我们走到小区外面、马路对面唯一的一家西餐馆。孩子妈负责点菜，她一定会点最便宜的套餐给我，儿童餐给儿子，自己点一个沙拉一个意大利面，有时候她会想一想，再要一盘鸡翅，有时候她又想一想，说沙拉不要了，吃我套餐里的，有时候她再想一想，把套餐退掉了，只点一份饭，因为不想让桌上出现碳酸饮料，她对服务员说：就这样，三杯水。

　　我总是建议说，我们坐两站地铁到购物中心去，那里有许多评价不错的饭馆，尝试一下别的口味。但她说，多累啊……

　　儿子对着一个颇像收音机的儿童随身听聚精会神地听一个故事，孩子妈在看手机，我想我们应该说点儿什么，像我们工作最初的几年，经常在一起讨论解决问题的方式方法，或者像我们刚谈恋爱的那几年，还没毕业，说着周围同学老师的八卦。那时候有那么多话，怎么有那么多话……眼下说点儿什么合适呢？公司的股权改革？每天出幺蛾子的人事？完不成的 KPI？

　　以前我要是长时间地看着她，她会抬头问我在看什么。不知道什么时候开始她不再问了。大概……她既不关心我，也不关心我眼里的她自己。她回家洗了脸之后随便用一个大夹子把头发一夹，散落的碎发飘散着，看着像我奶奶。小时候我中午去奶奶家吃饭，她就是这样，头发上沾着一点儿白面。

吃饭变成雷打不动的形式是从我前年送了她一个名牌包开始的，她并没有因为我送包而高兴，拿过去、打开包装的时候，她的表情是错愕的，她叫着：这是什么颜色，你怎么挑的。一个星期之后，我问她包去哪儿了，她说卖了。我说钱呢，她说买股票了。

后来过节了。我说出去吃吧，她说好。走。那天吃饭的时候，她说要给儿子去香港买份保险，顺便给我俩各买一些。我的保险受益人是她，她的保险收益人是儿子。

在儿子刚出生的几年，她特别迫切地想改变家庭环境。我父母以照顾孙子的名义来和我们住，我们租的房子特别小，新生儿用得上、用不上的东西又在以几何级数增长。夜里，我们终于躺在床上的时候，她会和我聊天。有两类话题。一种是，谁谁谁的老公怎么会照顾孩子，他会自己亲手给孩子做鱼丸，挑出所有刺，做得软绵绵的；另一种是，谁谁谁的老公特别能挣钱，他们家刚换了大房子。他们都过得很幸福。你看着办吧，你总得占一头吧？她问。

所以，那时候，我不怎么想回家，我希望我回家的时候家里其他人已经睡了。我连卧室都不进，直接在沙发上躺着，就这样了。我想她喜欢儿子比喜欢我多……我可能还是喜欢她多过喜欢儿子……这种想法过了段时间变得不太确定。

有一次儿子不吃饭不说话，一边叫一边满地打滚，她在旁边不说话，像她已经遭遇了千百次同样的情境般冷冷地看着我，像在说"看吧，终于该你想办法了"。我觉得我既不太喜欢她也不喜欢儿子。我想把手里的昂贵的进口塑料碗扔到地上，想把该死的屁孩子拎起来捆到椅子上，塞上一个喂饭的漏斗或者直接插上以色列人的滴灌系统……最后我只好把儿子抱起来，他哭得直打嗝，我拍着他不断起伏的背。孩子妈在旁边举着蓝色的塑料勺说：饭还是得吃。我说：等一下等一下。

我妈问我喜欢她什么。我说她很真实，很直接，没那么多阴阳怪气。我妈从鼻子里发出了哼的一声。她其实翻了白眼，只是尽量克制不想让我看出来。

你自己栽的果，自收自吃吧……

我真的是喜欢那种不必猜疑、断定她在吵架之后会与我和好的感觉。作为一个闹别扭就不说话的冷暴力爱好者，我实际上特别介意别人用这样的方式对我。我是我自己的底线。

孩子妈看着手机，说，多长时间了，还不上菜，催催。我抬手，叫服务员。

孩子妈的一个朋友之所以结婚是因为她背痒，她老公准确地挠到了痒点。别人问她喜欢我什么，她说因为我的书包里总有一包纸巾。

隔壁另外一桌的一家人正在吃三盆食物。儿子关掉他的随身听，默默地爬到我腿上。我问他，你看他们在吃什么。儿子冷冷地说，屎。孩子妈抬起头来，看了看隔壁桌，赔了个笑脸。儿子攀上我的肩膀，坐在我身上。我把他揪下来，他叫着："饿了！"

不久他哭了。

上菜，吃饭，儿子哭，儿子吐，她在擦，我在喝水，她斥责我，儿子又哭……我抱走儿子，在饭馆门口看金鱼，回来的时候她已经吃完了，打包了剩下的菜。我说我没吃呢。她说回家吃吧，反正也凉了。

有时候觉得这么过过不到头了，或者这么过马上要到头了。

我躺在床上的时候，已经后半夜了。她在儿子床上睡着了。我没叫她。她回到大床上是几点？我翻了个身。她的吻轻轻的，动作很温柔，捂住我的嘴。我不动、不再出声，而是享受着这种被动、缓慢、渐入佳境的迷茫。

"怎么了？"我问。

她已经躺在我身边，身上微微出汗。每到这种时候，我总是不合时宜地想起一个情绪激动的台湾教授在电视上说：怎么判断女性是不是真的达到性高潮了，看她屁股是否出汗。有时候，真得感谢上帝，谢天谢地自己仍然有取悦人的能力。确定这点并不容易。冷静下来免不了有所怀疑。

"不知道。想起以前了。"

以前……并没有什么可歌可泣的故事。

"也许是因为听到那首歌了……"她笑着说。

"叫什么来着？"我问。

她说："下次换一家餐厅。"

我说，好。

我们没能完整准确地哼出那首属于我们记忆的歌。那时候，我们在她的房间里沉默地听那首歌，没有说话。房门开着，她妈妈在焦虑地为我准备一杯茶。晚风从窗外吹进来，有一点儿热流，混着丁香的香味。

2016-03-09

这个想法
有诸多
顾虑

　　我刚把车停好，钻出来就接到前妻的电话，"你哪儿呢！"她没好气地说。我看见她在马路对面停车，SUV歪着，管停车的人正跑过去，猛拍她的车身。

　　"还没到。马上到了。"没等她说话，我挂了，站在车旁边点了支烟。想到下礼拜这车要被卖了，而且不太可能卖出个好价钱，想跟它多待会儿。我总是对物件怀有更丰富的情感，不过，没到特别舍不得的地步。

　　抽了多半支，我看见她终于把车停直了，艰难地爬下来。她生了孩子之后一直胖着，穿着紧绷的连衣裙，动起来捉襟见肘。为了避免被她看到，我赶紧扔了烟穿过不太宽的马路。她果然迅速捕捉到我："怎么把车停那边了？"

　　我走到她身边，她把小包倒到右手，左手向我伸了下又缩回去了，二十年的习惯，她走在我右边，会拉着我的胳膊。我笑着拍拍胳膊，她皱了眉，瞪了我一眼。

　　进了饭馆，我侧身坐进了最里面的座位，拍了拍身边的椅子，这样做之后，她肯定不会坐过来，只会挤进我对面的椅子里。服务员走过来，向桌上扔了一份餐单和一支笔晃着走了。她在后面探身喊着："鸳鸯锅底。麻酱料。"收身回来，打开包从里面掏出两个信封，给我："就这么多了。我昨天装了一信封，今天出来之前又翻出点儿来，装了一袋。之前给你打卡里的钱收到了么？"

我打开信封朝里看了看，都是散碎的钱，虽然整理过了，但总体上没多少，每个信封上拿铅笔写了总额。"收到了。谢谢啊。"我笑着说。

"你这个人，遇到什么事儿都笑嘻嘻。"她看了我一眼，低下头，"钱凑不够怎么办？"

"下礼拜把车卖了，可能还差几万，没事，小芳那边也凑钱呢，"提到那名字的时候，我没法看她，"大不了再去跟她姨借点儿。房子其实早挂牌出去了，现在二手房行情不太好，问的人有，买的人没有。"

"这事难不成后面要变成无底洞？"

我笑笑，没说话。

她自说自话地说："那怎么办呢……"

"丢丢这回能考上么？"

"能。"她说完嘴唇一抖，轻声说，"悬……我前两天刚听人说，现在亦庄那边有个学校，还可以，有点儿关系交钱就能上。无论考多少分。师资也像样。这回要是没考上就送他去那儿。学几年外语，直接去国外吧。"

"到时候供得起吗？"我问。

"想计划的时候不是没你这事么。没想过别的招儿呢。"她说着。要我看，她除了长胖了点儿之外，和二十几年前别人把她介绍给我的时候没什么差别。

那时，大学毕业的我干了没几年被当成厂里的技术骨干，上头有人要提拔我，另一些人想揪我的把柄把我一撸到底。在工作上，我自认没什么太大问题，做事算谨慎，但私生活上，太懒散，惹了些是非。男女的事，要想自证清白，口说无凭。别人建议我赶紧找个对象，明面上结了婚就不会有大事，上头会更信任有家室的人。

我犹豫是不是要和我当时挺喜欢的女孩都彻底断了，好心人已经安排了相亲的饭局，之前扯不清的一个女孩听说了，从车间里跑到我直属领导的办公室哭了两回，没几天调到分厂去了。相亲到第三个人的时候，他们介绍说这姑娘是张丹红。她坐在我面前，看得出来很不熟练地化了点儿妆，微微皱着眉，嘟着嘴，紧张地看着我。前两位跟我相亲的姑娘，介绍人会铺垫些夸奖，说这姑娘勤快能干，这姑娘业务水平高。对她，大概认定希望不大，介绍人什么也没说，有点儿太怠慢了，心里发紧，没坐一会儿就走了。接下来的一个半小时，我和丹红聊得挺开心。

出了饭店，她由下往上仰头看了看我："好像没什么戏。"

我问："为什么？我招你讨厌了？"

"感觉不太般配。"

"是啊。我配不上你。"我笑着说。

她脸红了："唉……你别逗我了。"

我送她走到车站，聊起最近的美国影星，她笑起来，我说，那咱们再走走。这么走了六站。我回家脱了鞋一看，袜子破了，小脚趾上有个泡。第二天，我给她办公室打电话问她脚疼不疼，她在电话那边一愣，我说，你穿了双新皮鞋，走了那么多路。我听见她含羞地傻笑。

后来，我们结婚之前，她问我："你看上我什么了？"

"我想找个说得到一块儿去的。你挺好。"

她想了想说："是么，这事对你很难么？你没说实话。"她呜呜地哭了一会儿。我看着她笑。她的肉拳打了我两下。我搂着她的肩膀待了一小会儿，那时不知道她已经怀孕了。如果那天我对她说别结了，不清楚后来会有什么变化。

"丢丢快过来了吧。"我四处张望，有个在屋里还把帽衫的帽子罩在头上的小子正站起来走向卫生间，很像我儿子。

"我给他打过电话了，他说得半小时。"她说，"等他过来了别提钱的事。"

我点点头。

上次她跟我说"不想让儿子知道"，之后她说："周末，你得抽一个中午跟我们俩吃饭。现在你本来周末也不在家。儿子不跟屋里好好待。"她恨得咬了下嘴唇。我以为她要大发脾气。提到儿子她就容易急，曾经在超市里和那个说儿子偷了东西的人打得满地滚。

我那天是来和她谈离婚的，这是她对我提出的条件。

"我不想跟他说咱们离婚了。"

"为什么？"

丹红歪过头，出了口气，说："你不用知道。"

"我得跟你配合，当然得知道。"

"他问我你是不是出轨了，我说你没有，你是忙。他说，我不明白我爸为什么还跟你在一起生活，干吗不找别人呢。"

我吃了一惊，安慰她说："小孩叛逆期，乱说的。别往心里去。"眼见着她流泪了。

她的胖手抓起桌子上的纸巾，铺在脸上："反正现在你们俩都……"

那天不是在这儿说的，在隔壁的茶馆，人少点儿，我怕她闹起来。她没闹，我跟她说，房子都归她，以后她和丢丢有什么需要找我要。她瞪着我，半张着嘴，没说话。

我躲开她的视线，问她："饿不饿？旁边吃顿饭？"

我盯着卫生间的方向，果然那个帽衫小子低头走出来，在两排卡座后面绕了一个大圈，假装刚进门。丹红看见他连忙招呼过来："丢丢，丢丢。"

"别大喊大叫的。"他看了一眼，坐在丹红旁边，肩膀歪着，跟妈妈尽可能隔开一段距离。

"想吃什么？"当妈的对孩子说话，总免不了用他小时候的又哄又宠的口气。她把点餐单推到他面前，去拉他的软帽，想整理他的衣服。

"别动我。"他低声吼着。

我瞪着他："把那个拉下去。"

他僵持了一会儿，他妈说："一会儿就吃饭了。"等他露出脸来，我才看到他的右脸上被蹭掉了一大块皮，虽然拿半长的头发挡着，但还是很清楚，一直延伸到眉角。他皱着眉看着我。我没

51

出声。

　　丹红照着我的喜好和儿子的喜好点了菜，鸳鸯锅架起来，这才算有个吃饭的样子。像这样装成一家人的饭，已经小半年了，每周一次，中间只有一次我出差去筹钱、一次是儿子不乐意来。其他时候，实现得挺有规律的。偶尔我回原来的家看看，我的东西保持着我还住在那里的样子，到晚上，我得再出来。小芳总是笑我："你们这是闹得哪出啊。我看张丹红是想用这种事拴住你。"我跟着笑了，不好意思承认，回到那个家，有种放松感。因为离了婚，前妻对我的态度是更没任何要求，更放纵。我在她面前没说过小芳的不好，在小芳面前不说她任何不好。可我觉得，她心里在计算我在原来的家里待的时间长短，一次比上一次待的时间长，就是她的胜利。时不时她特意给我切好水果，泡了好茶，给我两包她不知从哪儿弄来的好烟。我们聊聊最近发生的事，随便地看看电视。儿子住在同一栋楼上一个一居室里，当初是想，给他自由，让他单住。效果并不好，已经复读第二年了，成绩丝毫没起色。这种格局唯一的好处是，我是不是在家里对他影响不大。所以……看电视的时候，前妻把头放在我肩膀上不完全是为了演给儿子看。

　　汤开了，我们有一搭没一搭地说话，一边吃着，我的手机时不时亮一下，小芳一条条接连不断发来微信，我们下个礼拜要怎么过，后几个月怎么过，完全取决于这个周末能借多少钱。我现在并不愿意去想那些事。

　　"他们都说你心性平和，遇事不慌，我啊，不觉得你是那么回事。你是不往心里去。"听丹红这么说的时候,我心里滚过一阵热流,不愧是二十年的夫妻,有了解,心照不宣地默契。可惜已经晚了。接下来,她说:"当初,我姐跟我说,你别嫁给他,这人不怎么样。我想,会不会她喜欢你,嫉妒我,她说你眼里都是笑,遇事不当真,这种男人靠不住。现在,你是要抛下我们娘儿俩了。反正儿子岁数大了,可以不管了,要照顾小的去了。"

我听了她的话只能笑,说起来是那么回事,却好像没那么容易。

"我前几天才想到,这么多年,都是我急我发愁,真出事儿了你就躲,回来你就笑嘻嘻地,拿着花儿啊蛋糕啊各种没用的东西讨人开心。你只会这一招。不想费任何一点儿劲儿。我偏吃你这一套。恨人、斤斤计较,到你这儿就是贱,什么事都无所谓,想着你好歹知道回家……"

她在诉说她的委屈,我是不怎么管家里的事,只要吃的用的不缺,把儿子的未来铺陈好,当爹的义务算是完成了。听着她一件件数我的不是,那些事我都没听进去,脑子里反复出现早先一家三口出去玩的情景,不是那些孩子哭、她发脾气的时候,是无忧无虑笑着的时候,过了一会儿,她的声音重新钻进我的耳朵,我又觉得,我们并不太熟,不怎么了解。

眼前的儿子不怎么动筷子,说话爱搭不理的,他刚才可能正坐在我背后,在听我们说什么。他妈在忙着给我倒啤酒,给他倒可乐,夹涮好的菜和肉。她一刻都停不下来地张罗着,独自撑着整桌的局面。我配合地按她的指示把肉、丸子、虾滑、鱼、菜弄进锅里。她搅着锅子里的食物,叫来服务员添水,热水溅起几滴,冲着儿子飞过去，她忙拿着纸巾去擦他的脸，这才看到他一侧的伤。

"怎么回事！"她叫出声。

"摔了一跟头。"儿子轻描淡写地说。

丹红转脸对我说："你看见了不吱声！"把手里的纸巾团扔到我身上。

"男孩子，难免的。"

"他是不是你亲生的啊。这一看就是跟人打架了。"她问儿子，"谁欺负你了？跟我说。谁欺负你了？"她的声音都急得发颤。

儿子别过头，把挂在自己脸上、身上的母亲的手扒下来。

"左手抬起来我看看。"我对他说。

他当然没那么做，他妈拿起他的手，他左手的指节有几个紫红青肿。他小时候，我们纠正了他右手写字、使筷子，真打起架来，还是靠左手。

"把人打伤了？"我问。

"没有。差不多吧。"他满不在乎地，又有点儿高兴似的。

"脸呢？"

"丫他妈打不过爬起来从背后推我。"

"揍回去没有？"我问。

他笑了："当然啊。"像个小孩儿。

他妈冲我扔了一个纸团："你在问什么。"

"人都大了，揍人、挨揍，他自己说了算吧。"

他兴奋起来，两眼放光似的要描述打人的情景。

"吃饭。"我说。

他立刻又变成了刚才怏怏、不正眼看人的样子。

接下来，这顿饭变得很寡淡。我们隔壁桌的一家三口，父亲在时不时说着教训儿子的话，你应该……你看看我……我像你这么大的时候……

"是为了女孩子么？"我问他。

他愣了一下，戳着碗里的麻酱："当然不是了。"

"我像你这么大的时候，经常因为女孩子的事被人堵在胡同里。"我笑着，丹红表情很严肃，嘴角向下撇着，这个时候我却感到开心，最近一个月少有的开心。那一阵，打架的时候身体太紧张，一直握着拳，回了家拿凉水一直冲，得过个三五分钟手才能慢慢松开，掌心都能被短指甲抠破。我心里很清楚，没那么喜欢那个惹是生非的姑娘，不明白自己为什么废那么大的劲。

从饭馆出来，我点了支烟，习惯似的，把打开的烟盒伸到儿子面前，他看了看我，又盯着烟，动了动手指，没有去拿。他抽烟，上楼去他的房间，没进门都能闻见有烟味，偶尔能听见女孩子在屋里高声笑。

丹红付了钱出来，问儿子："你回家吧？"

"不回去了。我还有事。"

"不好好复习功课？"我问。

"反正……"他立刻收了话头，说，"晚上就回学校。"

他妈妈无可奈何地叹了口气，手却无比怜爱地摸摸儿子的背。要不是丢丢现在已经长得比她高太多，她一定会摸摸他的头。

"我坐你的车。"儿子少见地突然对我说。

"哦。"我本能地有点儿紧张，"得过马路，我停那边了。"

"送我到地铁站。"

"嗯。"

丹红站在她的车边，一直看着我开车带着儿子离开。儿子小的时候，她有一次被领导派去出差，礼拜天，我带着儿子去放风筝。那只风筝不太好，飞不高，总在空中抖，然后一个猛子扎下来，我有一多半的时间都在追风筝，解风筝线。有那么几分钟，我叼着烟，坐在花坛边上分辨缠在一起的线头，再抬头，儿子从小广场上消失了。我从下午找到夜里，回家的时候，丹红坐在屋里等着我，我脑子里还在想孩子可能在哪儿，她训了我一通，然后才告诉我，孩子已经被邻居送回来了，又累又饿，吃了东西睡着了。

从那天开始，儿子的小名从小宝变成了丢丢，我失去了做个好爸爸的资格。她辞了职，再不许我一个人带孩子。任何我一个人和儿子在一起的情况都能让她变得非常神经质。

我从后视镜里能隐约看到她不放心的脸，那表情像我要带着儿子去卧轨。

"她还没走？"儿子问。

"嗯。"

过了一会儿，他说："你的新老婆好吗？"

我想了想，说："人都差不多。"

"是因为你这样，所以把她们变成一样了么？"

我现在才想到应该看看小芳发来的信息。"我哪样？"

"优哉游哉。"

听他这么说，我笑了，问他："你怎么发现的。"

"我看见离婚证了。"没等我问，他说，"我想你肯定不是外面有人这么简单，什么事儿能把你逼得离婚。稍微调查了一下……
那小孩是你亲生的么？岂不我刚上初中，你就……"他望向窗外，
烦躁地敲着车门。

我想了想，说："曾经以为是。"

"那就是其实不是？？你还……"

"是啊。我还……"这事该怎么解释呢。我也是上个礼拜才知
道不是……因为搞不清楚谁是孩子的父亲，一点儿没觉得轻松，
反而更沉重了，解决问题的方案又少了一个，本来以为实在不行，
我给她一个肾就行了。

"我妈知道么……那小孩的事，一开始……"

我以为父子之间早晚会有严肃的对话，没想到是关于我的。
"她知道。"我不怎么对她撒谎。因为比起其他人，确实跟她最亲。
与其让她心生怀疑，不如弄明白了踏实。这事每走一步，我都问
她，离不离。她说，不离。直到我跟她说，不离不行。

"你都把她甩了，为什么管她要钱。"

"……是啊……"我看着前面的路，开过了一个地铁站。

儿子的左拳打在我胳膊上。我看了他一眼，不想说话，事情
解释起来没什么意思。

"你妈是我的福星。"我说，"只要她不在我身边，我就倒霉。
她不在，我把你弄丢了。我跟她离婚，结果现在公司也没了。"

"欠了好多钱？"

我笑着点点头。

他又愤恨地打了我一拳："你还笑。你就欺负她。"

"是啊。不然欺负谁啊。"

他再次打了两下。

"你翻你妈的东西找什么？"

"我没翻。"他说。

"是找户口本么？你妈肯定是把那些东西放一个抽屉里。"我看看他。

他看看左手，伸开、攥拳再伸开："我女朋友……前女友，跟我说她怀孕了。我想……我得对她负责任……"

我在笑，他很严肃，还盯着自己的手。

"后来呢……"

"孩子不是我的……她流……第二天就打掉了……没跟我说。"他嘟囔着。

"后来你把她那个男朋友给揍了一顿。"

"对。"

"其实你不到结婚年龄。男的得二十二。"

儿子不出声，过了好半天，说："我他妈就是蠢呗。"

手机从刚才开始振个不停。这回连他也听见了。"不接么？"

"这时候响，是没借着钱。"

"你不是挺有钱的么？我听学校老师说学费可不老少。"

"那不是为了你吗。现在我有点儿后悔。"

"后悔在我身上花了太多钱？"

"也后悔没在你身上花太多心思。"

他撇了嘴："我要下车。以后你跟我妈说，别弄周末吃饭这一套了。有什么意义。"

"我挺喜欢的。有规律地见见你们，挺踏实的。"

"就该不让你丫见着，凭什么我们让你丫踏实。"

这话从儿子嘴里说出来，让我心里揪着一疼。我没看他，怕被他看出那一刻的虚，直接在地铁站前面的豁口上停了车。

儿子下了车，并没回头。我拿出烟来，点上，才开始看手机。果然不出所料，没什么好事发生，本以为能借来钱的人出国了。以前我在电视上看过一个短片叫《七个铜板》，妈妈带着孩子在家里找七个铜板，她们从各种各样的地方奋力找出那些零钱，最后还是差一个。

当初丹红和我说想买房的时候，我们没钱，我到处去借。想想看，我确实一直不在乎脸面上的事，当时也找被我抛弃的女人借了钱。她说，你陪我吃饭吧。我们去个好地方吃了一顿。她是想羞辱我，我很清楚，所以只是笑着，不接她的话茬。要不是她移民了，我可能现在会去找她。

突然有人敲车门，我顺口说："就走就走。"才看见是丢丢站在车门左边。

他问："你欠多少钱。我借你点儿。"

"没到管你借的地步……"

"我上个礼拜跟你回新家，你去接了个病孩子。"他看着我，"你要穷到一毛钱都没了的地步，她怎么办？"表情很严肃，"别笑了。问你呢。"

"我不知道啊。"要知道就好了。我发了几秒呆，何必非要凑足这些还债的钱呢……既然公司欠了钱，我去坐牢挺好，生病的女儿不是我的……儿子跟着他妈会过得不错。"别担心，我有解决办法了。"

59

他忧心忡忡地看着我，一点儿不像我的儿子："我回来是想嘱咐你，别跟我妈说我女朋友的事。"

"嗯。不说。放心。"

儿子走两步回头看看，我冲他挥挥手。他大概认为这很蠢，只有垂着的手指动了动。

手机又在我手里振起来，是丹红打来的。

"怎么？"我问。

"我还是不放心，你告诉我，差多少？我再想想办法。"

听着她着急的声音，我在电话这头笑。

2014-08-12

我们是
怎么
走到这一步的

1 我梦到自己在慢慢地漏气 [1]

"要跟我离婚吗？"我问她。
她从床上抬起看手机的脸。

我意识到妻子三个月没和我说话是在三个月以前。

那天，和同事们喝完酒，女上司借着酒劲说她特别喜欢我。
我很早就从她说话声音的变化里知道这一点——对我交代工作上
的事她的声音会变得细起来。她和我前两任女友是一个类型——
身材高挑，凹凸有致，我不否认可能会对她有生理上的兴趣。

我送她回家，在车上她靠在我身上，让我去她楼上坐坐。连
代驾都知道她什么意思，后视镜里能看到他翘起的嘴角。扶她上
楼似乎于情于理无可厚非，但我在电梯关门之前逮住她整理头发
时露出的清醒，说："看来你进家门是没问题，那我走了。"

这么做不是因为我有任何道德的标准、限制，只因为累，不

---

[1] 弗兰·奥布莱恩. 第三个警察. 刘志刚译. 湖南文艺出版社，2017.

想把漫长的一天再延长两三个小时。我已经提不起精神再去吹捧、撩拨任何人。

走了三个路口才打到车，中间女上司给我打过一个电话，我没接，她在微信上留的语音我没听，每一条她都在时限之内撤回了。

丝毫没有守住了什么的成就感，也不觉得遗憾，倒是感到又添了一个新麻烦的郁闷。明天再去救球吧。

回家路上，我想到儿子，他之前说幼儿园有两个女孩喜欢他，所以他需要带两个我从日本出差带回来的小点心，在不同的时间分别给她们，不能让她们看到对方也吃到了；过了几天，我从上海回家又带了一些糖果，问他是不是再准备双份，他说不用，他打算只给其中一个女孩，而且要让另外一个女孩看到，他要让她难受。狡猾的鬼东西。

之后，想到儿子现在应该已经睡了，才想到妻子，我突然意识到有段时间没听过她的声音了。

她的声音很好听——客观的好听，有些孩子气，平稳、温暖，含着不刻意的博爱。我们关了灯，躺在床上，我会央求她随便唱首歌，她总是唱那些学生气十足、没有情爱意象的歌。她靠在我身上，一边唱一边伸手揉我的耳垂，我特别放松，像行道树下的脏冰在春天的阳光下化冻了。

到家，她和孩子都睡觉了。我掏出记事本，对着手机上的记录，翻找、回忆她不跟我说话的时间点。

不说话的起点至少在三个月之前，我无法确定是三天之间的哪一天开始的，怎么回忆都没发生什么特别的事。我们没吵过架，想不起自己做错了什么。微信上有简单的文字来回，言语一句都没了。

到现在，结婚九年，狡猾的儿子上小学二年级了。别说吵架，我们连发生争论的次数都屈指可数。本质上都是回避冲突的人，家里家外都一样，况且一旦意识到彼此的认真就会住口，这是事先定好的原则。

通常我会听从她的决定，她不需要对我解释得非常清楚，我相信她有必须那么做的道理。要求说清楚的过程有时会让人感到难办。我不想为难她，没有必要。只有在我确定自己掌握着她不知道的信息、百分之百正确，并且结果会对她和孩子有更大益处，我才会提出新的想法，比如，或许我们可以买这一种保险，买那一种户型的房子。最终的决定仍然交给她来做。我说"不能怪我啊"，心里不想为这些家庭决策担责任，在我看来，选哪个相差不多，做决定本身却太沉重了。

回想起来，她只有儿子出生的时候在我面前哭过那一次。因为孩子在她肚子里有些不大不小的状况，医生让她选择是带着风险继续等顺产还是听从医嘱剖腹产，她着急地问我怎么办。

一开始，我笑着说："这你不能问我啊。"

她强忍着阵痛，默默地哭起来。

我立刻说："听医生的，这最保险。"

她说："这对孩子不好。"声音很微弱。

我严厉地说："医生最懂。要不是有风险，为什么人家要好几个人给你来一刀。"

她抓着我的胳膊，抽泣了七八分钟才平静下来，我一再把纸巾塞进她手里，嘴上说着别哭。当医生返回问决定，我跟医生说"剖"，她并没反对，咬着嘴唇点点头，擦了擦眼睛。

那可能是在大事上，唯一一次我帮她做了决定。

儿子出生后，最初的听力筛查没过、泪腺堵塞，网上有文章把这些都归因为剖腹产而不是自主生产，没有经过阴道挤压的过程。她几次面色凝重，我都说，信那些干什么，我也是剖腹产的——其实不是，我妈在医院挣扎了三十六个小时，我爸精神濒临崩溃，我才出生，我不认为那个过程值得所有母亲尽义务似的经历一遍。在我看来，二十分钟的疼痛是值得一试的极限。

我能想起来的她最后对我说的话是让我去接儿子，我说好。她像平时一样说完毫不犹豫地挂了电话。

"好。"这难道惹到她了么？

在发现她三个月没有跟我说话之后，我试图厘清这三个月来我们是怎么交流的，按说应当早有察觉。

我坐在餐桌边回想，她从卧室出来，到儿子的房间检查一下，出来又看了一眼我，我们没说话，她进去了。那一眼打消了我的侥幸……她不是碰巧不和我说话，是她确实不想跟我说话……那眼神里什么都没有，她明明看向我的方向，又像什么也没看到一样迅速移开了目光。也许她并不希望我回来……

我刷牙、洗脸，走进屋，想着该不该问她这事，但我三个月没察觉，是不是对她太不在乎了。说不定过两天就好了，她通常很坦率，会告诉我她心里有什么想法，时机合适的时候她会说的，我这么想着。

一天天等下去，等着等着有些恼火，这恼火又带着羞愤，偶尔会有"你怎么能这么对我"的想法，考虑着她这么做是不是不尊重我，甚至有时候会有"你冷落我，那么我也冷落你，咱们扯平了"的念头。每天晚上带着"今天这事没解决"的心烦意乱睡着，叽叽歪歪地过了三个月。中间不是没有对质的机会和愿望，但本来没什么事，突然扯出这些话头一定添堵，我又缺乏面对的勇气，心里想着自欺欺人的借口觉得拖拖算了，某一天咒语自然解除。可生活……所有这样侥幸的想法一旦产生就不会成真。

问她的当天晚上，吃了饭，我们一起看了一集连续剧，她去看儿子的作业，我出门先去看了一眼住在同小区的我爸妈，跑了二十分钟。出汗不多，喘得厉害，速度也没有明显提升。

我回家洗了澡，换了衣服，她坐在床上看手机。

我做完了所有逃避步骤，问她是不是要跟我离婚。

她一言不发，从床上起来，直接去了儿子那屋。

这算是一个肯定的回答吗？想不出其他可能了。我该庆幸自己至少没做出辞职之类的傻事。我现在来问她，也是拖到不能再拖，要用一个决定来为另外一个决定下决心。

半夜我被儿子捂着嘴从被妻子推入水中的噩梦里晃醒。

他问我对他妈做了什么。

我说，没做什么。

他问我，为什么我妈不和你说话？

我说，我不知道。

"好好想想啊。"

好好想想啊。

2 梦想被扼杀的第三个症候就是平和 [1]

我们并不是因为死去活来的爱在一起的，恰恰相反。

认识妻子之前，我和前女友分手。她在美国读书，我们异地两年，我想给她一个惊喜，办了签证——以工作上的理由——跑到波士顿去找她，她的同屋告诉我她去纽约实习了，给了我一家事务所的名字。这她之前没提过。我找到那家事务所，在楼外等到晚上 10 点，她确实出来了，却满脸笑容走向了另外一个人。我庆幸自己虽然拿着花，但站在阴影里，拨了她的电话，她小声说还在学校图书馆，现在不方便。我明明跟在他们后面，走在纽约的街上。到下一个路口，我把花塞进垃圾桶，转进一个酒吧喝了一杯。

办完工作上的事，我回了北京。

几天后，她在我上班时间给我打电话。

---

[1] 保罗·柯艾略. 朝圣. 符辰希译. 南海出版公司, 2012.

"你来过波士顿了？"

"嗯，去了一趟。"

"为什么不告诉我？"

"想给你一个惊喜。不巧没碰上。"

"到纽约去找我了吧？"

"没有。没时间。"

"……真的吗？"

"嗯。"我说。

我并不想分手。按照我的算计，即使不分手，我们也是异地，分不分手对我来说都一样，我不提，我们相处的方式不会有什么太多变化，还会像以前那样网聊、Skype 通话或者直接打长途。以现实情况来说，我没有任何实际的损失。

"你……你这个人不诚实。"她说。

"跟我在一起不是因为我诚实吧。"

在她出国前两个月我们才认识，第二次见面就在一起了，然后我们演出了如胶似漆、机场送行的戏码，她哭着走了。我的出现让她在出国前后有了一段时间的情绪波动，甚至曾经想要退学回来。我苦口婆心地全力阻止。那时，她为此生了一段时间的气，认为我对她不够真，配不上她的爱。确实配不上。虽然我锲而不舍地哄了她很久，可那只是亏欠的补偿，直到纽约那晚之前，我都以为她爱我更多。

"你其实不爱我。是不是？"她问。

"当然爱了，你在说什么啊……"我站在公司所在大厦的楼梯间里。明明是防火用的，地上却有一圈烟蒂。

67

"好吧。你就是这样，回避所有矛盾。"

"我不明白你什么意思……"我轻声说。

……电话里的分手能闹到什么地步呢？我能说什么呢？几个小时之后，她在网上留言给我，说她也不想这样。我没回复她。

在那之后没几天，我爸妈复婚了，他们领证之后欢天喜地地告诉我这个消息，像我还小似的带着我去吃了顿好的，找了个周末把姑姑、姑父们和他们的孩子叫到一起，加上我爷爷奶奶、外公外婆，一起又吃了一顿。那其乐融融的气氛像香港以前明星俱全的贺岁电影结尾，我有一瞬间以为爸妈那旷日持久、波澜壮阔的离婚只是一场假想的梦。席间，我爸兴致勃勃地问我是不是受到了爱情伟大的感召，计划什么时候跟我那在美国的女朋友完婚。"尽快啊，你也不小了。"我错就错在当时脱口而出说我们分手了。

这一大家子媒婆在饭馆里开始讨论给我介绍什么样的人相亲，后来的小半年我为了继续扮演乖孩子的角色，顺从地贡献了所有休息日的下午和晚上去和那些不认识的陌生人约会。

从14岁起，我断断续续跟女孩子交往，总以一种吃喝玩乐松松垮垮的态度，一旦对方表现出特别的依赖或迷恋，我就迅速失去耐心开始挑毛病、找碴，为对方制造心理压力，又不给她们正面冲突的机会。我很少主动提分手，也不愿意对方在我面前那么说，最后总是渐渐疏远，不了了之。

有好长时间，弄清楚自己喜欢什么人非常难，知道自己不喜欢什么人却相对容易。我不喜欢跟我一样吊儿郎当的人。虽然大家玩得很和谐，也不会彼此强求，但我会越来越厌倦、懈怠，提不起精神。

默默分手之前，我曾对大学时代最后一个这样的女朋友说，羡慕那种内心刚强坚固的人，如果你是那种人多好。

她捻灭了我们一起抽的那支烟，说："为什么说这种话呢，我本来都要爱上你了。"

我大概……正是不想听她那么说吧。

总是被问"你想要什么样的"，回答起来太难了，我摸准了自己的想法之后甚至感到难以启齿。我希望对方不会被我干扰、不让我负任何责任。并不是说我时刻准备着始乱终弃，可我希望那个"她"即使被我始乱终弃也不为所动。我想象着那种强有力地控制自己的生活方向的人，像奔腾的火车。对她们来说，我的存在不重要，更不构成任何影响。这与爱情和婚姻的主旨是相悖的。人们都把感情关系说成两个人的羁绊。我讨厌羁绊，那种黏糊糊浪费时间的感觉让我不舒服，不要那样。

不不不，这不是因为我在家庭生活中受到了什么伤害，我敢说自己没有任何心理阴影。我爸妈虽然有过激烈的情绪爆发，离了婚，但我把那理解成他们"过家家"、体验爱情的一种方式。在名义上离婚的那段时间里，他们不断以各种理由往来，我打赌他们之间还有性生活，表面上秘而不宣，恐怕我的姑姑们都知道。有时候我爸见过我妈之后的那种神清气爽让我看了都头皮发麻。理解那种沉溺在浓情蜜意里的渴望……我不要那样。

对我来说，相亲并无不可，它的操作方式又像在说，我面对的人不知道自己想要什么、做好了退而求其次的心理准备……长叹一声，行动上，顺从地去参加所谓的联谊，在相亲约会中老老实实付钱。反正我的姑姑们有时问问我相亲的花销还会给我一些钱。我把这当成我成年后的压岁钱，毫无心理负担地接受下来。

终于有一天，大姑介绍给我一个姑娘。她忧心忡忡地说，这个女孩工作能力很强，留过学，人家不一定看得上你呢，你一定要好好表现。

第一眼，我以为她是我喜欢的那个类型的人，看上去人高马大、颐指气使。我心花怒放，完全让她来控制局面。她在选电影的时候挑了一部剧情片，结果在电影中段哭得像一摊烂泥。我用尽了夹克口袋里所有的纸巾。周围的人都满眼含泪，我的冷漠昭然若揭……这让我如坐针毡。

出乎我的意料，不久之后，她约我出来，表扬我的体贴，声音变得非常柔和，流露了对我的喜欢，要让我点菜，说"都听你的"。席间，她害羞地撒了娇。

为了结束这场闹剧，菜过五味之后，我面露难色，问她是不是本质上是个内心柔软、喜欢上谁就小鸟依人的类型。

她说，对对对。

我说：能跟你描述一下我想找的类型么？

听过之后，她失望地叹了口气："好吧。"

过了几天，她打电话给我，说想起一个单身的朋友，绝对符合我的要求，但她认为我们应该直接见面。

约定的咖啡馆，我看到了后来的妻子。她走进来，比我期待的要矮小瘦弱，身材更不是丰满成熟的类型，她的穿着打扮比起我喜欢的放浪风骚更是规范保守到了极点，像一个中学学习委员，我后悔只讲了性格需要没提外观。我一向懂得该降低期望值，当她站在我面前，我迎客的笑容还是没控制住，有些僵硬。

"让你失望了？我是成凯欣。"她这么说着，伸出手。

我慌忙站起来，去握她的手，说："你好，我是郑川。"她的声音很好听，手恰到好处，柔软、温暖，既不干燥枯瘦也不湿滑油腻。我曾握过冰凉、涂满护手霜、散发着廉价香气的手，让我想到蜡像馆。

那天，按照一般的程序，我们看了电影、吃了饭，所有的选择权都交给她，她当仁不让地大方做了决定，电影不错，大概是因为我们都不认为会见第二面，边吃饭边兴致勃勃地讨论了电影里的推理和演员的表演，她点的菜兼顾了创意和美味。愉快的几个小时之后，我在九点左右送她回了家。没有发生更冒进、亲密、少儿不宜的事。结束在这里很愉快，留有一丝遗憾的回甘。

几天以后，我到客户公司开会，中午被带到他们所在园区的食堂。她在隔几排的座位上向我挥手。我过去和她打了个招呼，下午时收到她发来的短信：周末有时间见个面吗？

我记得她像个中学生一样叼着冰咖啡的吸管，等着我回答和上一个女朋友是怎么分手的，我没讲纽约那一出，笑着笼统地说，远距离恋爱总是难以为继。

"那你现在是什么心情？"

"嗯？"

"我……"她认真地瞪着我，闪亮的眼睛。我更喜欢那种烟视媚行、性感之外更空洞一些的眼神，最好看着我又像没看到我

71

一样，不是现在这样，我能看到她眼里自己的影子，她说："我现在，不想找人谈恋爱，我不相信爱情。"苦笑着，"你能明白吧？但是……"

我故作困惑地看着她："但是的意思是你想尽快结婚生孩子吗？"

她认真地点头，"我想在 30 岁之前生一个孩子。"耳边短发的发梢和她的头一起摆动。

我挠挠鼻子，看着她，此时为了尽可能小声，我们离得很近："你是说……需要我……提供什么……还是说……跟你做……？或者……我作为选项之一……先试试？"

她脸红了，低头微笑："……我想找一个相对靠谱的人当孩子的父亲，以后跟他说，你爸长这样，他是在什么地方工作，是什么人。我现在的收入不高，不过，一个人把孩子养大问题不大。不需要孩子的父亲担负太多责任。……如果愿意的话，能和我结婚更好，我可以对我爸妈和哥哥嫂子有个交代。你……有兴趣考虑一下吗？"

为什么是我呢？我能想出一堆自信自负的理由，但……我尝试站在一个单身母亲挑选基因的角度考虑又觉得……也没有什么可喜之处。

"……我确实不想孩子像我这么矮……孩子的父亲至少是大学毕业吧，"她的头更低了，"不用着急回答我。你再想想。"

介绍人到底说了我些什么……

"她说你想找一个能拿主意的。我需要找一个人配合我，共同完成这个项目。"

我稍微调整了一下坐姿，然后说："那什么……我呢……需要结婚。"

她笑了，抬头看我。

"我相亲只是为了结婚。可以你怀孕之后再结。到目前为止，我没让人怀过孕……不是因为没经验，是因为谨慎……在这方面，"我这么说着，她的耳朵又红了，她似乎发现我在看她的耳朵，把短发从耳后挑下来，我继续说，"我不确定自己是不是一定行。30 岁……你现在多大？我们排一下时间表。"我掏出口袋里的本子和笔。

她闭紧嘴，很严肃地教训我："我认为……你应该再想想。"

这回轮到我笑了。

3 比较天真，比较不负责任，就是说，比较幸福 [1]

我对儿子说："不知道啊，你替我去问问？"我怎么知道做了什么惹到她的事……事到如今，越是接触得少，越难分清楚到底我做了什么让她难受的事。

小泥鳅说："你们会离婚吗？"眼里挤出一点儿泪花。

"不是没有这种可能，但你没什么可担心的，我对你的感情不会变啊……你妈会一如既往爱你。"

"反正你不怎么爱我。"他抱怨着。

平常他说话挺注意的，作为一个七岁的小男孩，在我看来，他

---

[1]　罗贝托·波拉尼奥. 地球上最后的夜晚. 赵德明译. 上海人民出版社，2013.

太懂得察言观色了。我也是这么过来的，没什么教育他的立足点。我在他那个年纪靠装病维护父母关系，至少他之前不需要这样。

"你不问我想跟谁？"他问，立刻接上一句，"反正不是你。"

到底是什么让我们的对话变得这么直接，远没有他和别人说话时那么巧妙。

"这……当然是跟你妈对你有好处，我对你的成长作用不大，不过我会经常去看你。"对于坏情况，我总是做好心理和物质的准备。在意识到我和妻子三个月没有说话的那一晚，我已经想好了到小泥鳅大学毕业之前大部分问题的处理方案。实际上，这套预案在他出生前我和他妈妈就商量过。现在只需要做些细节的调整。比如，我比预计的要更喜欢他一点儿，即使他是我见过的最狡猾的小孩儿。抛开血缘关系，我仍然能确定自己喜欢他。

"比现在花更多时间在我身上？"他这么问着，扎了我一剑，看着像脱口而出，继续委屈地说，"完整的家庭对小孩儿很重要啊。"不知道他在模仿哪个老师的语气。

"你不是普通小孩子啊。"我笑着说，好久没和他说这么多话了。

我和成凯欣讨论生孩子的事的时候，她说："你要想清楚风险啊，有了孩子之后，如果我们离婚，孩子未来有问题都会怪你。因为我肯定会尽全力对孩子好，但你恐怕就算用了最大力气，别人都会觉得你不是尽责的父亲。"

"我使不出最大的力气，当不了卖力的父亲，只能在有限的范围内尽量做。至于责任……解决所谓传宗接代的历史包袱，我得感谢你呢。其他的……我对不对孩子好，孩子长大都会有问题，你说是不是。我爸妈对我挺好，你看我不是还是有人格缺陷吗？"

她沉思了一会儿，问我这会不会遗传。

"你应该能把他掰回正道吧。"我笑着摸摸她的头。

我们认识一个月之后搬到一起住，按部就班地按照备孕时间表，监测着她的激素变化，在指定的时间段做爱。不知道是不是因为有共同的目标，所有的一切都挺和谐，起床、睡觉的时间、姿势，对猫的态度，达到高潮的时间点……

我望着她举着双腿靠墙的样子。她害羞地说："别看。"

不再看她，我随手抓起一本书，另一只手撸着我的猫，她问我："你刚才在想什么？想谁？"

"你不需要知道。"没法和别人描述我那时候在想什么，总是很不专心，我的身体和意识像分离着。身体自行其是，意识从旁观察。这种状态导致高潮没有多高，所以我对性也没有痴迷、投入的感觉。如果对女孩子描述我近乎冷漠表演的真实感受，似乎在说她们并没有那么迷人。

"你会不会想象一些丰满、身材特别好的人？"她问。

"没想过。你在想谁？裘德·洛？"我反问她。

她忽然不再说话了。我看了看她。她脸红了。

没多久，验孕棒出现了两条红线。我们在两天之内分别见了她的家长和我的家长，再安排两家家长一起吃了一顿饭。我的姑姑、姑父们责怪我从来没有把成凯欣介绍给他们过，他们给我准备了好多更好的相亲对象，她们说她太矮了……比我奶奶还矮一截。我敷衍地反驳道：反正我自己选的你们死活看不上。她们又立刻否认说，不是不是，没那回事，你喜欢就行。

很快去领证了，安排了酒店办婚礼。她本想简单处理，我说不想以后再被这种事烦，第一次仪式做足了，他们就没话说了，跟她离婚我不会再结了。

说这些的时候，我很平静，她却抓着我的胳膊看着我说："……你难道没想过如果找到一个更符合你心意的人，你……我真搞不懂你为什么会这样……"

"我的心意……更接近于……一人一猫或者两猫过一辈子吧……需要的时候，谈谈恋爱啊，搞搞露水情缘啊，约约炮啊，……人生终点挥挥手不带走半片云彩地五分钟之内死掉，多好。"我闭上眼，歪了头，吐了下舌头。

睁眼的时候，看出她明显不高兴了，听她板着脸小声说："我打乱了你的计划。"

"不是你，我的想法要实现起来比实现你的还要困难，这些关心我的人会在几十年的时间里不断地用他们的爱给我施加压力，让我感到对不起她们。对不起那些爱，对不起那些好……遇到你很好啊，互相帮忙嘛。"我笑着晃晃她的胳膊。

我们办了一场三十桌的婚礼，我父母、她父母都哭了，她在那一天换了七套衣服，拍了许多光鲜亮丽的照片，我们说了复杂的婚姻誓言，在交换戒指的时候，她不可思议地浑身直抖。"怎么了？……"我满心疑惑，但尽量表现得喜悦和幸福。

去结婚登记处领证之前，我跟她说如果反悔还来得及，她问我孩子怎么办。决定了要去做的事就义无反顾。我喜欢身边有这样的人。做别人要求我的事的时候，我也可以这样。如果让我自己思考，我会觉得做决定与选择太难，太费心。像一开始答应她的那样，只要她不退缩，我就能配合。

敬酒到大学同学那一桌，他们问你们是怎么认识的。我编了一个真假参半的故事，说我是第二次遇到她的时候感到心动。他们起着哄笑成一团，端着酒杯对她说我上学时候是多么散漫无聊，要求我们做带有色情意味的游戏。她沉默着不配合。我笑着抱起她走到了下一桌，她吓了一跳，瞪着我，很快有几秒短暂的平静。

当天我喝多了，早上醒来，她穿着婚纱靠在我身上，手里揪着我的西装上衣领子。我看看她还别着花的头顶，看看天花板，心想，我如果是一个爱她的人，或者，我如果能多爱她一点儿，该多好。

她那么轻，心那么重。

那时候我们都没想到过了两周之后，孩子会没了。

不知道是不是和婚礼的疲倦有关，医生在产检的时候告诉她孩子的心脏已经不跳了。她做了引产。在那之前我感觉不到孩子跟我有什么关系，一直保持着轻松的态度，当医生问我要不要看一下的时候，我还是说看一看，看到的时候，我心脏的位置真的感到被狠狠捏住般的疼。面对那个小小的已经有了人形的身体，我感到从未有过的非常真实却难以描述的痛苦。任何比喻相比之下都不够，都太草率轻浮。

她肯定哭过，但没在我面前。我没告诉她孩子的样子，更没说我看到那个太小的身体之后，想的是，我这种人都心疼，她会多么伤心。

能做什么呢？

我问她需要我做什么。以前她说得总是很具体，想吃什么，想去哪里，想做什么。

她对我说：我没事。

我说：也许我们该离婚，你该找个你爱的人试试。这种事可能是警告。我们的做法不受认可。

她低着头：你不信这个。

我正是因为相信命运的既定路线才不想多思考多挣扎。

"再试试吧。"她说，"再试试。"

"好。"我握着她的手。

后来，我们搬进和我父母同一小区的房子，算了时间，开始做准备的时候，她却发现自己怀上了，我们一边想比上次更充分的准备，一边心存恐惧，好在最后有惊无险。小泥鳅出生之后，全身黑黑的，皮肤微微起皱，腿伸得很直很长，躺在保温箱。我去看他，他只肯睁开一只眼。她问我孩子是不是很难看。我说肯定会变漂亮。他很不争气地黄疸了好长时间。她住了几天院，把她和孩子接回家，月嫂就位，我爸妈、姑姑、姑父们轮番来帮带孩子，好长时间家里一直乱哄哄的，很难有两个人说话的时候。

等我们能两个人躺在床上的时候，已经是孩子满月之后了。他在大床旁边的小床里。

我问她想要什么生日礼物，下周三是她三十岁生日了。

　　"什么也不想要了，"她对我感叹说，"这一切好像一场梦。"她翻过身，对着孩子的方向，"你有计划和我离婚吗？"

　　"嗯？卸磨杀驴该是属于你的操作才对啊。我计划什么？"

　　"这对你有什么意义呢？"

　　"……相比之下，这很有意义吧。"

　　"孩子让你喜欢吗？我让你喜欢吗？"

　　"没有让我不喜欢的地方啊。"

　　"你快乐吗？晚上都睡不好。"

　　"……快乐于我有何用？"我笑起来，"现在这种平和的感觉应该是一般、正常的幸福吧。"我把手放在她肩上，她没有表示不愿意，我轻轻搂着她，从她的肩上看小泥鳅，他正向空中伸着小手。

　　去登记小泥鳅的名字之前，我跟她说，如果有朝一日离婚了，她能把孩子的名字改成什么，说了三四个选项。她都没接话。

　　"你不出声，会让我有点儿担心。"

　　"担心什么？"

　　"担心我说错了什么……"担心事情和我以为的不一样。

　　所以……我到底说错了什么让她不再和我说话呢？

　　我劝小泥鳅回他床上睡，不然一会儿他妈突然出现，我们都会很尴尬。

　　他不情愿地走了。

可我实际上不觉得她那天晚上会回到这屋来……

4 事实上，正是这种改变人生的经历让你认识到生活的不变性 [1]

不说话的半年，我们之间并不是没有交流，是不太需要言语。

她在微信上会打字给我下一些指示，那些话都只需要"是""好"这样简单的回答，通常是向我通告她的决定，比如周六上午带儿子上完课之后要去我父母家吃饭。我说好。我问那我去找你们？她不回复了。大意是你随便。

需要说什么事情，常靠电话，小泥鳅是中间的传话筒，他本来就喜欢打电话，一听说她要给我打电话总是抢着说"我来我来"，我接起她的电话来，总是孩子的声音。我能听见她在电话那边对小泥鳅说"跟你爸说……"。

生活的运转不受言语静默的影响，可连我没头脑的爸爸都看出成凯欣在逃避我。我出声的话，她立刻沉默，低下头，甚至离开现场。

他很严肃地问我，你们怎么了？

我说没什么。

他更严肃地以过来人身份说："夫妻之间要有问题得尽早解决，

---

[1] 杰夫·戴尔. 杰夫在威尼斯，死亡在瓦拉纳西. 俞冰夏译. 新星出版社，2012.

不要拖。"

　　我嘴上敷衍着，谁知道被我一拖就是这么久。

　　表面上，我对她是不是跟我说话不怎么在意，可我心里已经把所有可能把她惹毛的事想了无数遍，确认我都躲开了那些"坑"，自认为对她不错——客观的不错，我对孩子也还不错——客观的不错。本来成凯欣就不是那种会一天到晚问我在哪儿、跟谁在一起的人。我们的关系不是建立在爱上，我不需要在那些事上对她耍心眼、有所隐瞒，更重要的是，我对婚外情毫无兴趣。如果我特意不回家，躲在一个地方玩游戏、发呆、听相声、看书、睡觉的可能性要比出去跟什么人约会的可能性更大。我越来越困惑。总该有起因，不然怎么会让她在那么小的家里，利用有限的门和墙，避免和我相遇或者对视。

　　这几个月，我确实很忙。可能跟项目组的女上司有关，她工作狂、精益求精、天马行空让这个项目组比我以前的那个忙许多。通常我半夜才回家，在客厅的卫生间洗漱之后小心翼翼地爬上床，早上醒来，妻子已经送儿子去上学了。好容易一次晚上九点两个人都在家里，也是各忙各的。她并不是只忙孩子的事，也有压力很大的工作任务。我们还睡在一张床上，真正清醒地面对面的时间却变得很有限。

　　中间我有几周出差，在外地白天工作、晚上应酬，没有喝到不省人事，但喝了酒之后晕头涨脑在电话里还会招人烦，我不想大半夜再去给她打电话或视频。本来我不是勤于嘘寒问暖的体贴丈夫，微信里打字也很少。真需要我的时候，她会直接来电话的。

偶尔休息日在家，她带孩子去上课，我在家闷头睡觉，醒来就是吃饭，有时是儿子打电话过来把我叫醒，告诉我他们正准备在英语教室或者钢琴老师家附近的饭馆吃饭，让我过去。这是我们一周之内唯一一次同桌吃饭，我到的时候他们通常吃得差不多了，留下我那份，我吃饭，她和儿子说话，我对这种场景习以为常。

　　……

　　习以为常。

　　……

　　与此同时，诡异的是……我们保持着一个月三至四次的性生活，在发现她不跟我说话之后，我有些犹豫，她却靠近我，搂着我的脖子，甚至吻我的脸和嘴。我到指定时间靠近她，她不拒绝，相反我认为她挺配合，似乎还有点儿喜欢。她本来在床上话不多。我心里满是疑惑，可那种时候，我怎么能问得出口，看着她微眯的双眼，不想打破那种亲密的融洽。通常事后她会抓住我的胳膊蜷着待一会儿。每到此时，我都有一瞬间觉得我们没什么问题。

　　可并不是这样。

　　……我打开灯，转身抓住她的双臂，几乎是骑在她身上强迫她看着我，我从来没有激烈地对待过她，从未对她发过火，这么做让我心里发虚。我在干什么呢？要问出什么来呢？让她坐实讨厌我的结论，让她亲口承认要和我离婚吗？

　　"为什么不跟我说话了？"

　　她看了我一眼，把愤怒的目光移开，想从我手里把手臂甩开，想把我推开。

"我干什么了？"

她不回答，继续默默地挣扎。

"要跟我离婚？"

如果不是我的问题，那只能是她的问题了。

"喜欢别人了？"

她气得瞪圆了眼睛看着我。

她还光着身子，当然我也是，但我在这时候问她这种问题……

更有自尊心的人就不去询问答案了吧。他们早知道这种不说话的冷暴力意味着什么。她想要严守着一个秘密，独自惩罚我。

"不能这么对我。"我说着，头疼欲裂，放开手。

她轻轻按着我的太阳穴。

"如果你想离婚，没有什么原因，只是讨厌我，也可以啊……我当主动提离婚的那个。我对小泥鳅不会有什么太大变化……都能安排好……"我说着，她放下手。"我以后不会再问了。"

我穿衣服下床，去吃了止疼药。晚上躺在沙发上过夜，知道她过来看了我一下，也听见她去看了儿子。

算是殊途同归吧……这一切与我最开始预料的差不多，我想我们不相爱的话，多半会离婚，最多坚持到孩子上大学。这可能是我们早就给自己立的旗标，怎么都绕不过这一步。现在这样，总是该离婚吧。那时以为我不会有什么感情波动，现在似乎仍然是平静的，可我很清楚地感觉到并非如此……

早上很早爬起来，收拾好沙发，开始做早饭。儿子迷迷糊糊地出来，爬上凳子，看着我："你们和好了吗？"

"没有。"

"那怎么办？"

"不是说了，你没什么可操心的。"

看着她去换了衣服出来，望见我，她又低下头。

"还不想和我说话吗？"我把热牛奶的杯子和放了煎蛋的盘子放在她面前。

小泥鳅看看我，又看看她。

几年前我有一阵也很忙，一礼拜能出差三次，我们聚少离多。有天早上她感叹自己很久没和我说话了。我说我在美国的同学，夫妻俩也特忙，都是靠各自上班开车的路上在电话里聊。她说她同事的丈夫至少跟她同事约定，每天吃早饭的时候说20分钟话。我说咱们不会输给他们。那之后，我们每天早上都说说前一天遇到了什么，曾经有说有笑，为了聊天而早起、早做早饭。"不能输给xxx。"变成了一个梗，她会说："今天还不到时间。"我知道，其实时间早过了。

我一点儿不反感和她说话，这我在最初认识她的时候就感到了。她说什么我都不觉得厌烦，无论是她工作上的事，还是孩子学校里的事，我听得津津有味，喜欢她描述事情的声音、节奏和方式。让我有这种感觉的女性并不多。虽然我能跟前女友一天打好久的电话，但我总是一边玩游戏一边听她说话，她说的那些事不是已经跟我说过许多遍，就是只和她有关，只需要我附和。

"二十分钟。"我说。

她抬头看着我，又把眼睛垂下，问小泥鳅是不是准备好了去学校要带的衣服。

"二十分钟。"我说。

她看着我，叹了口气："跟你没什么可说的。"

我们……怎么变成这样了呢？

即使我们不是因为相爱在一起的——那有什么了不起的……大部分人都不是因为相爱而在一起的吧，找个人过下去而已。

小泥鳅酝酿了好一阵才开始抽泣，他在猛吸鼻子，"你们要干什么。"带着哭腔。

她像泄了气的皮球，长吁一口气："可能没别的办法了吧……"

5 在某个时刻，他们的沉默开始变得意味深长、令人激动 [1]

我们按照新的时间表去拜访双方的父母，告诉他们我们要离婚的消息。

我爸妈似乎早料到会走到这一步，就像他们当初曾经劝成凯欣再考虑一下和我结婚的事。他们认为我那种轻佻、玩世不恭、冷漠的生活态度会伤害过分认真的她。这一点他们是对的。现在，他们像只是尽责任一样劝我们再想想，然后问起小泥鳅的安排和以后的财务问题。

---

[1] 乔纳森·弗兰岑. 自由. 缪梅译. 南海出版公司，2012.

"一切都要先考虑周全，以后……两个人分开一阵，新仇旧恨就来了，你们现在看着算是和平分手，后面情绪上来了可不好说，趁冷静的时候多想想清楚。"我妈说。他们建议成凯欣带着小泥鳅还住在我们现在的房子里，让我去别处，这样他们在一个小区，还能经常见到他们。

我虽然苦笑着抱怨，但这个结果和我们商量的是一样的。

我妈忧心忡忡地看着我，不久哭起来。成凯欣劝了她好久。

我爸妈这边算是容易的，难的是她父母那边。

一开始，我自认为知道她为什么会找上我。和我见面的一个月之前，她有一个交往七年的男朋友，两人在大学期间在一起了。订了婚，她也收了前男友母亲送的钱物。之后没几天，她出差早回家了一天，目睹了前男友和他另外一个女朋友躺在床上的情景。当天回家前，她在机场扭伤了脚，两个同事好心帮她拿东西送她回来，随着她鱼贯而入。一望到底的一室一厅……如果没有别人在场，也许她会自己默默吞下这苦果，仍然和渣男结婚。是这局面，让她没了退路。

见到她父母的时候，我才知道她面对的真正压力是什么。几个小时之内，她父母没有说过一句她的好话，言语间好像她高攀了我，每句话都在贬损她，我听了很不舒服，甚至忍不住顶撞了几句。婚后，我见过几次她哥，一旦他在场，她父母会让她更难堪，我总是尽量扯开话题。

了解了她父母，我更明白了她当初选择我的原因，各方面都比她哥好一点点，多少是希望用我这样一个人堵住她爸妈的嘴。

进她父母家门之前，我跟她说，让我说，她不要出声。她点点头。

可是……无论我铺垫了多少话，在他们听出我们要离婚这个信息的时候，还是像氢弹爆炸一样，两个人都从沙发上弹起来。她爸立刻对她乱加猜测、破口大骂，甚至要上手打她。

我不得不挡在他们俩之间："您这是干什么……不要这么说……她没做错什么。"

"那你们好好的离什么婚！！"

"都是我不好，不是她。我照顾不好她和孩子。"

"她应该照顾你们！肯定是她没做好。"

……我把她从那个家里拽出来，脑袋里嗡嗡作响。是我们的生活太平静了吧。我都不知道该怎么对付她爸的那些恶言恶语。

"他不该那么对你。"我说。

她叹了口气："没事儿，我早习惯了。"很快闭紧了嘴。

"真的要离婚么？"最近几天，我总是问她这句话。

"不然能怎么样呢？"她总是这么回答。

"没有挽回的余地吗？"这是我第三次，也是最后一次问这个问题了，"我做错了什么？"

这是她最后，也是第一次回答："没有别的办法了。你没做错什么。"她自顾自向前走着，我追上她，抓住她的胳膊。她转身看着我："你错了，想错了……错的人是我……是我……"

我无力地放下她的手臂。

实际上，我在心里曾无限次构建我们分手的情景，从来没想过会是她喜欢了别人。为什么不考虑这种可能性呢？是因为我在心里也认为她没有魅力，在贬低她吗？不是……并不是……是我觉得她对家庭完整性的重视程度远远高于我。她不会这么做。我自己却很危险。偶尔我会有想破坏一件事完整性的冲动，像猫有时候会把桌上无辜的花瓶打翻在地，像小时候我妈说新买的书包很贵，不要弄脏，我到了学校就把它扔在操场上踩成了灰色。我才是那个会有破坏欲的人，越重要可能越会将其毁灭。所以，在我心里，每一次都是我向她和小泥鳅道歉，并不是我爱上了什么人，是我要无赖，伤害了他们。我想过很多种备案讨好他们，修补我造成的间隙。

如果她爱上别人，那个别人又愿意和她还有小泥鳅共同生活，我该什么态度才对？祝福他们。

你好。对，她是我前妻，这是我儿子。请你好好照顾他们。……因为我这个人没什么家庭责任感，所以……不，我不意外。你肯定是更好的人。

……更好的人……

我跑上前想问她那个人是谁，在追上她之前，我站住了。

……问什么啊……

我们按照定好的时间在离婚办事处门口会合，检查了三四遍要带的东西，竟然一样都没落下。过程出奇顺利，让我怀疑有关政府人员阻挠离婚的消息都是无稽之谈……

我已经搬进了公司附近一个相对宽敞的一居室，从离婚办事处出来，带她去看。本来我觉得房子还不错，没想到她突然挑三拣四，说这里不好那里也不成，从窗户的隔音程度到热水器的类型，一无是处。她是这样的吗？又多多少少认为她说的都有道理。最后她站在客厅，看了看说："你觉得合适就行，我没意见。"她转身打开冰箱："你……多买点儿鸡蛋吧……"

我从她身后搂住她，靠在她身上，下巴贴着她的头顶，她艰难地把冰箱门关上："别闹。"

"给我解释原因吧。"我说，"都结束了。推理小说的最后，需要解谜篇。"

她不说话。

"婚也离了，不需要再对我使用冷暴力了吧。"

她不说话，回身望着我。

"我现在不会说什么你告诉我哪儿错了我改，改也没意义了。对吧？告诉我你想跟什么别的人过，不用说名字，我不会有意见，我的意见不重要。"我看看餐桌上扔的离婚证，"毕竟我距离我想要的生活现在只差再养一只猫了。"老猫留在了家里，因为它和小泥鳅也很亲，每天总是在小泥鳅写作业、弹琴的时候蜷在他床上，睡觉睡在他旁边。

我知道自己本质上懒惰、荒唐，又为自己比真正的那种人活得费劲感到不公平，也许以后会变成更货真价实吊儿郎当的人，不用再假装认真养家过日子。可在我不知道自己的伪装露出了怎样的破绽的时候，却遭到了队友的彻底否定。这让我想起来就难受。

她小声地说："我都说了，这不怪你。"

"给我一个踏实……"

"是我……违约了吧。"她舔了舔嘴唇。

"什么啊？"我笑起来。

"你记得我们约定的前提吗？肯定记得。"

"我们……不是因为相爱在一起。"

她皱着眉："你跟九年前没什么不一样，可是我……我这半年多每天都在想我们之前约好的事。"

大半年之前，有一天我在加班，她给我打电话，说小泥鳅烧得很高。我跑回家，和她一起把小泥鳅抱到医院。那天她也在发烧。后半夜，他们俩并排打点滴。我在他们俩的病床之间小声地学她唱歌，他们俩都笑。

后来……我的老板问我是不是想升合伙人，几乎是强迫我去参加内部面试，但我当着其他高管嬉皮笑脸地说我不想担负业绩责任。他一怒之下让我换到最忙的项目组。通知我这件事的时候，我告诉他，妻子太辛苦了，我想多些自己的时间，多分担些家里的事。他说，别找借口，男人重心要不在事业上也养不好家，你先干一阵再说吧。

这些我没跟成凯欣商量，她肯定说她没问题，因为她一直认为她在孩子的事上负有更大责任，甚至是唯一的责任人。这正是偏离我最初设定的地方。我不会对内心强大的人产生影响。可她的存在会影响我的轨道。我不瞎，不是看不出一个孩子——还是个很乖的孩子——外加工作压力让她累成什么样。好几次我做饭、洗碗的时候，她坐在沙发上听着小泥鳅练琴就睡着了。有一次，她在屋里默默撕纸，在工作上失去了一个重要的机会，因为有人说她投入了太多时间照顾孩子。

最后的最后，我本想帮她，却变成我更忙。回家笑嘻嘻地说，后面半年多可能辛苦你了，她果然说没事。

春节之后我换组了，围着美艳、跋扈的女上司团团转。曾经有一次我手机落在家里，成凯欣正好调休，特意跑了一趟帮我拿到公司。她进来的时候，我们刚跟一个公司的客户开完会，送他们出去。我把她介绍给女上司，她们彼此打量，她把手机给我转身就走，我追上她，送她到楼下。我在她身后呵呵地笑着："怎么，你吃醋了？"她只说了一句："下次我叫快递给你送来。"

可那之后我们还说过话，我曾经回想过这件事很多遍，不觉得它会造成什么实质性的影响。

"是么？这件事引起的？"

她不说话。

"那之后你还跟我说过话啊。"

"对，后面挺长时间还是正常的。"她说，"是我渐渐起了变化。我从那时开始，每天都想确认，你是不是喜欢那个人，你是不是喜欢我，你爱不爱我……"她说话的声音越来越小。

"我跟她……我只是在等项目结束好申请换组……再说现在是她想把我调走……"不不，现在解释这个根本不是必要之举。

她像在嘟囔似的说："我起初以为过一阵我会放弃这种念头，这几年来，我时不时会想向你确认，之前都放弃了。"

"我当然喜欢你啊。"

接下来才是致命一击，她说："我知道，如果我问你，你会说喜欢我，爱我你也说得出口，你心里怎么想你也不清楚，对吧？"她望着我，"我怎么能相信你？你怎么证明爱我才能让我相信？如果我信，我就会对你有太多期待。再往后，我就变成了依恋你的女人……你知道这意味着什么吗？"

……我会对你厌倦。

"这是个死循环。"她低下头，"我不知道怎么才能出去。"

现在是我说不出话了。

"是不是从你嘴里说出来爱我，这不重要，是我感到我正在变得……正在变得感到没有你不行。吹牛的人是我，说我一个人可以，不需要别人，不需要你……如果我问你，你是不是会接受这样的我，你是不是能承受我给你的压力，你怎么回答？你会说，好，行，没问题。也许就像你对你家人给你的压力一样去应付，然后呢？"

我没说话。

"这不是很奇怪么……如果我爱你，我该让你过你想过的日子，还是非要用孩子绑住你让你和我过日子？"她苦笑着，"我怎么都想不出答案，所以，不想让自己有机会问出口。"

我不知道该哭还是该笑，这是得到了爱的表白还是从根本上的否定？跌跌撞撞地坐在冰箱旁边的椅子上，不由分说地拽住她，让她坐在我腿上。

我靠着她，她轻轻揉我的耳垂。

我记得向她颤抖的手指上套戒指。

婚礼之后，我们每年到婚礼纪念日会一边喝酒一边拿出婚戒戴一下。她以为我不想戴是为了在女同事面前装未婚，其实我办公桌上就放着小泥鳅的照片。那对戒指很漂亮，我怕我会弄丢。

回忆婚礼现场，她的手指很纤细，她在发抖，导致我一再失准。我先确认了她并不是打算反悔，又小声地笑着对她说："你可是我们之中强大的那个。"

她望着我："如果我不是呢？"

这时我笑着为她套上戒指："别动摇啊！"她看了我一会儿，深吸了口气，不再发抖，为我戴上了戒指。

2018−03−12

事情总不是
看上去
那样

1　给过去的假信

　　如果我上大学那年"有"个孩子，当时本科怀孕是大事（不是说现在事小，而是我不知道现在的情况），"于情于理"需要退学，"有个孩子"意味着孩子已经出生，我不太相信我妈会乐意我选择生孩子、放弃上大学，因为"上大学"对他们来说有太多未竟的意义，我和我妈的关系会很僵，我必须面对孩子的养育问题。孩子的父亲无论年龄多大，这应该都不是"以结婚为目标"的两性关系，很难得到他人的祝福，一拍两散是必然……

　　既然不能继续上大学了，至少有一年要花在养孩子上，这将是心情很糟的一年，需要过半年，我妈才能接受我退学和有一个孩子的现实，并且会提出把孩子带在她身边，让我去再次高考，一开始我会认为这是个可行的方案，没几个月就会厌倦了，会想出一个更简单不费事的解决方案，会想要挣钱——比如，在某些小说网站做连载之类的，并且自诩为作家。

　　几年之后，我会觉得孩子不能在我妈的溺爱中长大，但把孩子带在身边绝对不是一个好主意，我只能在不耐烦的家长和贱贱的孩子奴之前强行切换。

痛恨孩子像我的地方，讨厌孩子像别人的地方，又觉得这一切都是我造成的，尽可能满足他／她提出的每一个需要，放弃对他／她任何有关人品、学业、气味的要求。每一个说他／她不好的人都显然是在指责我，所以我要为孩子的行为辩护，即使那很荒谬，我会认为孩子所做的是为了引起我的注意，因为我不够爱他／她。（我会时不时因为感到自己不太爱他／她而自责。）

孩子会感到我不负责任、自我中心的爱是种敷衍，会认为我是在掩盖问题而不是解决问题。交坏朋友，花太多时间玩游戏，发现初中物理太难理解了，我只会说："我物理也很差。"

孩子初三的时候，我们不得不商量下一步要怎样，我当然说，宝贝儿，你得去上高中，考大学。他／她会说，你看你也没上大学，后来补的同等学力可不能算。我会假装摆出一种你的未来你自己决定的"民主"架势，掩盖我对孩子没有控制权和影响力的事实，他／她会提出许多虚空的方案，我会认为那些所谓的"未来"不过是把爱好发展为"家里蹲"的借口，底线是你要学一门称得上技术的东西，十八岁之后才有资格为所欲为。

"就像你。"他／她说。

"对。"就像我。

我们之间的关系永远在寻找退而求其次的可能性，最后得过且过，缺乏对彼此的真正敬意和实现任何诺言的信任。他／她觉得他／她的命运应当归咎于我，我当然也认同这种想法，我会时不时为自己辩解，将自己的命怪罪于他／她的降临，在这个问题上的紧张会持续许多年。当他／她职高结束之后有一份收入很少的工作（估计是我爸妈想办法找的）之后，他/她认为交出第一份工资（于九月）能证明自己对生活好歹负责，试图和我划清一定的界限。

早晚他/她会明白两个烂人只能互相将就，没法互相激励和挽救，这过程中，想帮助我们的人一定会很多很多，但自鄙、自卑与微妙的自尊心会反复让他人失望。一旦第一次做出了摧枯拉朽般让他人感到彻底失望的事之后，我有绵绵不绝的"消极能力"支撑我外化自己，面对他人的不安。

我和我的孩子都清楚，他/她离我远点儿会好些，如果遇到什么激发他/她的好人——要防止我和这个人相遇，我不相信对方能扛得住我的剖析、诋毁和攻击，为了维持自己的家长地位，这种攻击恐怕不可避免——会更好，而一切很难遂人愿。

大概就是这样一个过程。

2 儿子不像儿子

我看到我妈写的那篇文章，怒不可遏，里面写的都是抱怨我的坏话。我当然知道她不容易，有时候免不了……有向她投掷标枪的冲动。大人不会站在我这一边，只会想当然认为我是一个坏小孩儿，虽然我也不容易——我的不容易恰恰让他们更确信我是可怜之人必有可恨之处。

我不能理解我妈的那些做法。她得承认自己是一个非常难相处的人，无论是和别人还是和我。她对许多事情都有自己的决定，但是，她从不打算跟人说清楚，让所有人都觉得交流困难，非常棘手。与此同时，她对许多事情的判断简单有力又犀利，有着令人着迷的说服力，是我见过的最聪明的人之一。这两种互相矛盾的品质在她身上集于一身，她像故意藏着自己的剑的剑客，她很清楚拔剑能一招制敌，散发着出手必胜、独孤求败的优越感，是令人感到她非常难相处的另一个原因。每个人都觉得自己被她伤害了，包括她妈妈，包括我。

前不久，我找了份工作，在一家咖啡厅里当实习生。

我把这个消息告诉她，她笑着说："这算工作？"

我说："好歹我有上下班的时间。不像你只会在家里待着。"

她说："我这也是工作，不然怎么把你养活大的？"

我说："反正我现在独立了，别管我了，以后跟你没什么关系。"我以为她会反驳说当然跟我有关系。

她耸耸肩，说："随你便吧。"

我们像老夫老妻吵架吵得天翻地覆之后反而没什么话说。

我们各自看手机，过了好一阵，我说："我有了工作，会搬出去住。"

她说："你的工资够付你房租的吗？"

我说："我会想办法，不用你管。"

她沉默了一阵儿，回到书房打开电脑开始工作。

我的东西其实不多，在搬完之后，我给她打电话说我要把钥匙交给她。

她在电话那头儿笑着说："真是一副老死不相往来的架势呀。"

我说："是啊。你在哪儿？我现在去找你。"

她说："我在见一个朋友，你来吧。"

多数情况下，她不太出门儿，大部分跟她联系比较多的人都是工作上的事，都是女的，我小时候她们总是围着我叫着"哎呀哎呀好可爱呀！"……

她对面坐着个男人，两个人竟然在谈话，真是让我意外。通常她对大多数男人都有种不屑一顾的鄙夷。极少数情况，我会觉得她对某个人还是挺有好感的，比如眼前这个人。她没让我在楼下等，让我上去。她并没向那个男的介绍我。他远远地望着我。我把钥匙扔给我妈，我本来想加强果断决绝的感觉，没想到我嘴上说出来的话是婆婆妈妈的："我不在的时候，你自个儿要好好吃饭。"她微微歪着头，向上看着我，好像我刚做了一件特别蠢的事。这让我别开了头，耳朵烫，本来我跳上楼的时候是三步并作两步的，想一次性了断所有事，她不在意，我反而稍微有点儿留恋。余光里她嬉皮笑脸的，我本以为她会继续讽刺挖苦，她却拍了拍我的手臂，然后，回头看了看刚才坐在她对面的人，似乎在确认那个人是不是在看我。那个人小心、尴尬地笑着向我小幅度地挥了挥手，并没有过来。

我问我妈："那人是谁？"

"你爸。"

3 父亲不是父亲

他来的时候我正在做咖啡，等我看到他，他已经点完咖啡并坐在了靠近操作区的位置。我看了看他，他假装没看见我。肯定是我妈和他说我在哪里工作的……按说她不该是那么多话的人。

这人是我爸……想想就有种吃苍蝇的难受……

你需要多长时间才能了解一个本来应该认识十八年的人？

我昨天晚上和卡卡讨论过这个问题，她并没回答，只是问：你们长得像吗？

我不得不承认："像……非常像。"虽然我看到他的时候他根本没从椅子上站起来。

我妈不高，她不穿高跟鞋，大多数时候都是仰着看大多数人。我上初二之前都很矮，结果一个暑假长高了二十公分。那个极速长大的时段让我有了一张长脸，我站在卫生间的镜子前觉得自己变身了，从一个矮矮胖胖的小孩，变成了一个瘦瘦长长的成人，不止那些发育中的性特征，脚腕、膝盖、骨盆、肩胛骨、手臂，它们都发生了令人难以接受的变化，我夜里经常疼醒。过了那个夏天，我才意识到，我身上不仅有她的遗传，还有另外一个人的影子。而那是个陌生人。

我当然懂我应该、肯定在什么地方有或有过一个父亲。我的责怪和怨恨多于好奇。此后的一段时间，我试图从我身上减去那些来自妈妈的符号，分离出来自父亲的特征，想要由那些局部拼凑出足以从人群中辨认出谁是我父亲的线索。我写满了一张纸，并没有找到他。

在我决定离开我妈的时候，他突然出现了……并不需要那样一张纸，他一眼看上去就符合所有答案。

眉毛、鼻子、下巴、耳朵、手……

真糟糕。糟糕透了。我不想像那种人。

"美式好了。"我的同事叫着。

他站起来，走过来，我们相距一米，从我同事手里接过咖啡，轻声说谢谢。我侧对着他，整个身体都进入警铃大作的戒备状态。而他只是若无其事地走开了。

他今天要比和我妈见面的那天打扮得更好，穿了休闲西装外套，不是那天那件暗灰色的夹克，里面穿了衬衫和羊绒衫，像GAP广告里度周末的商务人士。我想他见我妈的时候是故意让自己显得颓一些，可能因为他推测或者他知道我妈混得怎么样，他来找我，想给我留下事业有成的印象，让我高看他一眼。这家伙是个"心机婊"。

正在我浮想联翩，怀疑他在等着我下班的时候，抬头，我才发现他刚才坐的位置上已经空空如也。这大概是欲擒故纵之法。

我等他再出现，卡卡也认为他会再来，但他并没有。

他是个胆小鬼，害怕我。

我给我妈打了个电话，我说：那个男的到店里来找过我了。

她说："哦？这不像他。然后呢？"

"没和我说话。要了杯咖啡就走了。"

"多久之前的事？"她在电话那边笑。

我说："十天前。"

"这很像你们啊。"

我们……？一股恶血冲上头顶，我想骂她把一个不该成为秘密的秘密守护了这么多年。一个男人怎么可以不负责到这个程度。因为过于生气反而一时不知该说什么，觉得说什么力度都不够强。

"他之前不知道，需要时间适应。"

"这他妈太像你了。"我恶狠狠地说。

"哈哈。"她笑得很开心，带着恶作剧得逞之后的得意。天下能笑着这么说的是不是只有这个女人。

下一步需要干什么？

该等着他来，还是去找他？相比之下，找他的难度更大。

"你去找他，如果你想的话。"

"我不想。"

"他回来处理他父母的房子，之后可能不会回来了。去友谊宾馆试试。"

看来又被我妈耍了，我在友谊宾馆里乱转。这个老建筑群改造成的花园式宾馆里有好几栋相距甚远的客房楼，每一栋都有自己的大堂。我连他名字都不知道，堵人都不清楚该在哪儿堵。

卡卡对着宾馆的平面图研究了几分钟，拉我到每个客房楼的大堂去找一个看上去慈眉善目的女服务员说了一个千里寻父的故事，一开始她有点儿羞涩，后来已经越说越来劲了。我故作镇定，积极配合，心里对她的这种能力感到非常惊讶。

"你疯了……"我说。

"你到底想不想找到他？"卡卡问。

"……无所谓吧。"

"我爸出轨的时候，我妈曾经打电话给杭州所有的四星级以上酒店去找他，最后真的发现了他在哪儿。"

"两回事好么。"

"嗯。那次我有点儿佩服我妈，我爸也有点儿佩服我妈。我们

101

以前都以为她傻乎乎的，什么都不在乎，什么也不做，什么也做不了。我爸后来和我说，女人横下心想要做的事就能做成，男的不一定。"卡卡抹了抹鼻子，"你要是想找他，我觉得我帮你，能找到。你要是无所谓，咱们就回家。别在这儿浪费时间。找，还是不找？"

"找……找吧。"我说，"你爸后来呢？"

"回家了，没离。他怂。"卡卡说，"被我妈捏着，一辈子。他乐意。"

她肯定觉得我也怂，但她没说。

我不知道前台服务员们是否能从我身上分离出我和那个男人的相似之处，我们除了身高相近、体型相近、相貌相似之外，有一些关键的东西不太一样，比如，我留了一头长发，而且因为在毕业之前和教导主任对抗去烫了一头卷，因为没有精心打理看起来像一丛蓬松的芦苇，卡卡说那一脑袋头发像三匹马的马尾巴。这种东西给人的视觉印象太强烈，恐怕会影响他们从我身上识别出另一个人。

"也许他因为看见我的一脑袋头发觉得我难相处，所以不来和我说话。"我说。

"他只是孬吧。"卡卡说。

"如果你是他会怎么做？"我问。

"立刻不住这儿了，以防你来找我。"

如果是我的话，也会这样。

我们问过了最后一栋楼，没有人见过他。可能长得像是我一厢情愿的错觉，毕竟连仔细观察的时间都没有。卡卡看起来被她自己的声情并茂的卓越演技消耗了几乎所有能量，变得沉默。

天已经黑了，空气凉飕飕的。

我们路过宾馆花园里的美式西餐厅，我问她要不要吃饭。

她还没回答，远处一个服务员朝着我们气喘吁吁地跑过来："你们是找人么？"

卡卡点点头。

"我同事刚问我有没见过那个人。我们楼有这么一个客人。"

我听到这话反而想回家去，眼看着卡卡兴奋得瞳孔都放大了。我们跟着服务员回到了那栋楼的大堂，剩下的只能坐等。她说她看到那个人的话会示意我们，如果不是我们要找的人，我们悄悄离开就好。

卡卡反复衡量比较，在大堂里挑选了一组不显眼的沙发，既能看到经过前台到电梯的整个路径，又在较暗的区域，不容易被别人立刻发现。

她端详我："你太显眼，他如果看到你就会躲起来，"她用皮筋绑住我的头发，从背包里揪出一顶帽子扣在我头上，"我明白你想放弃，我们等到九点半。你先想想你问他什么。"

"嗯。"

她用手指蹭了蹭我的额头。

4 把一切说清楚

他出现的时候卡卡正靠在我肩上劝我再等两分钟。那个原本应该向我们通风报信的服务员并不在大堂里，他是自己走过来的，像他事先知道我们会坐在那里。

他不尴尬不羞涩，好像认识了我们很久，或者纯粹是自来熟。

"吃饭了么？"他问。

我们最终坐在麦当劳里，Friday餐厅要在晚上十点关门，我和卡卡狠了心点了一大堆吃的，看起来仍然显得力度不够。在大堂里等他的时候我们想着要点一桌的东西，每个只吃一口。

他自己只要了一杯咖啡，然后笑眯眯地看着我们："不介绍一下？"

"卡卡，我女朋友。"我说。

他向她伸出手，握了握她的小手。卡卡的耳朵红了："我还是走吧。让你们好好聊聊。"

她站起来看看我，看看他，笑了。

"别走。"我探过身，拍着身边的空椅子。

"嗯。坐。"他说。

"你们确实挺像的。"卡卡一边总结着，一边重新爬到椅子上，她脱了鞋，把两条细腿盘在塑料椅面里。这像一种一时半会儿不会离去的承诺，让我安心。我猜刚刚我和他都是一脸"你走了我们怎么办"的表情。

接下来，我断断续续地问了很多问题，和卡卡一起吃掉了五个汉堡、四包薯条、七个香芋派和两个麦旋风。他大多数时候都在单手或者双手握着面前的纸杯。像在玩真心话大冒险，他必须说真话，如果回答不下去就喝一口咖啡。

"为什么离开我妈？"

"这件事不是你想的那样……我不得不出国，但和她……换下一个问题吧。"

好一个不得不……

"你不知道她怀孕了？"

"嗯。"

"那你为什么来找她？"

"有人给我看了她前一段时间在微信上写的文章。我回来，托人联系她见一面。"

"不是同学么？"

"我以前听说她有孩子，不知道这么大了。"

"你有孩子么？"

"有。"

我抓了抓头发，想离开现场，觉得这一切都很荒谬。

"她没向你说起过我吗？"他抓住时机反攻倒算。

"没有。"我回答。卡卡紧张地望着我，抓着我的一条手臂。我没事，我很平静。

"……其实我现在还不是很有头绪。"他看了看我又重新盯着桌面，"我们发生过一些事，"他为难似的歪了下头，"现在回想起来，很难说那是恋爱，我可能是喜欢她的，也可能是爱，"他捏了下眉头，"我不知道她当时怎么想，我逼她……我们做了一些不该做的事……你们应该都懂。"

"你强奸她了？"卡卡问，在椅子上直起身。

我觉得不是那样，如果是那样，我妈不会见他的。

"没有没有。我只是……"他看了看卡卡，看了看我，"然后我去了美国，我爸妈早安排好了……那不重要，后来我先在波士顿上了几年学又去了纽约，不是没回来过，都没和她联系，我听说她有个孩子，以为……那不重要……有时候因为脑子里有些愚蠢的想法，就会看不清简单的真相……"他苦笑着，过了几秒他说："我结过两次婚，第一次离婚是因为我前妻那时候想要小孩，我不想……她认为我太自我，冷漠……第二次……"他挠了挠太阳穴，"正在分居办离婚，她知道我不想要小孩……双胞胎……"

"幸好你不知道有我，不然你不会要我。"我笑着，瞪着他。

他低着头："……我……"他抬头微笑着，"我不会是个好父亲。像 Louis C. K. 说的，有的人就是不适合家庭，就是会失败。当然现在看来，这事不需要有我。你看起来是个好人，她不为你担心，女朋友也是个好孩子。"

卡卡看看我，一脸"这人看着挺正常是不是其实脑子有水"的表情，她拍拍我的肩膀，好像在说"你爸是有点儿傻，你要坚强"，她拍拍他的胳膊——"虽然你眼瞎，但你要 keep calm and carry on。"毕竟她一头干草一样的黄白头发，眉毛剃掉了，嘴唇涂成浓浓的紫黑色，戴了七个耳钉，一副眉钉。这种上世纪末坏孩子的打扮并不是为了赶时髦，说她是个好孩子，对她来说，并不是一种赞美。"哈。"我笑着，他们都把她识破了。我妈问我出去跟谁住在一起，我说卡卡，她没有再问了，我想她也觉得卡卡是个"好孩子"。

"不过为了你妈着想，可能还是别弄出孩子比较好吧。"他又在说蠢话。

"你想怎么补偿她？"

"我问过她了，她说这事跟我无关，是她自己的决定。……当然现在跟我扯上关系不明智……"他说，"我也想跑过来见到她扔她几箱钱，但我现在做不到。"

"你也是个笨蛋。"我说，"这事不会这么算了。"

"嗯。不能怀有侥幸。对吧。"他一点儿不像个大人。

"你想她么？"卡卡突然问。

笑容从他嘴角荡漾开："每年想个四五次吧。"

"她小时候也很难相处吧？"

他点点头："嗯，不太好交流。"

"你为什么会喜欢她呢？"卡卡旁若无人地说，"我第一次见他妈的时候，就在想，天啊……她不怎么可爱。"

他的笑容有些恶心："不可爱的人有时候反而是特别的……"

卡卡摸摸她的眉钉："他偶然碰上我。我不可爱。如果他有一天离开我，再也不出现，我能理解。"

"你不会吧？"他看着我，像确认了一下，又对卡卡说，"他不会。如果我们当初是你们这种关系，我不会走……有些事除了当事人之外，别人没法理解。"

"你可以试试。"卡卡看看我，再直直地盯着他。

5 从来也不是情侣

那时候，我们……和你们不一样，不是那种甜蜜的关系。

我们……我察觉到她很寂寞，我利用了她的寂寞。你当然希望自己的父亲是个好人……谁不希望呢？我肯定不是，从来都不是。

我当时要挟她……她被我逼得没办法了。对我来说，只是一个游戏，第二天我要走了，不用负什么责任。对事情的后果，我们没想清楚，当时以为不会有什么事。实际上气氛很尴尬——我准备了避孕套，扯开的时候避孕套飞出来，掉在地上了，我从地毯上捡起来的时候，发现那上面沾着狗毛……事情和我预想的不一样，全过程都有种沮丧、忧伤的感觉。

我们那时候经常欺负她，因为她个子小，脾气倔，稍微逗弄她，她会有很激烈的反应。现在想起来我们真够讨厌的。我并没有对她伸出援手，是欺负她最多的人，经常给她起各种外号，她总是希望课桌井井有条，我每天在那上面画色情小画，用涂改液画，让她很难擦干净。她中午常常不去食堂吃饭，从书包里掏出两片面包来啃，我有时候课间休息的时候就偷，不，抢她的面包先吃掉。她从不示弱，不会哭什么的。她会打回来，会生气地骂人。不可爱，但是我觉得挺好玩的。

其实……她那时候过得挺不容易的。

有一天，从中午开始她坐着不动，无论我怎么招她，她都坐着。我凑到她耳边问她，是不是来例假。她……像被吓住的小鸟，僵在椅子上。我去找别的班女生借了一个卫生巾，把我的校服上衣给她，让她围在腰上去厕所。她以为我会四处说，和别人一起笑话她，我没那么做。我们俩的关系好转是从那一天开始的。我跟她说，你要记得欠我的人情，我会要你还的。

在高三最后一个学期的春天，有个同学在 Hard Rock 包了一场，请大家去跳舞。他邀请了男生们，让大家带女伴来。她摆出的姿态是她看不上这种事，在教室里和请客的男生吵起来，结果被对方奚落说，我打赌没人会请你。在舞会的前一天，趁课间操的时候，我在她桌上放了一条裙子和一双鞋。上操回来，别的同学都看见了，猜测是谁邀请了她还是她自己假装安排的。大概她想到是我，但不吭一声。

舞会那天晚上，我带隔壁班的女生先到了。我让那个女生进去，自己在门口假装若无其事地和其他人聊天。她一瘸一拐地来了，不习惯那双鞋，崴了脚，脚后跟都磨破了。他们问她是谁请她，她看见登记表上我的名字后面有别人的名字，于是瞪着我，看我不吱声，她转身就走。很难想象一个愤怒的瘸子能走那么快。我追了她半天，好不容易追上了，她甩着她的背包一边哭一边抽我。后来……我们没回到舞会上，我带她去买了药，给她的脚腕上喷了好得快，在她的伤口上贴了创可贴，沿着亮马河走了很远，带她去吃饭。

"你就觉得自己可以上她了？"他问。

嗯。我带她回家了。我家在这儿附近。当时我家里出了点儿事儿……我爸在外面有另外一个家。他的情妇跑到我家来，要求我妈和我爸离婚。我才知道自己还有一个妹妹。起初，我觉得这不是什么大事，很多家庭都会发生类似的情况，大不了他们离婚。这事跟我和你妈的事没太大关系。出事之后，我爸妈都不回家了，家里空荡荡的，我没人管。

我亲了她，抚摸了她的身体，发现她发烧了，让她躺在我的床上，给她吃了阿司匹林。她出了很多汗，我让她睡觉，猜她应该必须在半夜之前到家。她说她家也没人，她妈出差了。没多久，她开始吐，意大利面、牛油果、熏鸡都吐在床和地毯上。我把她抱到我妈的床上，收拾屋子，给她擦汗，搂着她，一大早她好像没什么好转，带她去医院打了点滴。

我们在医院的时候，我妈开车撞死了我爸的情妇和女儿，她确定人死了之后去找我爸。他们当天决定让我尽快出国。整个家庭的氛围变得非常奇怪。我爸恨我妈，又包庇她，他恨我，却拼了老命要把国外的生活为我安排好，他也恨自己。我妈更是陷入混乱……我一点儿不想出国，他们从那天开始用了些手段吓唬、强迫我。那些事，你们不用知道。现在看起来没什么了不起。

她……生病在家休息了几天，身体恢复了再上学，她一定觉得我特别奇怪，我不太和她说话，对别人更不耐烦。

那段时间我总和爸妈吵架，他们之间吵得很厉害，一种互相憎恨、要死要活又非常悲凉的吵法，毕竟我妈身上是两条人命，于情于理都要偿命。就算一家子人是非观不健全，三个人都很明白这事早晚要暴露，根本瞒不住，特别惊慌，透到骨子里的怕。我妈好几次在夜里尖叫……

我没法和任何人说家里的这种情况。这么过了几个月，我几乎和所有的朋友都闹掰了。人不能保持冷静就特别招人讨厌。老师们知道我不高考、要出国，所以也不太管我了。

"然后你去缠着她了？"他微微扬着头，咬着牙看我。

我……在出国之前，我去找她，跟她说，我要走了，不回来了，所以你欠我的要还给我。她说，好。

我们约了个时间。在一起过了六七个小时。

6 没人想听的破事

"别说了。"卡卡打断他。

我望着卡卡："你让他说。"

"那有什么稀奇的么？不就是那些事么。你有什么想不到的么？"

我不懂她为什么生起气来。这事跟她没什么关系。被她这么一问，我确实不知道自己期待这人描述一个怎样的情境。

"你对她好么？"卡卡不让我问，她却自己又问起来。

他微微笑了一下，说："还好吧。"

我猛地站起来推了他一把，他那种轻浮的态度让我一阵火大。桌上一直在他手里的那杯咖啡一歪，洒出剩下的一点儿咖啡。他条件反射似的掏出自己衣袋里的纸巾擦了擦桌子。

"在遇到我们之前你在哪儿？"卡卡问。

"嗯？"他茫然地望着她。

"你去他店里了？"她问。

他看了看手里沾上咖啡的餐巾纸，那上面有我打工的咖啡店的 logo，还是卡卡眼睛尖。

他再次微笑着说："嗯，去了一趟。"

"去干什么？"我问。

他又抹了两下桌面，说："那里咖啡不错，再去喝了一杯。"他察觉到我们俩直直地盯着他，"虽然不知道该谈什么，……还是应该稍微聊一下……"他想了想，说，"在我想象中，我这样的人出场了，理想的状态应该是扔下一堆钱或者一张银行卡说这都是赔给你们母子的，十八年来你们受苦了……我虽然希望自己是那种人，可是……恐怕让人失望了。"

"切……你以为我们需要你？"觉得他真是个窝囊废。

"她肯定不需要我，不然……我们之间其实有其他能传递消息的人。我也不至于看到她在网上写的文章才察觉……我们一个同学在那时候看见我们从大院里走出来就明白发生什么了……相比之下，我太迟钝了……"

"你为什么今天去咖啡店找他？"卡卡问，"之前那么久都没动静。"她戴着极浅的蓝白色美瞳眼镜片，盯着人看显得特别专注，近乎恐怖。

"我明天要回美国，可能会回来……要看我离婚的情况。"他说着，看了看我，"我想我们都需要互相了解，然后消化一下这些信息。下一次……未来……学着怎么相处。"

"你爸妈后来怎么样了？"

他尴尬地笑了一下，隔了几秒："……我妈自杀了……但警察还是破案了。我爸……后来给了我外公外婆家和他情妇的父母家里一些钱，没几年他因为挪用公款被抓起来了，我前两天去看他，我以为他身体会很差，结果身子挺结实，就是人有点儿糊涂……当初为了把挪用的钱填上求减刑，我姑姑把我家、他家能卖的东西都卖了，还借了些钱。我现在处理的这套房子，起初我爸执意要留给我，不让他们卖，现在必须得卖了，欠我姑姑家的钱、给我姑姑治病、还别的欠款、解决即将成为我前妻的人在美国的财务问题……是所有烂事的救命稻草……"

我看不起这种哭穷戏。

"这些你都告诉他妈了吗？"卡卡问。

他想了想，"……说这些干什么。有些事，不需要我说，她能明白。"他看了看表，"可惜现在太晚了。"都快十二点了，他说，"不然可以去那边看看。我留了一把钥匙。今天溜去看看应该不犯法吧。"

"去吗？"卡卡看我，"去吧。"

从麦当劳走过去花了十几分钟，老式的三居室，厅很小，房间里放着老式的组合家具，所有的窗户都一直拉着窗帘，屋里有一股空空的尘土味，每个房间一张床，铺着难看的床罩。时间停止在某一年的某个时刻，透出让人紧张的沉闷。

"和你刚才讲故事的时候我想的情境不一样。"卡卡说。

"这种家在那时候算不错了。"

"最大的房间是你妈的吗？你爸妈也不在一起睡……"

"嗯，之前我爸一直锁着，前几天为了看房才打开，和以前一样。"他说。

卡卡四处张望着，抠着那些家具上隆起的木贴皮，转身对我说："好好看看，并不是每个人都有机会参观自己受孕的地方。"

"呃。"

他们俩都笑了。

"你那时候是处男么？"卡卡问，她很严肃。

"可惜我不是，她是第一次……"

"她哭了么？"我问。

"……那时候，她很平静……像要就义的烈士……"他若有所思地说。

113

7 需要我的时候，告诉我，我回来

她说：那我走了。

我不太想让她走，但这么下去不行，我们从床上起来之后已经坐在餐桌边鸦雀无声地吃了煮鸡蛋，喝了两听可乐。"我送你到车站。"我说。我套上鞋，外面至少有三十五度，她穿着校服上衣，在出门之前，我也套了校服上衣。

她个子那么小，走得倒挺快。我跟着她。走过了两个单元门，她慢下来。我跨了几步，跟上她。

"……你怀孕了的话，会告诉我吗？"我问。

"不会。"她说。

"为什么？"我超过她，倒着走，看着她，想知道她这么说的时候的表情。

她低着头："你会回来么？"

"谁知道呢。"我苦笑着说。

她抬头看我，停下来。"我会处理的。不用你操心。"她很平静。

在走出大院之前，我们再没说话。大概就是那时候我们被那个同学看见了。这场景被他描述成我们穿着情侣装走出来。

"如果我回来呢？"我问。

"结果不用我说，你也会知道。别人会告诉你。"她笑着说，"哪儿那么容易。"她刚才在床上背对着我的时候这么说。她的背白皙光滑，有种脆弱又耀眼的柔美。庆幸与感激她那时候并没有回身看我，我在她背后感到羞愧难当，自惭形秽。我只能安慰自己说，是她在关键时刻抓着我对我说，就这样吧，完整地……

我想问的……似乎并不是这个，却接着问："你会留下么？"

"不会。"她很果断。

"好吧。"我想了想，再没其他问题了。

我们的双手都插在兜里，我的手心都是汗。我越走越慢，她似乎也越走越慢。

车站上的人比我想象的多。一股汗味。

我说："别坐车了，打车吧……我出钱。"我才发现身上一分钱都没有，钥匙都没带，不想回家。

她的嘴角有一丝冷笑。

来的那辆车上都是人，车下的人们互相簇拥着往车上挤，她排在最后一个，我不得不轻轻扶着她的背，以免她掉下来，她那么小。

她没有回头，小声地说，谢谢。

嗯？我问。

她没出声，人们挪动了步子，她走上了最后一节台阶，抓住立杆。车门关了。我在车下向上望着，希望她回头看看，她没有。车开动的时候，我觉得她背对车门的身体在颤抖。

我拍了拍车门说：我会回来的，刚才是逗你玩。

其实我没动，我的手插在兜里，湿漉漉的。我在车站望着那辆公交车，直到它在十字路口转弯，可能我在期待她回头，她没有。那么……希望她以后想起我，察觉到刚才我走得那么慢是我对她的一点儿温柔。

2016－12－05

特殊的
日子

1 妹妹

　　曾蔷和她的男朋友每周约会一次,去固定的地方吃饭、去固定的地方睡三个小时的觉,然后各回各家。他手上没戴婚戒,但他的包上有一只黑色的毛绒小兔——并不是曾蔷给他的,这是他身边有女人的最直接的证明。

　　在她看来,这是一场虐心的梦,她享受作为女主角的苦恼和困扰——当她认真剖析自己得出这个结论之后,作为女知识分子的对矫情的鄙夷占了上风,矫情却没有被理智碾灭,她找出那些历史上曾经搞婚外恋的著名女性,认为自己没有破坏别人家庭的兴趣,她对那个瘦瘦高高像幻影一样的男人的兴趣完全是肉体的、基于想象的,不爱,所以她在道德上免责。

　　她爱的是那种爱上不该爱的人的感觉,压抑的、纠结的、缠绕的、泥泞的、沉沦的感觉。那种感觉有点儿像高潮的前几秒,她不喜欢高潮,更不喜欢那之后带着卑微的沮丧,可她喜欢那之前的压抑。

　　为了将自己的行为进一步合理化,她推测自己的内心受家庭影响很深。她的父亲是个特别沉默的人,与她维持着肉体关系的男人与他相似。父亲戴着很厚的眼镜，目不斜视，面无表情，垂着双手，在家里移动，像森林里漫步的巨人。有一次，那个男人洗完澡从酒店的卫生间里出来，曾蕾想到自己的父亲，突然意识到自己心底里有一些对父亲的喜欢，这喜欢投射到了那个她不爱的男人身上。

青春期之后，她和姐姐热衷玩一种游戏，用一些小的心理暗示技巧，表示对父亲的嫌弃，以欺负父亲为乐。现在想起来，那是非常不懂事的表现，当时却觉得很有趣。这么玩下去，让她几乎想不起父亲的声音。上大学期间，她没什么机会和父亲说话。多数她在家的时间，父亲不在；她们都在家的时候，需要集中注意力去听，才能从父母卧室的门缝里听见父亲低沉、温柔的声音，他在对母亲说话。

也许是为了寻找一个缺位的父亲，她和那个男人约会已经有三年了。每次回想这个时间，她都感到长得可怕，三年里能结多少次婚啊，恋爱期最短的一个朋友从两人见面到定下婚期只用了两周。

这种例子从来没给她鼓舞人心的感觉。在听到喜讯的饭桌上，她陈述了一万条恶性后果，是唯一唱反调的人，其他女朋友都端着酒杯在长桌边惊诧地斜望着她，完全没料到有人在大家欢笑碰杯之际说出一连串的"你了解他吗？""要是他生活习惯不好怎么办？""你没想过如果他不爱你……"……

她问这些不是没有原因的，她姐姐阅人无数，花了八年，仍然嫁给了一个烂人。才两周，你能多了解一个人呢，遇到烂人的几率太高了。

2 姐姐

曾蔷接到曾薇的电话，听她在那边神秘兮兮地说，来接我，别问，来接我，一定要来接我，一个人。那声音里有一种发自深处的颤抖。

那声音让曾蔷不安，她虽然骂骂咧咧，还是确定有必要放下工作。她让父亲开车到自己办公楼楼下，用个随便的借口搪塞过去，开车到机场，站在国内航班出口等。其他和她一起站在出口的人都陆续接到了自己要等的人，好像所有人都走出来了，才看见曾薇缓慢地移动出来。她在这个不太冷的日子穿着最庞大的羽绒服，让她看起来像一个搞错了性别的米其林小人。她看见曾蔷，似乎为了看清楚，慢慢摘了墨镜，那后面是肿得像桃的几乎睁不开的眼睛，她一只眼睛的眼皮和眼眶正在发紫。

曾蔷知道姐姐是最在意体面的，无论是小的时候被老师训斥，或是年轻的时候被人抢了男朋友，她都显得毫不在意，仍然打扮精致、举止优雅，眼前，她脸色煞白，眉毛都没画，像被人恶意清洗又胡乱涂了青色紫色的旧绢人。以往，曾蔷会看透她，笑话姐姐怎么把自己搞得这么狼狈，她一直以为姐妹情并没那么深，她拉住曾薇手的一刻却感到自己要哭了。

"别露出这种表情……我就是不想看见妈露出这种表情才叫你来。"曾薇极小声地说着，攥住她的手。曾蔷低下头，见证了这悲哀的一幕仿佛也变成了有责任的罪人。

走到停车场的过程缓慢艰难，她们彼此不愿放开手，还要拉着曾薇过大又异常轻的箱子，那里面装着空气——不祥的东西。

曾薇躲闪着四面八方涌来的陌生人，嘴里念念叨叨反复说着一句话：“真是蠢透了。”这句话是曾蔷讨厌曾薇丈夫的原因，他见到每个人都说：“真是蠢透了。”嘴角带着不可一世的傲慢的笑。只有曾蔷对他说：“你才蠢呢。”现在曾薇回家了，带着一部分那混蛋的残秽，他用拳头留下的、用话语留下的脏东西，跟着曾薇回来了。她坐在副驾上，陷在羽绒服里，让自己的头低于车窗，咬着指甲，说着“真是蠢透了”，严厉的语气。

曾蔷拉她进屋，开了台灯，摘下她的墨镜，替曾薇一件件慢慢脱下衣服，先是羽绒服，而后毛衣，高领衫。脱下黑色毛衣的时候她注意到曾薇在倒吸凉气，衣服下面裹着的仍旧是她姐姐瘦削的身体，中间隆起了一个大肚子。她不像一个孕妇，像一个得了血吸虫的病弱的孩子。顾不上问她为什么从没说过自己怀孕的消息，曾蔷不自觉地数着曾薇脖子、肩膀、背、腿、手臂上的伤痕。观察这些伤痕，曾蔷自己感到脖子、肩膀、背、腿、手臂的疼，姐姐手肘的痂被高领衫的袖子贴紧、黏住、扯破，在流血，她扯了几张纸，轻轻摁在那个痂上。这屋里幸好没有镜子，幸好。

她帮曾薇穿上以前的居家服，裤管空荡荡的。曾薇一直在流泪，受伤的眼睛没办法控制，她太累了，放弃了擦眼睛。曾蔷能对她说的只有“你歇会儿吧”，到另外一个房间给母亲打了电话：“快回家吧，姐姐情况很糟。”

母亲要比曾蔷和曾薇预想的更坚强、果断……让她们都吓了一跳。

潘慧冬看着女儿的伤，问：“几个月了？”

曾薇说二十八周。

潘慧冬闭上眼，过了几秒，睁开眼，说："弄掉吧。"

姐妹俩都一怔。

她说出的答案她们心里都明白，没有人傻乎乎地问为什么，没有人在此刻说那也是条命，她们都明白，拖到后面会出现更多不幸、混乱和痛苦，该当断则断，但很难做到……毕竟……那也是条命啊……

母亲说的第二句话："怎么拍照留证？先去派出所还是医院？"她不等她们说话，自己去拿了相机，让曾薇把衣服脱了。

曾蕾笨手笨脚地帮着忙，母亲像是自己不认识的人。之前，家里的猫病了，她每天把猫抱在怀里哭，父亲回来才能安慰她，让她出来吃饭。现在，潘慧冬利索地拍照，闪光灯在房间里一眨一眨，她时不时停下来检查那些照片，重新拍摄。姐姐的眼泪淌着，轻轻地呼唤："妈……"

接下来，该怎么做呢？

"他打你有监控和录像吗？"潘慧冬问女儿。

曾薇摇摇头："都是在家里。"

"小区监控会不会拍到，他在停车场或者楼道里动过手吗？"

曾薇艰难地回忆，不置可否。

"我们去告他。"似乎这一步操作不需要证据。

"这有用吗？"

"什么叫有用，什么叫没用？"

曾蕾从未听母亲用这么咄咄逼人的语气说话，她轻声说："也许我们该再想想。"

曾薇的婚事，父亲、母亲都不同意，从曾薇和她丈夫恋爱开始，母亲就明确表示不喜欢那个人。但曾薇和那个人坚持的时间太久，给旁人一种情比金坚的错觉。结果，事情并没有绕过她们父母的直觉——"他不是真心对你好，他只爱他自己。"

最糟糕的甚至不是这个判断是对的，而是曾薇认为自己别无选择。在旁人看起来，她在许多可能的对象里选择了这个，她心里知道，这个放苹果的篮子，仅仅剩下这一个苹果，是个烂苹果，但是只要他表面上看起来还过得去，她就谢天谢地了。她不得不装装样子，摆个姿势，吃下这颗苦心的果实。

当真正过上有十五个 LV、二十个爱马仕的日子之后，曾薇内心警铃大作，健身、做指甲、向皮下注射，说话更温柔得体，学烤蛋糕，看很多书，想要尝试回答世界上一切难回答的问题，从熵的增加到光速与时间……她被曾蕾评为最闲散、最焦虑的人。她很难坦率地向曾蕾解释自己的危机。她不介意对方到底爱不爱自己，当真正生活在一起之后，没有爱填合微小的缝隙，她眼看着早已存在的裂缝越来越清晰地连成一片……她越来越多听到"真是蠢透了"，有一次忍不住说："你认识我的时候我就这样。"她丈夫冷笑着说："对啊，那时候就蠢，我才叫你小猪啊。现在你是头大母猪。"

那天在他走了之后，她泡了很长时间的澡，让她难受的羞辱留在皮肤上，随着肉眼看不到的他的唾液凝固在了她身上，怎么也洗不掉。她观察自己的身体，体重变化控制在一斤之内，没有比他们认识的时候更胖或者更瘦；她看自己的脸，老了吗？有一点儿，但她的皮肤要比年轻的时候更精细，甚至毛孔都更小。她把镜子扔到浴缸里，听见咣的一声。

想要拥有自己不配有的生活，活该这个下场吗？

为什么会不配呢？

结婚之前，她对妈妈撒娇似的说："我想当阔太太有什么不行吗？"

潘慧冬的表情没有任何嘲讽，更接近悲哀："行……天下没有容易的事。那也是一种本事。"

"你觉得我该怎么样？当个一般人？"

"爸爸妈妈一开始总想孩子要能大富大贵多好，过着过着，想的是无灾无难就好。"

无灾无难。

曾薇浑身发抖从吧台下面慢慢钻出来的时候，她想跑，没想过告他。被母亲一说，她才发现自己反抗的意愿那么低。那个男人是一个强大无形的阴影。他们当然不是第一次打架。她根本想不起怎么开始。她隐约记得茱莉亚·罗伯茨演的《与敌共眠》，看电影时年纪太小，只记得那个家挺漂亮的，也想把毛巾摆整齐。当她自己听到一个男人的脚步就控制不住地从肠子开始颤抖起来，她才明白那种恐惧，感到自己已经不是个人了，非常渺小脆弱，惊慌失措。

真是蠢透了。

母亲走出这个房间，给父亲打了个电话。他很快回来了。母亲没有让他到曾薇的房间里去。两个人在他们的房间说着什么。

听不到任何响动，没有任何戏剧性的情节——没有吵嚷，没有摔东西，没有那种恼怒后的发泄。非常安静。

这安静让曾蔷惴惴不安。

母亲出来，望着曾蔷："帮她穿衣服吧。我们去派出所和医院。"

派出所的民警非常惊讶："你们应该去上海当地报案，施暴人在上海，我们能做的事相当有限啊……"他不断地看看曾薇的脸，她手里拿着墨镜靠在警察的办公桌上，努力睁开眼。被陌生人一次次打量着，这让她头疼欲裂。她心里升起对父母和曾蔷的恨，怎么能这样。

警察嘴里念念叨叨，按照她断断续续的叙述把相关信息记录了下来。

"有证人吗？"

"没有。"

"在家里动手的？"

"差不多吧……刚想起来……有一两次在小区地下停车场，有一次在商场楼道……"

警察抬起头皱着眉望着她："停车场和商场应该有监控，找保安问一下。需要的话，让他们到派出所写笔录。仔细想想，有没有其他地方。"

"哪个商场？"父亲的声音突然从身后发出来。

"K11。"

"什么时间？"

"两个月之前吧……"

"你……"母亲发出哀鸣……父亲抓住她的胳膊。

警察问："类似情况发生多少次了？"

"无数次……"

"再想想。"

"不知道……三十次……吧……"曾薇眼圈红了。

"什么时候开始的？"

"不记得了……"她嘴角有种破罐破摔的笑，"也许七个月之前？"

"为什么你不跟我说？"曾蔷忍不住问，这个问题不用问……

民警忙不迭地打圆场："这是正常反应，都想着家丑不可外扬……确实不是好事儿。我都先记录到系统里……"

为什么，为什么不能和父母说，为什么现在跑回来。这么做不是因为勇气，她想大概是因为怕死，或者肚子里的孩子怕死，一种不经过大脑的驱动力让她买了机票就走。她自己没有回北京的勇气，没有向人诉说的勇气，分不清这是爱面子还是自己仅有的一点儿倔强。她丈夫从是她男朋友的时候就擅长用这一点来欺负她。他对所有人宣称自己是曾薇的男朋友，对所有人说曾薇是爱钱，贪他的钱，富贵的生活，说他们相爱，爱得死去活来。前后矛盾的对外公告，让旁人潜意识里能感到他不仅是混蛋而且不好惹，但他有钱啊，曾薇都没说和他在一起不愉快不幸福，她反而在炫耀自己的钻戒呢，何必多管闲事。没有除了家人之外的其他人去提醒或阻止曾薇。曾薇能察觉到别人的羡慕嫉妒恨与看热闹的冷眼旁观，越是这样，她越不愿退缩，想要证明自己能活得好，有资格活得好。好，怎样的好呢？……她节节败退，最后只能把它定位到一种消费能力上，其他的标杆都太难了。每一次出门，她都浓妆艳抹、锦衣华服、招摇过市。可笑的是，这是她仅有的拿得出手的东西。

现在她素面朝天，裹得像个茧子，和妹妹、妈妈坐在爸爸的旧车里，按照派出所警察的指示，到医院去开验伤证明。值班的 X 光医生看她大着肚子，犹豫不决。曾薇摘下墨镜，他低下头打开放射室的门。她的三根肋骨上有裂缝，有两根的破损没完全长好。

"这孩子……真坚强。"母亲恢复了一贯平静、温柔的语气。曾蔷不知道她说的是曾薇肚子里的孩子还是曾薇。

曾薇又哭了，呜呜呜地哭出了声。他们都是她的家人，却没人能理解她的痛苦，她自认为没有选择，自认为不能说，和肚子里的孩子一起等着、盼着，也许……万一……或许能好转。

不会的。"坏人会更坏。坏事不会自己变好的。"母亲轻轻地说。

曾薇从没想到自己会陷入到固定模式里去，她接受了对方的道歉，以为自己可以原谅，以为他能够变好，但没有好转的迹象。她含着眼泪收到花、满屋子的花、新的包、钻石、新车，带她去看新别墅，给你，都是你的。

骨科大夫说她的手指骨折了没长好，把曾薇的手捧在手里，轻轻捋她的手指。都不需要拍片，肉眼能看到她的右手小指有一节向外歪着，无法伸直。

从新别墅出来，走上车，丈夫给她开了门，放开手让她坐进去，曾薇在副驾座位上偷偷瞄着肿胀的手指，感到自己正把身体切碎了卖掉换东西。

断手指那天开始，她在丈夫不在家的时候喝酒，当丈夫看到烂醉的她，好像也没有了训斥、怒骂的兴致，她恍惚地感到他的动作都变慢了，酒精让身体瘫软得像舒芙蕾，疼痛、恐惧都被麻醉了。在酒精的眩晕、呕吐之间，她买了好多东西：最贵的粉底最好的粉刷，来盖住自己受的伤；最贵的墨镜，挡住眼眶的淤青，她和别人说她做了个小手术调整了一下眼睛的形状；最贵的皮草和真丝，任何一点儿碰触都让她头皮发麻；好几顶假发，她听到头发被人从头皮拔下来的声音。

　　她回想着这些，医生正在用光照她的眼睛，那让她晕眩，让她想到自己在上海大房子里的更衣室，那种四处闪光的感觉。她有时候长时间待在那里，看自己所有的珠宝、衣服，劝自己为了这些东西留下，劝自己把钱花到能为自己留下什么的地方。临走的时候，她太慌张了。很多值钱的东西没有拿，如果好好点选，能带回价值几百万的珠宝？那样是不是不算太亏？当她喝下两万一瓶的拉菲，她想的是丈夫的痛苦，她又很清楚他根本不在乎钱。他到底在乎什么呢？她从没关心过他的需要，不爱他。她唯一一次好好看他的脸是在他求婚那天。她感受不到他的真诚，他竟然满眼泪光。

　　"你这样要出门吗？"丈夫这么问着。

　　"你想让我待在家里是么？"

　　"不该待在家里吗？"他看着镜子里的她。

　　"我只是确认一下。你放心吧。我哪儿都不去。"

　　他走的时候算是满意她的回答吗？她不知道，他的指关节也红肿了。

验伤到最后，曾薇问大夫："我想引产，该怎么办？"

母亲看看她，没说话。

大夫看看她，说："这么大了，不容易。"

"它不会健康的。我喝了好多酒。"曾薇望着母亲，"我不想见它。"

3 母亲

三十几年前，潘慧冬到了该结婚的年龄，经人介绍给了曾鸣。两个很沉默的人一直在后海的小路上走，走了很长时间。每开启一个话题都很费劲。你在哪儿工作。汽车制造厂，搞制动系统……你呢？底盘厂财务科。哦。没有这点儿关系他们怎么能有中间人介绍呢。

潘慧冬比曾鸣大三岁，她认定这相亲不会有结果。她不是没谈过恋爱，曾经以为深爱的人轻而易举抛下她去和别人结了婚，她本来不认为自己是有魅力的女性，经过此事对男人没有恨，只是感受不到吸引力，也谈不上信任。

道别之前，潘慧冬望着身边这个瘦高的人，对他说，她年纪渐大，要找对象，结婚，尽早搬出来，把房间给弟弟结婚。"你想找个什么样的呢？财务科女孩子多，我给你介绍别人吧。"在她看来，曾鸣是个无害的普通人，如果他向往爱情，那么他们不用再见了。曾鸣不识趣地问："周四能见面吗？我去你厂里开会。"这是他说的最长的句子，声音低沉好听。

她又见到他，印象并没有变化，却注意到他工作服里的衬衣衣领很白很干净。他们在食堂默默地吃了晚饭出来，潘慧冬迟疑了一下，说："我问你可能很直接……你可以笑话我，我想确定一下，你不会喜欢我吧？"

他眨着厚眼镜片后面的眼睛："喜欢……你很好。"

如果说没有一点儿高兴，不是实话，但潘慧冬皱着眉看他。

"你让我安心。"曾鸣补充说明。

潘慧冬苦笑着，这是没有魅力的意思，倒是和自己的预期相差不多。

"我想有个安稳的家。"他说。

潘慧冬一时沉默，她心里想着："我也想啊。"嘴上说："大家谁不这么说。"

曾鸣笑了，露出一颗虎牙。

结婚之后，潘慧冬在大部分时间都觉得自己是幸福的，受到照顾、爱护，过了大概七个月，她发现每周日曾鸣整个下午不在，她不想变成那种问东问西的女人，自己给他找了很多理由，比如工作很忙。终究有一次，她急着要找曾鸣，打到他的办公室，无人接听，她一个人带曾鸣的母亲去医院看急诊。在等血象结果的时候，她在医院的院子里看到酷似曾鸣的人走过，她追上去，又没有靠近，跟在后面，看他走向院子里坐着的一个穿病号服的女人。

她的心凉了一半，一多半，唉……都是这样的男人，自己在照顾他的母亲，他来看别的女人。她在远处望去，那个女人面色惨白、瘦骨嶙峋，似乎不久于世。潘慧冬看不清那女人的容貌，从坐姿和动作推测她不是"良家妇女"。为曾鸣担心，却没再靠近，潘慧冬转头去找自己的婆婆。

傍晚，她在输液室陪在婆婆身边，曾鸣才来，他是回了家，看到了字条，再一路寻过来的。他看得出潘慧冬不高兴，坐在旁边，剥了一个橘子，分了一半，塞给他母亲，另外一半，给潘慧冬。她推了一下，还是接过来，捏在手里，感到心酸。

她以为曾鸣会跟她解释，他没有。她有些赌气，不想张口问。偶尔曾鸣在那个时间出去，她也跟去。那个女人还在住院，更加形容枯槁。

不久之后，潘慧冬记得那天下大雨。曾鸣半夜才回家，抱着一个小女孩。潘慧冬气到双眼一黑，把自己关在卧室里。她听着曾鸣在外面窸窸窣窣，她打开门缝，看着客厅。那时家里没有独立卫生间和厨房，曾鸣在厅里摆一个大盆，煮了开水，兑好温水给孩子冲洗。他把孩子擦干，孩子看起来很累了，靠在他怀里，他不知所措地看向卧室的门。潘慧冬嘭地关上。

他在外面很轻地敲门。这栋宿舍楼里，稍微重一点儿的声音都会被左邻右舍听到。她不想和他吵，心里早已训斥他几千遍，打他数万下，最后听着他锲而不舍的小声的敲门声，给他开了门。

板着脸，她直接问他："是那女人的孩子吗？"

他说："是。但不是我的。我想来想去，咱们养她对她比较好。"

孩子被他放在两把对着的椅子上，裹紧了几层衣服。

她死盯着他。

他看看孩子，看看她："你会是个好母亲。"

潘慧冬搞不懂为什么她听到这句会脸红。

曾鸣去医院看望的女人前一天死了。孩子是她和别人生的。

那个男人不是正派人。"我晚上过去，她家房子漏雨，之前帮忙照顾小孩的老邻居不在。孩子一整天没吃东西，尿裤子。这样不行。"曾鸣说。潘慧冬可以想出一千句话跟他说那也不是非要他们养这个孩子不可，她没出声，那些话，没有一句是她能想到曾鸣想不到的，她走到椅子边，把小孩儿抱到床上。

夜里，曾鸣小声说："你睡了吗？我跟你说说？"潘慧冬没出声，侧了个身，转向他那边，望着他的侧脸。

"孩子妈本来不是个坏孩子，我们之前是邻居，后来她十四五的时候，被几个坏人欺负了，……变了。我是过年的时候，听有人跟我妈说，她得癌了，快不行了，又带个孩子。我只是去看看，别的也做不了。"曾鸣说。

潘慧冬不出声。

"有时候，本来是好人，也会遭难。与世无争的人也会遭难。"接着，曾鸣说，"我第一次见着你就喜欢你……也许你不信。你看过《四世同堂》吗？小说，我是说。"

"看过。"

"我不太看小说，唯有这本看了好几遍。里面好多夫妻，我最喜欢小文夫妇。"

"我也是。"潘慧冬轻轻地说。

曾鸣沉默了许久，潘慧冬感觉得到这沉默里包含的他的激动，渐渐地她心里被这沉默激荡着，有很多话可以接着说，她又觉得不需要，说什么都那么不对劲、不准确。她说："懂。我想咱们是那样的夫妻。"

"嗯。"潘慧冬听见曾鸣在黑暗里给自己的回答。

潘慧冬在后面的三十几年，都看重那个日子，每年的这个日子，她安排一桌子好菜，跟曾鸣和两个女儿喝一点儿酒。孩子们都以为这是父母相识的纪念日，潘慧冬从来不纠正，她不好意思说，是从那天开始，她认定自己爱曾鸣，也确定曾鸣爱自己。他们是普通人，好好过，守护一个家，尽量幸福。

她有时看自己和曾鸣养大的这两个孩子，不知道是否给了她们幸福。爱是给了。是不是太溺爱太纵容了呢。她们到底幸福不幸福？不，她很确信她们不算幸福。这让她发自内心地难过。无能为力。

曾薇回家的那个夜里，一家人辗转回家，天都快亮了。潘慧冬疲惫万分，她躺在床上瞪着天花板，问曾鸣："我们做错了什么吗？"

"没有，没做错。我们做了力所能及的……只是运气不好。"

4 父亲

对曾薇孩子的问题，父亲沉默不语，曾蕾之前从没有想过在这件事上父亲的决定非常重要，母亲都不再说什么了。

曾薇回来之后，他买回来很多治跌打损伤的外用药和给孕妇吃的营养品，此外，他什么都没说。每天，吃完晚饭之后，他都把自己关进家里最小的房间。那个房间实际上是过道的一部分，被隔出来当储藏室。父亲在里面放了一张小桌子和一把椅子，以前在里面对着笔记本电脑调整他和母亲出去旅行拍的照片，偶尔帮人修遥控汽车模型——曾蔷笑话他说这是汽车工程师最后的归宿。那里现在是他逃避整个家庭沉重气氛的避风港。曾蔷鄙视他的软弱，微博里有那种得知自己女儿被家暴去暴揍女婿的父亲，可惜，自己的父亲不是这种人。

她们只能聚在狭小的家里给姐姐又青又紫的身体上药，一天天拖延不去决定她肚子里孩子的命运——曾薇的主意每个小时都在变，有时默默流泪，有时哇哇大哭……曾蔷恨自己曾千万次自以为是有理智有判断的独立女性，现在只能在曾薇旁边陪她一起流眼泪，甚至不得不跑出家，躲在7-11店里不出来，她受不了了，太压抑了。

曾蔷脑子里有一万种报仇雪恨的办法，这样的创造性让她更加痛苦——自己没有勇气将其中任何一种化为现实。

脑子被这件事塞满了，约会的时候，她不由自主地说出来。当时那个男人正把头埋在她的肩膀和脖子之间，亲吻她。这个人没办法分担她的心烦，让她一阵恼火。她把他推开了："没心情。"他看了看她，扑到她身上。曾蔷第一次感到他真实的体重和他的力量，他把她压得动弹不得，再去搬她的腿。她感到害怕，以前从没有对这个人这件事感到害怕，还几乎因为自己不爱他以为高他一等，此时，她却明白了，对方并没把自己当人。

她想不起自己是怎么挣扎下床，她的两腿之间非常疼，在渗血；从床上滚到地上的时候磕到了膝盖，一瘸一拐；西装外套里的衬衫被扯破了，她下意识拉进西装的领子挡在胸前。健身房里教搏击操的老师有一天插入了一节女子防身术的课，她一上来反复强调了三遍，即使掌握了技巧，女子在与男子打斗的过程中仍然是弱势的。

太弱了……太弱了!

曾蔷一瘸一拐地走着,发现自己并不比别人聪明,更不比别人强大。她清楚自己曾在心里认为姐姐太瞎、太笨,怎么都做不出聪明的反击。可她现在脑子里回旋的刚才的恐惧,无论是对情境的描述还是身体和心理的感受,都并没有比那些网上流传的被家暴的妇女的自述高明太多。她和那些人一样,痛苦之外,感到委屈、屈辱、羞耻,第一反应不是报警,不是寻求任何有效途径的帮助,而是想隐瞒这一切,急切地想要回家洗澡,不要再见人,不要提到这件事。

她责怪自己。有多少次,她轻描淡写地评价那些事说,那都是渣男们的错,你们要强大啊。

现在轮到她了。切肤之痛……是如此不同……

曾薇注意到她的衬衫,一脸疑惑地看着她。

"跟人打架了。"曾蔷说。

"男人很可怕。离他们远点儿。"曾薇说。她没说出她常常觉得陌生的路人都可怕,连爸爸都可怕。

曾蔷不想对曾薇细说,怕自己忍不住说出一大堆话。她清楚如果曾薇再劝几句她就会哭出来。她讨厌那样的自己。几分钟后她确实哭了。一个眼眶青紫的孕妇在劝她,让她哭得更厉害。她不知道是否别的姐妹之间相扶相挺,她们之间不是那种关系,她们相处的模式是,每当其中一个真的难过,另外一个总会放下讥讽,用自己遭遇的更糟糕的事情来安慰对方。多少像一场比试,当两人投入地比较谁遇到的人更坏更奇怪、谁更倒霉的时候,内心却真的感到一种治愈。常常结尾处，她们理解了对方的难处和一系列匪夷所思之后的逻辑，默默地感叹对面这人不愧是自己的姐妹，这么傻这么倒霉。

　　曾薇抚摸着曾蔷消瘦的背，她有资格说很多马后炮、先见之明、经验之谈，可她闭紧了嘴，不要说那些没用的，忍不住靠在曾蔷抖动的背上。我们做错了什么呢？是贪婪？不同形式的贪婪？曾蔷一边哭一边想着。我们真的比别人要得更多吗？

　　那个男人不断发微信和短信道歉，曾蔷的手机在不断地闪动着，她把那人从手机上拉黑，记录全删掉。曾薇给她看着自己丈夫发来的微信，长篇大论，让曾蔷竟然看得有点儿感动，他追述着以前两个人快乐的时光，似乎真的追悔莫及，发自内心，满含悔恨、挣扎。姐夫的文笔要比那个男人好得多。曾薇嘴角带着笑，翻到更早的求和信递给曾蔷。这样的信，看过五段之后，曾蔷心如止水。它们有共同的模式，他永远不直接道歉，只说自己有多爱她，多么专一，用花在她身上的时间、金钱来证明。"对他来说，所有事情都能变成价格。如果我值 30 万，那么这 30 万除以我陪他的时间，得到一个单位时间的估价，相应的，他陪我的每一分钟都能折合出一个等价来。如果我值 30 万，他至少值 1 个亿。他在我身上曾经投入了八年的成本，现在放弃对他来说不值。他在算这些。"

　　曾薇没有把他从微信上拉黑，为了留着他曾经发过的信息。悔恨、求和变成翻脸无情，时至今日，他在源源不断地发着威胁恐吓。"如果你不回来，我就到北京去杀你全家。"

如果是前一天晚上，曾蕾会对这种话不屑一顾，可能对曾薇说不要怕这个烂人。这一夜，她被自己交往的人掐着脖子……被强暴。她在这个时候才明白了，为什么曾薇在那么长时间里不告诉她自己的遭遇，接到威胁的话也不给她看。所有别人的回答与安慰都太轻松了，没有经历过这种恐怖与沉重的人，不知道动一动有多么艰难。

"怎么办呢？"

"没办法。最无力的感觉是，收到这条信息之后，我唯一能做的是去找妈妈。妈妈能做什么呢？"曾薇仰面躺在床上，她黑黑的眼窝深陷，即使回了家，她也睡不好，根本睡不着，不再喝酒，她对抗不了每隔几分钟的惊醒。

白天，她趴在妈妈身边才能勉强睡着。沙发的垫子套上有妈妈的香味，让她安心。她蜷在沙发上，脚被小窗户里照进来的阳光晒得暖洋洋的。她跟妈妈说，自己肚子里的孩子正感到安心、舒服，想到他之前经历了那么多，现在也许在这么想，就很舍不得。母亲在用一个小笔记本电脑查各种案例信息，想找到正规途径的解决方案，听曾薇这么说，从眼镜后面看着她，发出了只有自己才能听到的深深的叹息。

潘慧冬从桌子前起身，挤到曾薇的脚边，轻轻揉着她肿胀的脚腕。她想到曾蕾今早出门前一瘸一拐，问曾薇知不知道怎么回事。那天晚上，潘慧冬把从曾薇那里听到的关于曾蕾的事告诉了曾鸣。"终于出事了。"她说。

在怎么做是偏执的父母、怎么做才是好家长这个问题上，曾鸣总是摇摆不定。他偶尔帮一个汽修厂的朋友处理疑难杂症，刚

135

出来不远遇到了曾蔷和那个男人。他们从一辆SUV上下来，曾蔷很自然地挎着那个人的胳膊。曾鸣靠近那辆车，车里地垫、椅垫讲究和内饰的统一，没有附加的装饰品，他可以列出一条条蛛丝马迹，那每一条如果写出来似乎都站不住脚，但他心知肚明，这个男人不仅有老婆，而且有孩子。他猜曾蔷早已察觉到了，只是不愿意面对。在做什么梦呢？他猜不透女儿的心。

曾鸣在那一天想了三个小时，觉得也许他不用在乎更不该介入女儿的这个问题。他去买了一瓶辣椒油，涂在了驾驶座的门把手上。在去超市的路上，他还想，如果他回到停车的位置，那辆车消失了，那他就转身回家去。

5 这一天

一大早，潘慧冬让曾蔷今天早点儿回家，晚上做好吃的。曾蔷假假地笑着答应。又到了父母的纪念日，他们的爱，衬托着她们姐妹的可怜。不是时候。

她原以为自己会一天比一天坚强，一天比一天勇敢，好起来，一定要好起来的。她可以像以前一样，为一件坏事做一个盒子，把坏事关进去、封起来，再把坏事盒子送入存放它们的坏事屋里堆放好，在门外把坏事屋用一道道锁封存起来。

前一天，那个男人给她办公室打电话，一个接一个，让她不得不拔掉电话线。那绝对不是道歉的意思。他是担心曾蔷把他们的事告诉别人。他知道她在哪里工作，他早晚要来。这让曾蔷难以踏出办公楼的电梯。她害怕。受害者的恐惧……她能感到恐惧在从胃和大脑两个基站向四周发射着警报信息，脚腕渐渐撑不起她才90斤的身体，在人挤人的电梯里，她顺着电梯壁慢慢滑下来，蹲在地上。旁边的人小声问她："您怎么了？没事吧？"曾蔷心里一阵恼火，谁没事这样。

她没有走下电梯，而是回到一楼，回到地铁里，在地质博物馆站下了车。在博物馆里，她找到顶层最偏僻的走廊，坐在地上。傍晚，清场的时候，一位女工作人员走过来，把已经腿脚麻木的曾蔷拉起来，几乎是搀扶着送她走出去。

回到小区门口，她为了付款才翻出手机，看到母亲的留言："曾薇快生了，我们去医院了。"让司机继续开到医院的路上，她哭了，呜呜地哭。女司机问她怎么了，她说她姐姐要生了。

"那是好事啊。"

"不……完全不是……"

潘慧冬正坐在曾薇的病床旁边，握着她的手，看曾蔷来了，露出微笑："母子平安。孩子在加护病房。长得挺好看的。"曾蔷只顾自己擦眼泪。这一切都抹不掉。曾薇和母亲都苦笑着看着她。

"爸爸呢？"她在打着嗝，没法在眼下这种情况责怪曾薇，肩膀一耸一耸。

"在派出所，出车祸了。"

曾蔷瞪大了眼睛："怎么会？他还好吗？"

"没事，当时不在车上，他的车停在路边，被别的车撞了。欺负你姐姐的人在车上，撞得不轻，在抢救吧，具体情况等会儿才知道。"

"什么人撞的？"

"欺负你的人。"

曾蓄吓了一跳："怎么回事？"

"是刹车出了问题吧。"母亲的回答非常平静，"怪我们管得太宽也没关系。认为我们做错了也没关系。你们都大了。我们该放心……但是……现在这样，我们不能接受没犯错的人只能忍。还能做什么呢？想来想去，只有这样了。"她脸上带着温柔的微笑。

2018-11-25

请您
听我
说

老张跟老金说自己要去参加"那个座谈会",老金反问说:"什么座谈会?"

老张说:"就是北京市物价局那个。"她心里知道不是物价局,但物价局听上去更气派更重要。

"别去,去那儿干什么。瞎耽误工夫。"

"去听听别人怎么说,也给提提意见。这西红柿都两块五了,领导一来,菜市场卖菜的都改口成八毛一斤了,等着他们了解实际情况,不得猴年马月?"

继续说了两三个来回,老金放弃了,说"去去去,乐意去瞎哔哔你就去",问了她回不回家吃午饭,拿着购物袋背着手下楼买菜去了。

老张在公交车上还在想电话里那个女人的声音,沉稳,实在,像个干实事的人。几个月以前,她第一次打电话来,说自己是"北京市物价经济研究中心的研究员","想了解一下您对北京市物价的看法"。

老张先入为主地认定对方是养尊处优的公务员,"我什么看法?你什么看法我就什么看法。哟,您是不买菜是吧?"

对方的声音像在微笑，说："请您听我说，正是因为现在物价偏高，涨幅过快，所以我们中心希望能做一个调查，形成报告，跟北京市政府反映现在的实际情况。"

"这事你们做不了，实际情况……都是空话。"

"调查研究北京市物价情况是我们中心的主要工作，您的意见、每个市民的意见都很宝贵。您实话实说就行。"

十几分钟，房价、菜价、日用品，老金每天买菜回来说的什么东西又涨价了，老张能想起来的都说了，整体上，她认为自己还算言之有物。

等老金回来，她跟他一说，老金很消极地撇嘴说："哔哔这些有什么用，他们真有心想知道物价用打电话问你？"听了这话，老张觉得挺没劲，不想张嘴接茬，生着闷气打开电视，开了老大声，直到老金拿了切好的水果来求和。

本以为就这么结束的事，前两天，同一个女人又打来电话，那声音太特别了，像关牧村，老张一听想起来了，脑海里也像是在跟长得像关牧村的女性说话。

"张女士，您上次的意见，我们已经在报告里反映上去了，我们领导很重视参与调研的市民的意见，所以我们中心下周将组织一个座谈会。特别希望您能来参加，想问问您有没有时间。"

老张憨厚地笑着说："我能说的上次都说了。"

"大家坐在一起好好谈谈，互相启发，能让我们发现一些更深层的东西，日常生活上的物价问题，确实长期以来没有受到重视。这个座谈会，届时我们中心会请北京市方面的领导过来，您把您的想法直接告诉领导，如果有条件能解决，您是为北京市和广大市民做了好事。"

老张感到好像突然责任变得重大了，有点儿含糊。

"我告诉您时间地点，如果您方便的话，就请来参加吧。会后我们有纪念品和礼品赠送。""关牧村"停了一下，像在给老张时间好好考虑，轻声说，"我先向您透露一下，除了我们中心制作的年历之外，还有一套相当不错的茶具。"

老张没跟老金说纪念品的事，如果去参加座谈会，老金肯定没什么好话——"能有屁用"，如果拿回家一些还算实用的东西，他就没什么可说的了。

她穿了体面的呢子外套，上一次穿是前几天去参加同学聚会，那天晚上回来的路上遇到的事，老张一点儿不愿意想起。

沿着电话里"关牧村"说的路线，老张很快找到了那栋大厦，在大理石装修的敞亮门厅里，有个穿西服套装的女孩笑着向她走过来："阿姨，您是来物价中心参加座谈会的吧？请跟我来。"

电梯里，女孩用标准得过头的普通话对老张嘘寒问暖，阿姨您住哪儿啊？来的路上顺利吗？今天天有点儿凉，阿姨您可要注意。老张含糊地答着，心里却有点儿不踏实，想起儿子在餐桌旁笑着说："凡是追着你'阿姨''阿姨'地叫，十有八九是要推销。"

到了十五楼，走进办公区，老张看着四周，觉得怎么也不像机关。工厂倒闭之前，老张为了厂里的公事、为了内退、为了领钱一次次地在各种机关里跑，闻见味儿就能知道一个地方跟政府是不是真的有关系。这儿没有那种味儿，门口连个像样的牌子都没有，前台后面的墙上写的是莫名其妙的英文字母，格子间里的人都穿着廉价的西服套装。她想起儿子，小金在单位大概是这副样子，脖子上挂着工卡。

女孩把老张带到会议室，里面是一张小桌子和六把椅子。她请老张坐下，立刻倒了热茶，特意用了两个纸杯套在一起，再加上杯托，说："水烫，阿姨您慢慢喝。"

"不是说开座谈会吗？怎么就我一个人？"老张看了看手表，时间只比约定的早了三分钟。

"阿姨您别急，我去给您叫我们这儿的业务代表。"没等老张发问，这个女孩迅速转身出去了。

再进来的，是一个抱着一摞文件夹、年纪略大些的女性："阿姨，您来得真准时啊。您坐下，我给您讲讲我们这儿的理财产品。"

"什么理财产品？"老张还没起身就被对方按着肩膀坐下了，"我是来参加物价座谈会的，不是来听你推销什么理财的。"

"阿姨您别急啊，既然您都来了，了解了解我们最新的理财产品也是好事，这对您有好处啊。我们不会害您的。"她说着在桌上摊开了一个文件夹，翻到一张几条彩色曲线不断向右上角攀升的示意图，"阿姨您看看这款理财产品，只要投资十万元，几个月之后您可以……"

"你们这不是骗人吗？骗人！！"老张打断她，站起来，俯瞰着正俯身半趴在桌上指着图表的那位，"你们干这种蒙人的事……"老张把诅咒的话咽回去了，换成高叫着："我要找你们经理！"

"阿姨，您听我说啊……"

之后的十几分钟，老张反复叫她"骗子"，高喊着："你们这群骗子，我要报警！"冲出门去，和正要进来的一个男青年撞个满怀。他先是把老张扶着坐下，而后是紧张地问："您没事儿吧？"

这人面容英俊和善，像年轻时的唐国强，他主动自我介绍说："我姓唐，您叫我小唐就行，您对我们的业务员有什么意见可以跟我说。"

老张握着小唐递过来的茶，喝了两三口，其间觉得这茶叶还不错，慢慢地跟小唐说电话里的"关牧村"用开座谈会的名义把自己骗来，指着仍然拿着文件夹想给老张介绍产品的业务员说她是骗子，她们是一伙儿的。

小唐听了，严厉地对业务员说："你们怎么能这么干呢？把阿姨骗来，这像话吗？"

对方低了头，匆匆从他们身边走出了会议室。

小唐并没接着说关于骗局的问题，而是关心起老张有没有撞坏，头晕不晕，反复道歉，让她多坐一会儿，殷勤、温柔，但不算过火。老张觉得他微笑的样子有点像儿子。

真没想到自己被骗了。一栋楼里住的几家，老人们纷纷都被骗过：三楼的跑到大老远的展览会上买了"日后保准升值"的"珍稀""文革"邮票，到家发现邮票上的花纹都粘在表面保护用的塑料纸上了；五楼的被忽悠着买了快一千块钱的一大箱"万能"刷锅液，上门推销的小姑娘三下五除二刷亮了两个锅，可小金说那东西就算是德国产的，一瓶只要三十几块；二楼的参加了免费试用净水器的活动，说好设备免费、配件自费，每个月有人上门检修，连着三个月，配件换来换去花了三千，第四个月机器停了，上门检修的电话变成了空号……每次老张和老金听到这些事情，心里都咯噔一下，但少许庆幸自己不贪小便宜，没落入什么圈套，打定了主意一分钱都不花在莫名其妙的事上。

钱要留下，人已经老了，原先像颗定心丸一样的工厂没了，以后有个病有个灾的……要是不想给儿子添麻烦只能靠自己。

再者，虽然不富裕，但想到小金要结婚，总得有套房子。小金和女朋友处了四年了，中间老张和老金已经见过女孩父母两次了，对方家境差不多，提前退休之前也是工厂职工。第一次来老金家，未来的亲家母带着弦外之音叹了口气，老张再三问，亲家母才很不好意思地说："以前还想着跟男方提条件，怎么也要三环以里有套房，现在看（你家的条件）……只要有房就行……小也无所谓。"之前，老金给小金准备了一百二十万，嘴上没提过，心里挺自豪，觉得不亏待儿子，但眼看着房价从一万二涨到了三万二，想着再等等，说不定会回落，门口房屋中介的价格表已经变成每平米四万了。

他心里着急，有一天跟小金说："买房的事，你不能太指望我跟你妈。"

小金笑着说："我知道，我知道，这事儿您别操心了。"那笑脸总是很乖很懂事，积极正面，让人放心，像眼前的小唐。

问完了老张的身体，给她倒了一杯热茶，小唐说："阿姨，实在对不起，让您受了这么大委屈。今天不好意思，我们经理不在，您的意见我都听懂了，等他回来，我会跟他反映。我们确实不能也不应该这么干。"

老张点点头，说："我不想闹事，看你们都挺忙。你们一定得知道，这么做事是错的，得认识到问题的严重性。不要年纪轻轻就学坏。"话一出口，她都觉得太语重心长了，但真是免不了把眼前的人直接当成小金。

小金听了会怎么回应，老张很清楚，他一定笑着说："嗯，我知道。放心。放轻松，放轻松。"

小唐说："阿姨，我们这是压力太大，有业务指标。您也知道吧，眼下这投资、理财都不好做，要不用点儿什么话把人带到办公室来，没人听你介绍产品。我们不是为了骗您、坑您。您说，我要是在电话里跟您说，我这儿有一特好的理财产品，给您介绍介绍，您能听我把话说完吗？您肯定得挂我电话吧？"

"那你们也不能……"

"阿姨，您听我说，"他打断老张的话，脸上可亲的笑容一点儿没变，"您别看我们公司不大，理财的业务做得真的还挺不错的……比如，这款投资外币的……"老张才发现有一个文件夹还在桌上，小唐利索地把它拿过来，像是早知道里面放的是什么内容，手指一捻展开了一页，他都不用看就继续说下去，"实际上是保本型产品，您不可能亏……现在银行利率，定期才3.25，您买我们这个产品年化投资收益率至少是5%，最高能到12%……"

后面的话，老张没听进去，满脑子想的都是小金。当初以为他去银行工作挺好的，具体的岗位也不是在柜台上点钱，听上去很轻松。后来，她和老金才断断续续从小金的女朋友嘴里听出来，拉贷款不是容易的事，每天求着人，还有同事会和他抢业务，年底想拿到奖金，要先发掉四百张信用卡。做了三年，小金从银行辞职了，去了基金公司，股市不行了，他又去了理财公司。现在，说不定小金在做同样的事，说同样的话。

"别说了，我不想听。"老张有气无力地摆摆手。

"阿姨啊……我们也得养家糊口不是吗？这您理解理解我

们……"小唐短暂地苦笑了一下，微笑着继续介绍。

老张低头扣大衣的扣子，上次穿这件，她在回家路上看见小金叼着烟，蹲在人行道边上，面前是一大堆假的名牌钱包，跟他的朋友一起在一个个翻弄着向年轻小姑娘介绍。老张的心被揪着，失望、生气，但没走过去。她不知道该说小金什么，说他往地上弹烟灰的样子像个流氓？她知道小金只是想多挣点儿钱。

老张晕乎乎的，抬头看到了电梯口，这之前的记忆全消失了。突然被之前带她上来的女孩叫住："阿姨，您的纪念品。"看盒子，真的是一套茶具，老张习惯性地道了谢，想到自己是被骗来的，又气恼。出了大厦，她立刻把印满理财产品广告的年历从茶具盒子旁边抽出来，塞进了垃圾箱。

在回家的公交车上，给小金拨了电话，她想跟他说一遍今天的荒唐事，得到一些敷衍却能让自己安心的抚慰。

铃响了一声，小金接了："张女士，上次跟您说的理财产品，您想好了吗？收益率很高……"

老张慌了神，说："我打错了。"

"您听我说……"

老张没挂，等着。几秒之后，电话那头说："……妈……"但小金又笑了，"我真是没看清，看见'张'字了还以为是我客户。"之前他说过，手机通讯录里不能用"爸爸""妈妈"之类的字眼，怕万一丢了手机，有人会给他们打电话敲诈。

2012-11-08

请勿
离开
车祸现场

前情提要：我，二十九岁，男，同性恋。

现在，星期五晚上七点半，北京，三环上，开着一辆不属于我的车，堵着，十五分钟前被人追尾，后备厢盖现在无法关上，副驾坐着一个披头散发的女人，正按着她的手腕，她在二十五分钟之前演了声嘶力竭割腕戏，我……跟她毫无瓜葛，却要带她去医院。

相比之下，我更关心后座上的冰激凌蛋糕……开了车窗，车里气温超过三十度，据说盒子里的干冰能保温两个小时，我希望它们能真的派上用场。车被追尾的时候，蛋糕从椅座上掉了下来。它表面的粉色冻壳已经碎了，两朵花掉了，心形的蛋糕的尖角挤成了平的，壳子下面的樱桃酱被挤了出来，这让整个蛋糕像一个被爆了菊的可怜屁股。

比这更让我难受的是我的手机在不停地震动，我在意那个不断打电话给我的家伙，可我清楚，拿起电话的结果是听他吼。虽然这是我应得的，但是……我决定拖一拖再受这份罪。

"你喜欢他？"她开口了，在我和她的那个他一边一个像绑架一样把她架到车里之后，她就不理我，甚至刚才我们被撞了她也一言不发。

"谁?"我明知故问,不是想装傻,是脑子乱得不能把问题和答案建立起真正的联系。

她看看自己的手腕。

"曾经喜欢过。"

我们曾经在学校里闲晃了一整夜,说的都是可有可无的话,天快亮了,我们又饿又冷——清晨比深夜更冷——坐在操场边上的看台上呆呆看着天空发白的方向,我对他表白了,那段话有点儿长,我没看他,像对着一堵墙在练习。我很难相信自己会说出那么文艺腔、那么软弱的话。说完之后,尴尬,还有点儿委屈。

他说,哈哈哈,你开什么玩笑。

他一点儿也不打算郑重其事对待我刚才说的二百多字,我笑着说,是啊,我开什么玩笑。

我们自以为用轻松、高级的躲闪把这事晃过去了,我原以为他比别人情商高,会更圆滑地对待我,但是……人其实是不能免俗的,日常的气氛变了,他躲了我一个学期、找了个外地的实习单位,交了另外一个学校的新女友,再开学的时候,他做的第一件事是给我看他们的照片。

我耸耸肩说,这妞挺美的,配你可惜了。

有意思的是,不知他为什么想开了,从我说那句话开始,好像之前的尴尬真的过去了。在说那句话的时候,我突然感到他不算什么了,自此卸下重担,从那一刻,轻松了。

"你现在还喜欢他。"她说。

"早过去了。"

"那什么人会这么……"她的语气不像在问我，"瞎掺和别人的事。"

"哥们儿。好哥们儿。"如果不是时不时需要发动这辆手动挡的破车，我现在应该直直地盯着她苍白的脸直到她低下头去。可我紧盯着面前亮着刹车灯的车屁股，像我心虚似的。

手机震动的次数变少了，间隔变长了，如同倒放的宫缩过程，越是这样我越觉得自己马上要变成孤家寡人了。这个糟糕的晚上，我喜欢的人快要和我分手了。以我对他的了解，他这么不断地打过来，是在给我机会澄清，我知道以电话里的只言片语只能越涂越黑，他不会以为我跟车上的女人有什么事，他会认为我心里有比他更重要的人，为这个气得半死。只要电话在振动，我就还有机会……机会早晚要用尽。

今天本该是美好顺利的一天：

·我一早去跟领导见甲方，开一个半小时的短会，得到一个大快人心的会谈结果；

·在回办公室的路上，趁领导心情大悦跟他商量晚上借用公司的车，周一早上再还回来；

·说不定领导会请我吃午饭；

·下午整理好会议纪要发给甲方确认（他们的联系人跟我关系不错，到下班之前应该不会出什么大事，通常在周五，我们默认把会议纪要周一再给领导看，这样我可以从容地从下周一再开始按甲方的要求改图纸）；

·晚上，我将按时下班，当着其他加班同事的面转着公车钥匙扬扬得意地走出去。

---- 分割线 ----

- 去拿订好的蛋糕；
- 在交通完全堵死之前去餐馆占上靠窗的座位，吃一顿高级饭；
- 在交通缓解之后开车回家；
- 过上幸福的一夜……嘿嘿。

明天，我们会睡到中午，开着公司的车去郊外，周日傍晚再踏着夕阳回家。

现实很残酷。

早上我去接领导，他迟到了二十分钟，出现的时候左眼下面和右边耳朵上都有血痕，脸色铁青，我什么都没问，迅速开车到甲方公司；当甲方领导出现在会议室的时候，我看见了另一张铁青的脸。双方领导吵了一天架，为一个大家都知道微不足道、最后早晚会达成一致意见的小屁事扶腰对骂，会议室里的另外六个人直眉瞪眼地看着他们互相发射火箭、导弹、核武器，连桌上的手机和文件都不敢看，生怕眼神不够专注惹来飞弹倒地不起。中间午饭也没吃，屋外不敢走开的秘书泡了一碗奇香无比的方便面，我怀疑包括两位领导在内的所有人都立刻做了个深呼吸将那香气装了一肚子。下午四点回公司的路上，领导刚刚还魂似的，质问我事情为什么会变成这样。我想说那大概是从您把茶杯直接扔到会议室贴着高级意大利壁纸的墙上开始变得不可收拾的。签合同的那天，他们公司的老板娘兴高采烈地问我们领导对壁纸的评价，举着香槟、挽着他的胳膊、笑嘻嘻地让他猜价格的样子历历在目。

我调着车里的广播，希望能掌握最新的道路状况，她拿过我的手机，手机在她手上嗡嗡呜像疯婆子哭似的震动，她刚才就在

152

我同学的办公室里那么哭。虽然那个办公室里已经没有别人了，人大概都识相地跑了吧，可能楼道对面的办公室都能听见她在最里面的打印室里爆发出来的歇斯底里的嚎叫。明天公司里的小孩们来上班，会看见打印室满地崭新的A4纸，上面滴滴答答都是血。

"接吧。我作证，你没跑去跟人乱搞。"她盯着我的手机。

"摁住伤口。"

那个口子大得她手臂上立刻又流下一道血，幸好大家对于如何切开动脉并不是特别在行，如果电影里手臂被切断的人能单手夺枪反攻再等到医务人员来救援是真的，那她应该能耗到明天早上吧。我可以现在路边停车把她扔下。她像刚意识到有血涌出来，呆呆地看着血往下流到了手肘，这才抽了两张纸从肘尖往上捂，笨手笨脚，我眼看着血滴到了布车座上。

"妈的！"

"反正这车已经这样了。"她耸耸肩，用下巴点了下车后部，手机的振动停止了，她问，"你说他现在在干什么呢？"她关心的当然不是打电话的那位。

她的那个他，大概正跟他岳父和他岳父的"老朋友们"推杯换盏，他将在酒桌上找到他未来的甲方，拿到这个城市某个片区的改造设计合同。所以，他在我刚从办公室出来坐进车里的时候给我打电话让我把闯进他办公室的女魔头接走，以免破坏他在老丈人面前一丝不苟又谦恭的一贯形象。就在他躲在复印机后面打这个电话、我在试图推诿让他另找别人的时候，她割腕了。接电话之前我刚给我男友发了短信说我出来晚了，他说没关系，他刚完事出来，一会儿餐厅见。

"你跟你男朋友感情好吗？"

"还不错。"

"他知道你心里喜欢别人吗？"

我转过头望着她："我不喜欢别人，我喜欢他。"

她露出故作憨傻的假笑，扭头百无聊赖地看着凝固的车河："要是他给你打电话的时候，你们已经在约会了，你还是会过去吧？"

我没出声，想着他在电话那头用命令的口气说"你得帮我"。那个"得"字，必须、have to、must，哈，我喜欢他这种声音、语调、语速跟我说话。生硬直接的态度里有过分亲密的不恰当，我们不是那种关系，从来没有过那种关系。他很清楚。清楚得让人遗憾。这遗憾我也喜欢，有点儿贱地甘之如饴。

"嗯。说不准。"我说。

"你会找个借口，说单位有事什么的吧。"

"实话实说吧。"

"你男朋友不生气吗？"

"肯定会生气。"

"那你还要去？"

"能怎么办，他会一直骚扰我，直到把我的好事全破坏。与其那样，不如一开始就……"话说出来的瞬间我在重新考虑这个逻辑是不是站得住脚、是不是有手机关机之类的选项，他之前干过直接给我男朋友打电话这种混蛋事，不能在这个话题上周旋太久，"你为什么要为他割腕？"

"一时冲动呗。"她轻描淡写地说，立刻换个话题，"今天你

154

生日？"

"不是，纪念日。"

"我听说男同志在一起几个月就很不错了。很少有人能持久……还是说你们像美剧里演的，看似恩爱其实各自乱搞。"她笑得很欠抽。

"我认识几对十年以上的呢。别把别人想得跟你们似的。"我冷冷地说。

"几年？"

"三年。"

她放开手，任血往下流，微笑着说："我们在一起也三年了。今天。三年。说不定……"

她放着半截话没说，这时眼前的路竟然突然通畅了。我赶紧加快车速冲向医院，在两分钟之后，辅路上一辆前盖撞弯的小轿车冲进主路，车身一横把我拦住，我差点儿撞到他的车上，猛踩刹车，庆幸自己没加速到既定目标。下了车，我认出了拦我车的这辆正是刚才追我尾的那辆车："怎么？刚才不是说各自找保险公司吗？"我已经想好修车发票写哪个单位了。

那辆车里的司机根本没下来，车窗也摇上去，我能猜到他打的是报警电话。两辆车这么扎在一起，一下占了两条车道，我往后一看，目力所及的区域已经全堵死了，司机们在冲着我狂按喇叭，我只好尽自己所能大喊："是丫不让我走！"想到那车里的混蛋刚才追我尾的时候下车来点头哈腰问我和她有没有受伤、问题大不大的孬种样气不打一处来。然而，我弱小的声音完全被淹没在凶猛的喇叭声里，看上去像一种绝对不挪车的狡辩，已经有司机在开车从那唯一一条车道上缓慢通过时冲我比中指喊傻逼了。

　　好在警察在十分钟之后骑着电动自行车从车流里窜出来，我立刻揪住他差点儿把他从车上揪下来，语无伦次地跟他说我好端端路上行驶被拦截，两车之前的追尾是他的错，这没给警察留下任何好印象，他非常不耐烦地说："赶紧把车挪一边儿去。"这时，那个司机雄赳赳气昂昂从车里钻出来，说我逃离事故现场，得负主要责任。我惊诧得半张着嘴，好半天才跟警察说："是他让我离开的。"

　　警察毫无耐心地说："他让你走你就走，他让你杀人你干吗？"白了我一眼，打了一个韭菜鸡蛋味的嗝，像特意要让我意识到我打搅了他的晚饭。他问："你们签事故协议书了吗？"

　　"没有。"

　　"协商过了？怎么说的？"

　　"各自修车。"

　　他看看我的破车，看看另外一辆八成新的马自达："你丫还真是会算……"他对着马自达车主说，"你说，怎么回事？"

　　肇事司机嘴角含笑，对警察说了一个我如何急刹车导致他追尾而后立刻逃逸的故事，正在我们七嘴八舌争执不下的时候，她从车里钻出来，这个我不知道名字的姑娘，说："咱们走吧……"路灯下，她的脸色非常苍白，缓慢地眨着眼，血从她手腕上淌下来，滴到马路上。有车灯从她身后晃过，让她看上去像个女烈士。我一边想着她不会死吧，一边想着她快要死了。

　　警察嘴里冒出"嚯"的一声，看着我："什么情况？？"

　　"我急着送她去医院。"我说，灵光一闪，对警察说，"她是人

156

证，能证明我们是无辜被撞的。"

警察完全不听我的说明，没打算询问证人，嘴里说着你们好好商量下周一去交通支队协商写事故认定书。我从一个零责任的倒霉蛋变成了有一半责任，我正要反驳，警察直起身，看着我："你一个逃离事故现场的有什么话说啊？你说他黑你你得拿出证据来，空口无凭被人黑了你也是活该好吗？……跟这儿叽歪，你不看看你这情况，想出人命啊？这是你老婆吗？难怪要割腕。"我张嘴闭嘴，像条鱼一样吞吞吐吐，最后什么声音也发不出来。

开车到医院，我本来以为只需要十分钟，不过是在三环上拐个弯，算上堵车不会超过半个小时，最终花了七十二分钟。我跑前跑后，挂急诊、缴费、送她去缝针、再缴费、带她皮试、皮试没过、开点滴、再缴费、取药、带她打点滴，这中间一边连跑带颠，一边想着自己是多么愚蠢地陷到这种事里，想着接下来该怎么办。

坐在点滴室里，我终于有空冷静一下。我男朋友给我的最后一个电话是在四十分钟以前打的，我抱着试试看的念头给他发了一个短信，问他在哪儿。

他没回复。

我又发了一条说："我在医院。急诊。"

他还没回。

我在点滴室心神不宁地等了十分钟，打过去，他关机了。

"完蛋了？"她问。

"对。"

"我饿了。"

我塞给她一碗方便面、两瓶水，回到车里把蛋糕拿出来，装着干冰的袋子依然散发着凉气，蛋糕却开始融化。我拿到点滴室里，问她吃不吃。她摇了摇头。我拿着刀叉和纸盘子，从破壳的部分弄了一些出来吃。蛋糕很香甜，咽进我十几个小时空空如也的胃里像往枯井里扔芭比娃娃，一口一个。

　　"你们会分手？"

　　"可能吧。"我脑子里在想的都是两个人的好时候。

　　"这样好，我们也分手了。同时开始，同时结束。"

　　"你们？"我深吸了口气……明天——或者等不到明天，几个小时之后——四个人都会陷入致歉大戏里。她的他向她道歉，我向我的他道歉。也许过不了午夜，我们就都和好了。

　　"一定会分手。至少我们俩是。"

　　我微微点点头，一点儿没拿她的话当真，从我知道有这么一个女人存在，我听说他们分手、他改过自新的次数已经两只手数不过来了。他一直说：你该见见她。我连她名字都不想知道，当然现在被迫知道了，因为问诊、病例、缴费这些破事。他们早该分手。只要他依赖他岳父，他和她就只能演庸俗的悲剧。

　　"你男朋友是干什么的？"

　　我在回答之前注意到了旁边坐着的老太太从萎靡之中睁开了眼，看了我一眼，扶着额头发出微小的呻吟，转下头。"医生。"我说。

　　"这个医院的？"

　　"嗯。"

　　"他是跟你差不多高，戴眼镜，有点儿严肃吗？"

虽然这样的人很多，但确实这些要素都对，尤其在医院里会更严肃，我"嗯"了一声。

她若无其事地说："我前几天刚来过。"

"怎么？之前就扎过自己一刀？"

"流产。我们找他帮忙安排的。"

没跟我说……他们俩谁都没跟我说……我立刻低头看着蛋糕，如果现在与她直视，结果会让我更烦心，还不得不赔上同情。老太太这次睁大了眼，回头看了我们一遍，我们俩齐刷刷地满面笑容地看着她，她像老戏骨入了戏似的念叨着"作孽、作孽"半躺下。

"打胎这事……是对自己人格的否定。"她说，"你怎么看同性恋呢？因为你自己喜欢、不影响别人，就理所应当、无所谓了是吧？"

我不想跟她讨论这事。想到我爸妈知道之后的那种反应……怎么才算"不影响别人"？我想不清楚。

三年之前，有人问过我同样的问题。我笑着说，管你丫屁事。他说，别去约会了，别当同性恋了，咱们都当异性恋不好吗？跟我走吧，一会儿给你介绍个女朋友，人很可爱呢，你准喜欢。我笑着把他推开，去赴医生的约。

"……以前觉得，我做的事无所谓，甚至跟他关系不大。只是利用他。我需要有这种感情……"她眼神直直地说。

我笑了。我对他——她的那个他——也一样，偶尔会反省是不是态度过于暧昧，是不是心里有出轨的念头，有一天我顺藤摸瓜确认了自己早就不喜欢他了。那个我曾经爱过的年轻时的他和现在的他，是两个人，可我，即使感到很满足很幸福，还是忍不住回忆过去，那像是一块老话梅糖，酸的，含久了舌头上有点儿涩，我却给它装了个盒子，时常打开，把糖拿出来，舔一舔。它没有一丝新的味道，时间久了，我再不会从历史里榨出新的觉悟，完全没有想通了什么的感觉，反而越来越明白我是多么俗气、老土，层次很低，像迷恋球场少年的糟老头。这种舔糖的行为让我觉得自己很恶心。可是，这块糖像华容道里的空位，是寻找出路必备的空白。我为留了这么一块糖愧疚，想到过去的他，在教室里、操场上的那个他，我的心跳仍然会变快。看到现在已经小肚微凸，像个疲惫、狡猾的中年商人似的他，我为鄙视这个我称之为朋友的人更愧疚，不再想从他身上得到任何有意义的回馈，对他后来给我惹的所有麻烦都无所谓了。

在上个礼拜，因为工作上的事碰到，他晚上请包括我在内的很多人在一个韩式饭馆吃饭，我们脱了鞋围桌盘腿坐在地板上。喝了四杯啤酒之后，他的胳膊搭着我的肩膀，问，你说咱们会因为什么绝交呢？他伸手挠挠脖子，像个粗鲁莽汉，离得太近，加上那天很热、他穿着西装，从他的脖领里冒出一股油腻的皮臭。我笑着把他推开，说，因为天热吧。他立刻大笑，对其他人讲我在学校时的糗事。我看着他，满心同情。

所以……在他跟我说有个女人在他办公室准备割腕、让我快去帮忙之后，我仍然在路上抽出五分钟去取了冰激凌蛋糕。

"什么时候开始，算有个生命呢？"

不知道。我现在又饿又累，不想讨论人生终极问题。

"打过胎，也算杀过人吧？"

"自杀肯定算杀人。"

160

“你真不会安慰人。”

“孩子的话，或许你是救了她呢。活着也就那么回事。”我在说些什么……

“你真不会安慰人。”她冷冷地重复了一遍。

我不再说话，重新拿了纸盘，切了一小块蛋糕，托在手里送到她面前，她拿着我手里的塑料叉子，在纸盘里的蛋糕上猛戳了两下。

2013-01-29

你的
敏感
与沉重

1

早上醒来，你迟迟无法睁开眼睛。不想接触一点儿光，这感
觉……很熟悉。你缩进被子，猫舔着你的手指。

"快起来吧。你不是说要早走？"

女朋友的声音从外面传来，你要赶在她进来之前有所行动，
明明想要迅速地爬起来……这个过程要比想象中慢，眼皮难以
睁开。

糟糕糟糕糟糕糟糕糟糕糟糕糟糕糟糕糟糕糟糕糟糕糟糕糟糕
糟糕糟糕糟糕糟糕糟糕糟糕糟糕糟糕糟糕糟糕糟糕糟糕糟糕
糟糕糟糕糟糕糟糕糟糕糟糕糟糕糟糕糟糕糟糕糟糕糟糕糟糕
糟糕糟糕糟糕糟糕糟糕糟糕糟糕糟糕糟糕糟糕糟糕糟糕糟糕
糟糕糟糕糟糕糟糕糟糕

太糟糕了……

所能做的是撑着双手慢慢让上半身离开床单。最难的不是某

一个特别的动作，是每一个微小的动作都不容易。移动一只手像移动一座山。

动用全部能量，战胜这种感觉。
能行，你能行。

太亮了，太刺眼了。

必将失败。
一切勉强的伪装都要被打回原形。

"我们到底在干什么啊？"大鹏昨天夜里的哭声还在耳边。

10

女朋友看着你，你尽可能显得平静，坐在餐桌边握着盛满咖啡的杯子。她在出门的一刹那停下来，盯着你的脸。
"你怎么了？感觉不好？"
被发现了。"有一点儿。"
"多一点儿？"
"不清楚。"
"吃药吗？"
"不想吃。"

"带上？"

"嗯。"

"什么感觉？"

"累。"

"别去了吧。"她担心地望着你。这才是更让你难受的部分。

"没事……我

没事。"

这不是你第一次这么说。三年之前，你说没事，她不信，眼神和现在一模一样。

不想回忆。

"如果你需要我，我今天在家陪你。"她说。

"不用。"她昨天也加班到很晚，今天上午有会。

她不出声地观察。

"真的不用，有事我会给你打电话。"

你们俩都明白这一幕永远不会发生。如果很严重的话，你今天不会碰任何通信工具。她可能需要打电话给你的助理，找人去看看才能知道你在干什么、是什么状态。

"走吧。迟到了。"你说。

她向外走，做了一个接电话的手势。

11

地铁里那个火红色头发的姑娘没有出现，毕竟今天比往常早了半个小时，也许你们之间隔了几辆车或者几个车厢。你每次看到她的头发都会感到这一天会更顺利。她意味着一切的稳定与按部就班。在这个可能会很艰难的日子，吉兆没有出现。

耳机里，童声合唱的背景前，一个孩子在唱没有一个字的圣歌。你不信教，也不那么喜欢小孩。听这些歌会让你感觉自己轮廓更清晰，像在强行拼凑一堆碎片。

时间还早，办公室里空无一人，你喜欢这里没人的时候，特别早或者特别晚，空荡荡的，人的气味变得寡淡，空气也凉，很单纯。

小钟该到了，这是约好的。他昨晚没准备好，拖到了现在。理论上，你应该打开电脑重新看一遍你手里的那部分PPT，但你不想动。那些都不重要，已经没有意义了。一切结果已经注定了，所有努力只是负隅顽抗。这像小时候许多次重要的考试之前，你都觉得多看这一页或者多做这几道题帮不上任何忙，结果已经在冥冥中产生。这样的自己是最可怕的——在最后一刻丧失所有动力，灵魂出窍，瘫软下来。

假装你能行。假装你能行。
你必须……
假装你能行。

昨天，在你流露出希望大家赶紧回家的假意体贴之后，你的助理突然问：不要紧吗？

什么不要紧？

"……你？你不要紧吧？"

"我？"你想了想说，"你快走吧。回家吧。今天辛苦了。"

"如果有什么需要我帮忙的……"你知道她想说她能做的比你以为的要多。

"不需要。"你缓和了口气，"真的不需要，我很快就弄完了。"实际你至少需要两个小时。

"你看起来压力有点儿大啊……"她说。

怎么看出来的？你想问，没有问出口，一旦开始这个方向的问答最后的结果一定是耗尽气力、不欢而散。"因为你在这儿吧。"

她不满地微微歪头，终于走了。

按说她不该知道三年前的事。

100

三年前，为了找你，

你的女朋友给所有认识你的人打了三圈电话……第一次是为了确认他们是否知道你在哪里，第二次是问他们是否想起了什么线索，第三次是哭着说"刚才有没有打回来？是不是被我错过了"。

你朋友不多，这让她感到更难过，那是她第一次发现你可以真的消失。

当她在小公园的长椅上找到你的时候，你在那里坐了十七个小时，背僵直，从未挨着椅背，望着前方，不清楚自己呆看何处。你说，只是上班途中觉得累所以坐下来。实际上，你知道你们俩都不相信那种回答，她满脸泪痕决定不再追问，明白了正确的做法是那之后离开你，你这么想着，想不出如何描述那种无法从椅子上站起来的单纯的沉重。

沉重——将是这段关系最终破裂的原因。你从最开始就和她说明了其中的风险。可她并没当真。

当初，她没拔掉自己电动自行车的钥匙去上课了。你看到了那钥匙，取下来，留下了写着自己手机号的字条。她给你打电话，你送回了钥匙，在她宿舍楼外谈了两分钟，她问了你住在哪个宿舍楼、在哪个系、几年级，虽然听到每个问题你都推测了一下她为什么问这些，却还是照实说了。

而后，她问："你不问我吗？"

"应该问吗？"你早有答案。她住在这栋属于电子系女生的宿舍楼里，她刚才边打电话边在三楼的一个窗口向你挥手——是大三吧。

"好吧。不过你已经有我电话了。"

"我不会骚扰你的。"

她笑了。

后来你们在食堂遇到过一次。她向你打招呼，之后你整个学期都没有再去那个食堂。亲切，让你不安。你后来对她说，因为想不清楚原因。她说，好吧。

你再次遇到她的时候，正在学生节演出的后台，你看到她就想逃走，可是后台出口全是准备上台的同学。她化了妆，不知道谁化的，为了配合舞台的灯光好像涂了太白的粉底和太红的腮红，她确实有点儿生气，耳朵都红了，她质问你："我很可怕吗？"

"不，你很好。"

"那你见到我像见到鬼一样。"

"见到鬼应该不是这样。"你无意搞笑，她笑了，有点儿无奈。

你不喜欢她表演的那个节目，不喜欢她和别的男生跳国标舞。你能理解跳舞带给她的愉悦，却非常讨厌产生那种愉悦的情境。你不喜欢主持人在台上问她的"你们合作多久了"之类的问题，不喜欢她回答时那种欢天喜地愉快的语调。这一系列"不喜欢"让你推测自己可能喜欢她，难以坦然面对她的原因并不是十分"健康"……

你什么也没做。做什么都无济于事。你没有在等或者期待什么。

你又去那个食堂吃饭了，并且在她招呼你坐下一起吃的时候，有点儿拘束地坐到了她对面。在她问你微积分的时候，耐心地解答，忍着，并没有揭露她的愚蠢。

目的是什么呢？多坐一会儿吧。

几个星期之后，当她问你，你们是不是男女朋友的时候，你想了想，对她说，可能不是，可能不合适。

她很严肃地望着你，手从你胳膊上放下来，努力显得不那么生气，眉毛周围的肌肉非常紧张，耳朵又一次发红了。

你认真地看着她："我很喜欢你，但……恐怕我和你不是一

168

类人。"

"这我当然知道。"

"我……敏感、沉重。"

"你是在阁楼或者地下室里藏了很多偷来的小孩吗?"

这是什么意思?你疑惑地看着她,说:"我爸有严重的抑郁症。"

"遗传吗?"

"我们性格有些像。"你补充说,"很像。"

"他像你这么搞笑?"

"不,比如,我们说的话都是认真的,没有弦外之音。"你们真正的相像之处远不止于此。你不想让她把这个问题晃过去,接着说,"你现在以为我有趣,以后我也许会让你非常不开心,很难过。我爸发病的时候,我妈拿他一点儿办法都没有。说不定……不,一定……我会让你也有那种感觉,如果我们以后在一起的话。"

"你爸妈离婚了吗?"

"没有。"

她看了你一会儿,问:"他们现在关系怎么样?"

"还好吧。"

"我们也能扛过去吧?"她问。

不一定啊。你心里这么想,没有说出来。

你说:"我们可以是炮友,这样分手的时候没什么负担。"

她大叫你的名字,掐着你的胳膊:"你知道自己在说什么蠢话吗??"

在你们第一次上床之后,你同意那句话很蠢。

你在办公室愣了十分钟，而后陆续有人来上班了。即使只比平常上班的时间早了一点儿，你仍然能察觉到，她们发现你在这儿还是有些不自在。

小钟迟到了。在这么重要的时候。你不想给他打电话了。何必呢。他知道你已经到了。

那时候，为了让大家感到开放办公的好处。你、小钟、大鹏和其他人一样随机选择了工位。你在靠过道的位置。这不符合你的要求——封闭、狭小、安静的空间才有利于做事。有人走过通道，无论你多么专心，仍然会感到不自在，他们也会不可避免地感到你的不自在。

不得不为你找一个助手，因为三年前的事让小钟意识到他之前没有考虑过的风险——联系不上你，以及需要你的时候，你不在。

那事之后的第二天，小钟到你家去看你。你当时正在厨房里，把冰箱里的所有东西拿出来、清洗、打开或者拆开、换成一整套设计统一、大小不同的白色盒子装好，整齐地码回去。

你的女朋友跟小钟说了你可能是抑郁症，他忍不住在你身边说："你丫疯了吗？"

你转过身看着他，随着你眼珠缓慢地转动，他意识到了：你正在脑子里拆解他的脸重新排序。"操，你丫真疯了。"他在客厅里对着墙发了一通脾气，眼下的局面，他不能直接责备你和你女朋友。

你的女朋友拿了个杯子给他倒了杯水。

小钟说："你得带他去医院。"

"嗯。"她回头看了你一眼，你正在把酸奶一个个打开倒进盒子里，"他需要秩序。"

"那都是借口。"小钟轻声说，你还是听见了。

"他需要一种合理性。"

小钟点点头，表示他理解。你很清楚，他并不懂。

你们之前谈论过抑郁症……他一直认为那是心情不好。心情不好的范畴那么宽泛。你不能说他错了。

就像你进入一个一盏灯都不开的阶梯教室里，太暗了，你茫然地向前走，摸不到边，触不到墙，脚下是一节节让你跌跌跄跄的台阶，不断地撞到座椅的扶手或椅背上。他问你，你在哪儿，你只能说在阶梯教室里，这里没开灯，他轻描淡写地回一声"哦"。除非把他拉进去走一圈，很难让他更明白你的处境。

他问你：难道你怕了吗？

不，不是怕。那不过是小心翼翼的厌倦，生不如死的不耐烦。

小钟在第一次带着他的某一个女朋友与你和你女朋友一起吃饭的时候津津乐道地叙述了你上研究生时的一个故事。

那时你们实验室跑程序算数据，需要连续计算 1000 小时，在第三十三天的时候，学校爆发了八年来唯一一次科技楼全楼停电，半夜 2:23，停电时长 3 分 20 秒，导致了一部分实验数据化为乌有。

你在 2:45 的时候进了实验室，发现应该每三分钟同步备份的那台主机在前一天下午 16:54 停止了工作，你知道那是因为中午有人爬到桌子下面为另外一台电脑插拔网线——那根网线是新的，把备份用主机的电源碰断了，它压根儿没连着显示器，所以没有人注意到这件事。而你整个下午都不在，在给一门无聊的课当助教。

如果你当时在实验室就不会发生这种情况吗？

第二天，实验室的同学们陆续出现，发现你已经把每个人桌子上的杂物都按大小在桌子左侧排列起来，书全部按照书名排列，桌子、键盘、鼠标、主机和屏幕都重新擦过，摆放严格地按照某种隐形的参考网格线对齐——"你肯定见过那种用激光在墙上打直线的机器，他们推测他也有一台"。三种共计十七张桌子，五种类型的二十四把椅子，四个批次不同时间购买的电脑主机，搭配的是不同牌子的显示器，各种换来换去的键盘、鼠标，都被你以某种变态的模式摆出了神经质的整齐——那场景非常恐怖。他们进来的时候，你正在房间的一角靠窗坐着，呆看着窗外。本该负责备份确认的师弟都要给你跪下了。后来也是他把当天的事情说给了十里八乡的吃瓜群众。你当天什么都没说，早已重新检查了前面的运行结果，开始优化程序。

小钟的女朋友说，哈哈，那你应该来我们家帮我们收拾收拾。你女朋友很冷静地说，那我们算算怎么收费。

小钟那时把这事当成一个关于你的可以随时拿出来讲的趣闻轶事，你从没有阻止过他，无论他以什么语气谈这件事。既然发生了，让他说去吧。小钟没办法理解你那一夜的行为，他明白你很恼火，但不会理解你的反应不是针对别人的，而是你无法怪罪谁——实验室里有一台早先买的非常专业的 UPS 不间断电源，因为实验室搬到这里之后从未停过电，没有人使用或维护它，在那个晚上，你想的是从规程上讲，这件事做错了——以及，没有人怪罪你。你的导师拍拍你的肩说，这相当于天灾，对咱们实验室来说损失不大，生命科学那边可是几个月的实验白做呢。虽然你学着他的表情笑了一下，却并没有感受到安慰。

三年前，你同样没办法和小钟说清楚你心里那种一切都完蛋的感觉。需要把世界结构化，把一切都用因果序列链接起来，纳入到可以理解的框架里，把未知、可能、突发降到最低。你们做的就是这个，最终连自己的项目都没能控制好，这证明整个创业公司的基础有问题，算法出错了，也许是你们对世界的理解方式本来就错了。

这你没办法和你女朋友说，她当然会理解。她比小钟头脑清楚。但她越能理解越让你难过。她不得不从你这里分得一块苦涩的蛋糕——吃不下去也得吃。

下午你一个人去了医院，女朋友反复问你一个人行不行，最后你说，不想她在场。

"你不用在意……如果你哭的话也很正常。"那并不是没发生过。

"不是。我不想你和医生说一些我不想说的。"

她惊讶地看着你："他得给你开药啊。"

"我知道该吃什么。"你笑着说。

倾诉……

倾诉吧。

把你憋在心里的话说出来。

不。

那没用。

医生是朋友的朋友介绍的朋友，他让你做了心理测试量表，他看了看结果，说，你要靠直觉写，不能靠推测。

你笑了。

他说："我不喜欢给聪明人看病，我这不是夸你。你们受应试教育的毒害太深，老是自觉不自觉地猜医生想看的答案而不是你心里的答案。"

"没有答案。一片空白。"

从那天开始吃药，医生反复叮嘱不要随意停药。他料到你不会听。那些药变成了速效救心丸。你只有感到危险的时候才吃。药让你感到一阵松弛，肌肉上的、心理上的，你回想复杂的数列、阶乘，计算三四位数之间的乘法，来检查脑子变慢了多少。你会想睡觉，无法自控地因为一点儿小事笑出声。世界变得容易忍受和理解，你托着头在办公桌旁发呆，盯着远处入口玄关的金鱼。但是……吃药带来的那种肤浅的幸福与兴奋让你感到绝望和走投无路，它越让你像一个正常人，越提醒着"你不够正常"。

药，很重要啊……让你像毛栗子的硬壳般的心，"嘭"的一声打开了。你按时去看医生，每次医生都让你直接进去，你只是为了拿到药，医生心知肚明，放弃了和你谈谈的努力。

小钟在面试算法工程师的时候特意又问了一遍走到最后一关的女孩：有耐心吗？有责任心吗？她说自认为都还可以。小钟指着你对她说：我们团队不大，人人以一当十，能不能在本职工作之外兼职当这个人的助理，不需要时刻盯着他，但是要知道他去哪儿了、人在哪儿、提醒他吃药。她单纯地问，是身体有什么问题吗？小钟看了你一眼说：是脑子有水。

这个早上，同事们陆陆续续来了，办公室却很安静。有时候你怀疑这种安静是因为你在，而后认定这样的想法太自我中心。你拿着笔记本电脑到会议室，一直没有开机，走到墙角开了一扇窗，让微风吹进来。你坐在风吹过的地方，看着外面。空无一物。

110

接到小钟电话，你已经下楼了，他反复说着："睡太晚，起晚了……"

在他的车上，你并没有问他迟到的事。

他先发制人，问你："吃药了吗？"

"下楼前吃了。"

小钟有一次说，一般的你、不对劲的你、吃药的你，他最不喜欢的是吃药的你。

本来，你以为，一般的你是他认为最不好相处的品种。大多数情况下，你不太同意他的想法，他陈述一件事，常常根据不靠谱的理由运用错误的推衍导出不足取的结论。即使你学会了要在人前给他面子，仍然常常触他霉头，你的一个眼神足够让他感到自己被"忤逆"了。他大吵大闹的时候，你冷冷地看着他。以为就事论事的争论，可大鹏善意地笑着提醒你：对外，小钟好歹是咱们公司的 CEO 啊。

不对劲的你虽然不对劲，但你在他面前处在强行自控的状态，不至于做出对他有危害的事——顶多是逃避他。那可能不是针对他，你逃避所有人，可能是针对他，你不认为他能理解也不想感染他让他感到压抑。

吃药的你应该是快乐的。"快乐"难道不好吗？

"因为感觉不到你的存在……"他说这话的时候挠着头，"那像一个陌生人，我根本不认识。一般的你做每件事都有理由，每个表情都传递着某种信息。你没表情的时候是真平静，你皱眉是不认可，敲手指是不耐烦。我能辨别你的想法。从最初认识你开始，我就觉得这是你的优点。相比之下，吃药的你虽然更接近正常人，你的行为也变得像正常人一样传达太多冗余信息。你笑是你高兴吗？点头是你表示同意吗？我不知道。我看你也不知道。如果不认识一般的你，或许那样的你也很好。相比之下，吃药的你虽然心情愉快，却从一个高效、精准的人工智能机器人变成一个亢奋的笨蛋了……这让我受不了，不能相信你那时的判断。"他想了想说，"虽然这话我一点儿不想说，但你的判断很重要。"

"人工智能人。"不止一个人那么说过。女朋友和大鹏都在不同的时候说过。

收集—精炼—学习—练习—试错—反馈—迭代—再收集，这是你给自己设计的人工智能程序建立的核心流程。在许多事上你也是按照这一规程来做的。比如，在第一次和女朋友外出约会和做爱之前，你都按照这个方式做过多轮模拟。尽可能多地收集一切相关的信息，从中提炼出方法、模式、意义，结合自身情况调整，先做简单的对话或者行为练习，再在复杂情况下进行测试，通过反馈信息优化方案，随着方案变化再收集新信息。所以……从当天穿什么、约会时间地点的选择，到在什么天气条件下吃什么、喝什么、经费分配，她说什么你要如何回答，她做什么动作你要如何应对……你都建立了一个"题库"……

小钟笑眯眯地说自己无论如何想不出你会和女朋友上床，你和他说已经做过了之后，他吃惊地看着你，七秒没说出话来。

"那……'用户体验'好吗？"

"不错。"

"你该不会又搞了一堆'攻略'看吧……她知道你是怎么搞的么？"

"猜到了。"

小钟苦笑着撸了下脸，想了想说："我一直觉得她挺怪，比你还怪。"

你清楚自己是什么人，不是高功能反社会人格，就算有艾斯伯格综合征也只是轻度或中度的，总的来说，你是带有些许强迫症的控制狂。你迫切地想靠一己之力把一切纳入既定轨道……这愿望比一般人更迫切……最初，你以为是因为你比别人胆小，对失控的事物和人心怀恐惧，对突发情况缺少应变机制，所以你需要学习、演习确保对各种状况都有解决方案。过了几年，你认为是因为你比别人急躁和任性，更倾向于效率主义。再后来，你发现在意的不是效率，寻求的不是完美，是精准，你不介意bug、错误，但它们必须出现在你认为可能出现的地方。有了意外，你不能拿错误们或者别的人怎么样，你会感到心里、大脑的某个地方被燎掉了一片血肉。抑郁带来的问题是，它将容错的理解力与耐受性进一步缩小。桌上突然出现的花都会让你感到后脑勺到后背紧贴着一具丧尸，让你只能呆坐着……你像是为了解开某种诅咒而绑住了自己，心在收紧，时间却被空洞地拉长……

上高中的时候，和你关系很好的钢琴老师把你的生日和出生时间要走了，找人看你的星盘，她说，大师说了，你需要严格自律，不然你自身产生的黑暗会将你吞噬。

那时，父亲的病日趋严重，从抑郁向躁郁发展，个体消极逐渐过渡到以行动来破坏周围的东西。"大师"的话，你本来是不相信的。几周后，看着父亲像恶鬼附身一样差一点儿要打母亲的时候，你明白了那种所谓的内心的黑暗是什么。你不仅推开他，还夺过他手中的木衣架，反复抽打他，直到你母亲把你拉开。

你感受不到英雄挺身而出的勇敢，那不是因为他要打妈妈，而是你强烈地感受到这一切不该发生，你的恼火在于时间无法倒退，事实无法抹去。手里的衣架已经解体成几根木条，其中折断了一根，楔形木刺以看起来不可能发生的状态插进你手里，你毫无知觉。母亲脸上没有任何欣慰和喜悦，她看着你们，像看着两个濒死的需要放弃的病人。你和父亲都哭了，她没哭，冷冷地站着，像误入遗体告别室的工作人员。

这件事你在和女朋友做爱的那天晚上告诉她了。

做爱的过程本来很愉快，但那之后的几个小时你心情沉重，伴随着空虚与焦虑。你不知道她的愉快是不是真的——你查过了，她身体的颤抖符合高潮的特征，——你不放心；你不知道她的愉快是来源于你的技巧还是你这个人；你不能确定自己所感到愉快是真实的，还是你认为此处应该感到愉快产生的推测……是真是假？在设定无数推测方式和预测模式期望能掌控未来之后，你反而更容易陷于怀疑。于是，你选择讲最不愉快的事来抵消这种愉快。

她有一会儿没说话，当她再开口，没有问你父母的事，却问："那个钢琴老师是喜欢你吗？"

"嗯？"

"她是为了去算和你的合盘吗？"

你没出声。什么是合盘……为什么你们都知道那些奇怪的事？你知道你能查到这些名词的意思，你很少发问，那个为什么的问题很难得到准确的回答，你不问。

"你第一次和人上床是和她吗？"女朋友突然翻身骑在你身上，你的眼光无法从她胸口移开，这感觉微妙地让你觉得自己活着。当你去回想钢琴老师的时候，很难确认那是一种什么关系……

女朋友不再索要答案，在你胸前趴下，她的身体温暖柔软，像梦一样。"我不想听。别告诉我。"

"嗯。"

"如果你没有和别人好过，我会有点儿害怕，不能确定自己的选择是不是对，如果有人像我一样喜欢上你，我反而放心了。"

你拨弄着她的头发，轻轻吻了她的头，这个动作之前你什么都没想，大概这是有感而发。

她确实是个怪人啊……

在你魂飞魄散的时候，小钟滔滔不绝地说着马上要开的会，他从许多其他人那里搜集来了相互矛盾又有着微妙关联的一系列信息。这对你们是生死攸关的大事，你在药劲上来之前的间隙给他分析那些情况。你说的话小钟不会全信，如果是大鹏的话可能会照单全收，因为他懒得思考，他有太多杂七杂八的事需要顾及，他最常说的：告诉我该怎么做，我去做。

小钟投入地讲着一会儿你们要采用的谈判策略。

你问他，那有用吗？

他说，怎么会没用？

你说，好吧。

他大惊失色，不行不行，你再想想。

111

早上原定一小时的会，推后了二十分钟，正好够你把两个 PPT 合二为一，把字体、字号重新刷一遍，你们调了几页的顺序纠正了逻辑。小钟念念叨叨地复习着一些他认为至关重要的数据，其实这些他早已倒背如流，问题永远出在那些根本没有想到的地方。

身材高挑的秘书走过来说，实在抱歉，现在你们只有三十五分钟。

"够了。"小钟说。你们都明白现在已经顾不得考虑什么怠慢或者尊严，眼前的机会稍纵即逝，定不下来就……完蛋了，也许最多再撑三个月。

你们讨论过关闭公司的一系列程序安排，系统维护、客户、财务、人员、法务、设备、物资、办公室……以甘特图方式画出的时间表只要设定一个开始时间就会把后续日程发到你们三个人的手机上，在每个关键时间点都会提醒你们必须完成某件事。

"我的公司像我的孩子啊。"你们听过许多创业公司的创始人说过类似的话，但他们把公司卖给大公司或者开始关闭公司的时候并没有失去孩子的撕心裂肺……或者他们经历了煎熬你们不知道。

在小钟开始说怪话之前，作为唯一有孩子的人，大鹏说："公司果然和孩子不一样。如果生孩子也不想和你们俩生啊……"你们都没有笑。

离开会议室之后，发现玄关的金鱼死了一条，你怀疑是自己总盯着它们的缘故。从很小的时候，你就了解自己对于动物情感反应要比对人类强烈得多。耐心、关心、伤心都多一点儿，它们意料之外的行为不会让你感到难受或焦虑。如果一条金鱼不在鱼缸端头转身，而是半途向下游，你会感到有趣，想知道它看到了什么；如果是人的话，也许你会说：再游一圈。

你站在鱼缸前，前台随即看到鱼死了，找到之前的小网，脱了高跟鞋，搬椅子、踩椅子、探身去捞。小钟在她背后看了一会儿，大概发现你从鱼缸玻璃的反射里看到他在观察前台的屁股，赶紧问你："我们该怎么理解这事呢？它是为我们挡了一箭，还是意味着我们危在旦夕？"他扶着前台歪歪扭扭地爬下来，鱼在前台手中的纸杯里一动不动。你把鱼拿走，从自己的工位抽屉里拿出一个白色的塑料小盒，把它装好，放进冰箱的冷冻室里，订购了透明树脂的粉末。后来你把鱼凝固在透明树脂里，尚未决定把它放到哪里会让它满意。

"是不是鱼比公司的事更让你难受？"女朋友问你，她看着你把鱼放入铺了一小层的树脂里，小心地倒上另外一层。

"鱼的寿命本来就很短。"在你们开始创业之前有多少人说你们必将失败，他们分别向你们三个陈述了各式各样非常有道理的理由，那种眉飞色舞的表情让人能理解写小说是一件多么让人兴奋的事——有莫大的权力决定人物的命运走向，至高无上如同上帝。在你想象着他们会说中的概率有多少的时候，小钟愤愤地说："他们越这么说我越不信了。"有人说三年，有人说五年，有人说七年，也有人说，如果你们能挺过五年，后面应该没什么问题了，你们一定会清楚自己公司的价值点，再后面，可能是兄弟反目、诸侯割据、七年之痒，以及什么时候以多少钱把它卖掉的问题了。你们都知道合久必分……却不相信在那之前会失败。这是傲慢。

现在正是第五年。如果今天失败了。你们就"注定"失败了。

为了这三十五分钟，你们千方百计折腾了好几个月……有好产品是一回事，把好东西卖出去是另外一回事，卖个好价钱是难上加难，让人相信你们有好东西虽然前面没卖好但是未来会卖好是一件更难更难的事……光让人愿意听你们畅想未来就不得不费了一番努力。即便是最擅长与人交往的小钟都曾一度感到消沉，今天，总算走到了快要告一段落的一步。

按下电梯按钮之前，小钟问："你准备好了吗？"

"嗯。"

"感觉你今天状态不太理想……"他有一小半是激将法，一多半是真的这么想，这两部分相加并不是100%。

"放心。"你笑着。药劲已经上来了，像有人在给你松绑，为你释放一种迷香。你像一个要去表演的演员，感到另外一种人格正挤进体内，宣告主权。这样好。你确认着下一步该扮演的人，逼迫心里那个倦怠、消沉的人离开。

前三十五分钟谈不上顺利，大boss接了个电话，不出声地动动嘴唇说了抱歉拿着手机出去了十五分钟，那段时间明显感到在座的其他人既放松又带着防范和鄙夷。你看到他们脸上出现了银行的LED跑马灯，上面写着："我很忙，为什么要开这么浪费时间的会？""他们明显没希望了，我有坐在这里的必要吗？""老板还不回来，他们说的这些有什么意义？"

你开启了无懈可击的表演人格，戴着完整的专注与自信的坦然，皮肤以下充足了气，把骨肉都强撑起来，你并不清楚这个状态能维持多久以及需要用多长时间和多少意志力来恢复……你故作不经意地看看小钟，他的一只手握着文件的一边，85g的A4纸已经被他指尖的汗弄得微皱，另一只手正抠着衣兜里一枚硬币的表面。

大boss回来的时候心神不宁——出了什么事——但他笑着说："时间不多了，对你们公司还是有兴趣，直接数字说话吧。"他为什么总是省略主语呢？

算数说明命运的天平在向你们倾斜。"数学是不会骗人的。"你想起自己小学数学老师说的话。核对数字的讨论，像酒桌上的推杯换盏，你们展开了隐形的交锋，有那么一瞬间你怀疑是否应该假装输掉这场比试，只是出于对对手的体谅。数字……这几乎是你们最擅长的领域，你们是在用这些数字证明自己多么有希望，也许，从小钟急切到无法掩盖的态度任何人都会察觉到你们弹尽粮绝、迫在眉睫的窘迫……

会议总计开了七十五分钟，这或许意味着获得投资的可能性要比预期的更大一些。双方热情地握手，有"内线"送你们出门，他笑着说希望很大。可是……你在脑子里划掉"可是"，不是时候。

八个月里，主动或被动地，你们见过的投资人和团队有十几家，这远低于正常水平，却已经是你们能争取到的全部。即使这样，他们中的一些，比如今天这家，一直在等待时机，等待事情拖到最后，获得最大利益。不幸的是，一旦他们宣布对你们负面的最终判决，其他曾暗中观察的团队不会再自负地给你们任何机会，因为没有一个投资经理会愿意背负后面投资失败的责任；如果他们愿意注资，也许会有不同的局面。

今天是第三次，是最重要的会议，如果投资委员会没有通过，意味着彻底没戏了。三次……小钟以前评价说这种情况像两个gay见面三回如果没上床这辈子都不会上床了。

直到走出这座大楼，你才小心地让发条慢慢慢慢松掉，允许沮丧的黑泥重新蔓延上来，花了太大力气维持一张得体的人皮，似乎把药力都耗尽了。

你想起医生问你，服药后有什么感觉。

你说，感觉过于好了，不知道自己是谁。

医生嗔怪地瞥了你一眼，说，那是因为你没有连续吃药，所以不适应，你不主动抱怨药的副作用就是没好好服药。

副作用包括乏力、头晕、嗜睡、性功能障碍，等等，"你怕哪一个？"他饶有兴趣似的问。因为你不尊重他的专业判断，他想说一些侵犯你感受的话来回击。

实际上你都怕，清醒的判断力是你认为自己唯一有益于人的地方，虽然这也让周围的人感到为难，但它对你来说，很重要……除了女朋友之外，能忍受你的人都是因为你的这点儿价值，药却剥夺了你清醒的能力。

"你认为不吃药就是清醒吗？不是。你的身体缺少的血清素会导致你自以为的清醒也不是清醒，抑郁消极可不是清醒，药是在强行补充你身体本该具有的东西。"

很有道理。抑郁症是因为血清素吗？你到现在还没有完全信服。可以肯定的是，那个需要睡十二小时仍然无法醒来的自己比害怕睁眼面对清晨的自己更不是你。

医生耸耸肩，开了药。

1000

小钟似乎也为了维持积极主动的意气风发消耗了不少精力，到了车上才开口说话："要不要跟大鹏说一声？不知道他现在是不是还在飞机上。"如果不是他的航班被雾霾取消，本来他现在该在

185

这里，他一定会说出体贴的话，光是他的笑容就可以让大家获得麻醉般的安慰。刚才开会的时候，有那么三四次你在想着如果大鹏在的话，他一定会轻易化解对方故意传递的压迫感。昨晚，得知他无法赶到，小钟也不得不咬着大拇指的指背。

"昨天他给你打电话了吗？"小钟问。

"嗯。"你看着窗外，"0点之后。"

"他喝多了吧。早上两点多又给我打过，我早上才看见，没回。"小钟问，"我想他会先打给你。冷静一阵之后，劲儿又上来了才会给我打。"

"嗯？"

"后来我想想，在这种时候，我也会想找你。"

"为什么？"

"……我怎么知道？"他的这种反问总是毫无逻辑、理直气壮，"我们在一些关键时候需要的是一些冷水，听一些堵心的话，一夜睡不着。"

昨天接到大鹏电话的时候，你在改文件，如果多看一眼，可能不会接，听出他已经喝多了，没对他说什么，他只是自说自话。三个人中，他应该是最靠谱的那个，最初小钟说大家一起创业，口沫横飞地描述未来的发达，你仍然是怀疑的，对于谁会需要这些技术，你不清楚，但他说大鹏也入伙，你觉得这事说不定能行。

当面的时候，大鹏并不说过于灰暗的话，他的消极会隐藏在人畜无害的说笑里，脸上带着肌肉惯性的笑容，即使他双鬓冒汗、语速越来越快、眼神深处有焦虑的时候，那笑容不会走形，眉目间也不会有一丝紧张的细纹。

可是，他在电话里总是像变了一个人——怎么办？怎么办？？怎么办？？？这些问题不是在试图讨论解决问题的方法，而是通过一步步的诘问返回到永恒的主题：到底什么时候做了什么决定让一切变成了这样。那些话很伤人，他在追述你们共同的那些决定有多么错误，一切本不该如此，这与最初小钟的许诺、他的期待有多么不同。

理想的情况是你开发了一款产品，小钟去推广，他去卖掉，然后你们做大，除了自己的产品网络，还有大公司的外包委托，最后你们应该能够成为具有数据挖掘优势的超级公司……现在你们在干什么呢？完全不一样，销售对象竟然主要是他丈母娘家那些做小商品买卖的富裕亲属。

你能想象他承受的压力。

"你理解不了。"他说。

可是……一百万个可是，谈论"最初的许诺"有什么用呢。与其说那是承诺，不如说那是畅想，是"故事"……小钟用一个故事说服了他，再用他的加入说服了你，像你们现在对投资人讲的"故事"一样。"现在的创业公司必须有故事。"你们甚至为了把故事编得更好找了专业人士咨询。你很难忽略那人脸上瞬间的苦笑，他的双手不断地摆弄着他的手机，你很想把它摁在桌上，有规律的动态让你分心，妨碍你听他说话，你已经可以列出完成这个动态的程序……还好，他的话无关紧要，只有一个意思：这很难，很难，很难。

"本来我们是要种地，种出来粮食卖掉，现在变成捆在一起'养孩子'……你当然不介意，因为对你来说和养孩子没区别。"大鹏说着。

你从来没想过"养孩子"，"养孩子"是什么意思……

每当你问别人他们说的话是什么意思，别人都像受到冒犯一样惊诧地看着你，或者在对话工具里回复带有情绪的话。你想进一步弄清楚他们明确的意思，没有反对，没有猜测，没有讥讽。为了不猜测，你只能问"你的话是什么意思"，你不知道这么问有什么问题。反而，每一次，别人推断你想做什么，他们都说得那么笃定，那种断然都让你惊诧。

比如，在你的博士论文评审上，评审会主席笑着说："你是想当上帝嘛。"你太投入地思考他的话与你的想法之间的差异，以至于歪着头直直地看着他却一言不发。你的导师赶紧出来打圆场说：现在不必回答每个老师的意见，等大家都说完你再一并解释。他为了引开话题的方向说了一些具体段落的操作和结论，并且点名让评审委员会里和他关系最好的教授说评价。

当你的上司听到你要辞职的时候，他笑着说："想用你那一套去创业吧。打算拿它做什么？没什么新鲜的吧。最后会和你在这儿做的一样，帮人们决定他们要买什么而已。"之前你对辞职的事拿不准，毕竟这个上司对你不错，在你的团队合作评价被打了低分的时候，他去向你的组员和人力资源经理解释为什么提前交成果、突然去找你讨论工作问题会让你产生抵触反应——这些行为打乱了你的时间计划，以及为什么要对你的时间表给予特殊的尊重和照顾。虽然他的解释让人以为你有点儿神经质，但恐怕那是事实。他的行为让你以为他有些理解你。眼前，他把你所做的说成引导大家买东西的时候，你困惑地看着他……他却再次肯定地点点头，对你说，你在这家公司里的工作成果是有知识产权保护的，如果你在新的创业项目里用同样的内容，你们会被起诉到死。他面带笑容："早晚你会知道，要用你那一套挣钱只有这一条路。"

在大鹏的话里，他说是你在利用这个创业公司做自己的研发——当然是，这不是你的工作吗？现在的研发不是基于他和小钟提出的需求么？那一系列所谓的产品和你真正做的东西相差甚远，与此同时，你从来没有想过把你自己的东西产品化。恰恰是这种误解无法解释清楚。每个人都认为别人是在为他们自己，每个人都认为自己是在苦心付出。从来都不是这样。从来都不是。

怎么能责怪一个醉鬼……

"我说什么你也不会往心里去，你不在乎我们这些俗人的想法。"大鹏说。

如果所谓的"俗人"是指他和小钟的话，事实正相反。

"你没什么牵挂……没有家，你本来就无所谓，收入也无所谓，公司有没有无所谓。就算这一切失败了，会有人抢着要你，谁都知道你技术很强。"

你脑中闪过你开挖掘机的画面，这种防御性的强行自我安慰毫无效果，他的话仍然让你难受。

提到大鹏的电话，让夜里的那些感觉重新来了一遍，挥之不去的疲惫让你一言不发。小钟静静地开车到公司楼下。

已经是午饭时间，他进了公司没几分钟走了，你在座位上坐了一阵走向会议室，远远从门上的条窗看进去，几个女同事正在里面一边吃饭一边用投影看韩剧。你的助理好像看见你了，你尽量不易察觉快速地回到自己的座位。

她果然跑过来，像一台答录机说着：你女朋友来电话了，她问你中午吃东西了吗，在你回答之前，她说，去吃甜的吧，去你们楼下那家星巴克。"好。"你点点头。

这是此时助理和女朋友的区别：一个会受责任心的驱动来问你中午要吃什么，一个很清楚你现在不想思考、无法思考，给你直接的指示，也不说明那答案产生的过程，她已经权衡对比过了——你不能在办公室发呆，无力过马路，只需要坐电梯，那家星巴克空间复杂，你可以在靠近员工入口的那个不易察觉的位子坐下。

"你到底要什么？"你的导师问你。你的前上司问你。大鹏也在问你。

"要我帮你买什么吗？"你的助理问。
"不用。我出去一会儿。"

1001

坐在星巴克里，等着手里的咖啡变得更凉一些。如果女朋友在身边，你会要拿铁，即使不放糖也会倒一些巧克力粉和肉桂粉，你喜欢她在身边，她会加强整个空间中温柔与温暖的感觉，会让一切发出微妙的光和香气。在亲身有这种体验之前，你从来不相信类似的描述。她不在，你点美式咖啡，再要一杯双份意式浓缩，倒进超大杯美式里。你并不怕苦，唯心地认为这是一种仪式，通过苦，灌入了某种带来稳定、坚强的能量和意志。

INNER PEACE.
内在的平和？

你摘了眼镜，微眯着眼，坐在暗处，从几盆塑料花草的叶片之间，注视着对面大厦曲线玻璃幕墙的反射光，眼睛里都是光。身边只带着手机，它总是在闪动，工作群里的人在说话，知道今天上午会议的朋友在发送各种有用没用的信息。真正的结果你现在并不关心。你从来不让手机发出声响或震动。现在，你把它翻过去，背面朝上。可是，有人挡在你和你眼前的光之间，冲你招手。

你戴上眼镜。他比你高两个年级，是合唱团同一个声部的师兄。在互联网创业风潮的最初，他与人合伙推出了婚恋配对的收费产品，赚了一大笔钱。但随着同类竞争者多了起来，他们的线下服务并没有预期中利润丰厚，有人说他们也急速地走着下坡路。

"也"……

他问都不问就在你对面的椅子上坐下来，旁人看起来会认为你们早约好，他来晚了。

"听说你们上午去面谈了，结果如何？"

你笑了:"要是结果出来了,你不会问我吧。"他是出了名的消息灵通人士。

他志得意满地笑着:"是听到一点儿风声……"发现你又盯着窗户,他解释说:"我刚才准备上楼去跟别的公司开会,正打算进来点杯咖啡带上去,真巧了……"

"什么事?"你明白,无论他怎么描述,眼下的局面都不是出于偶然。即便是他碰巧看见你,没事的话,他也绝对不会花一分钟在你面前坐下。

他挠挠鼻子,说:"你们公司的情况我大概了解了一下……我不跟你客气了……你肯定想过退路吧?如果有想法的话,师兄我可以为你参谋参谋,毕竟我比你多折腾了几年,如果还没想法的话,我展开双臂欢迎你。"

你想象他张开双臂的样子……他并没多喜欢你。

你博士论文开题之后,他给实验室师弟、师妹们展示过他们的项目,在他崭新带着胶水气味的会议室里播放了带生动动画的演示文件,中英文对照,非常国际化,炫目得让你头疼,其他人在哇哇地赞叹那种随时送上白马王子和新娘的"童话"。你问他择偶逻辑是什么,显得十分冷漠。你打心里觉得他前面半小时都在浪费时间,这个屋里的都不是他的目标客群,每一个都可以黑进他的数据库去挑选自己想找的人,更不会成为他的投资人。他讲的内容没有智力挑战,不,从营销的角度是有的,但不存在一丝与你们专业与研究方向的关联。

你记得他在回答之前那种带有愤懑的微笑,应该让他多享受一些仰慕的眼神和艳羡而嘈杂的私语声,他刚说他们在半年之内有了 7000 万注册用户，这是怎样的速度……他们不需要真的为单身者介绍对象，卖广告都能过得很好。

可你说"或许……"，试着假装情商高于实际，想去选择合适的词，可你还是说，"或许我们不是来讨论商业模式的，你之前在电话里跟我说会向大家介绍你们的算法。"你的左手抓着右手，为了不让自己的厌烦太过明显——有时候你会不自觉地用手指弹桌子，像反复在一个琴键上敲——多数是降 E 大调夜曲，你小时候会这样直到心跳和那曲调的声音协同一致，平复你的恼火、焦虑和恐慌。

他采用的是最简单的方法，先让年轻男女互相匿名打分，接下来，如果 A 是某大学毕业的男性，综合他的收入水平、身高、体重，给他推荐的是与他条件相当的其他男性打高分的女生。你什么也没说。屋里很安静。很快，圆滑的师弟问了问题继续让他讲公司的经营。

师兄本以为这套逻辑成立，但很快，高分人群会过分集中，他们要么很快找到了伴侣，退出了服务，要么利用这个机制来约炮，而低分人群滞留了，他们既不会续费也不会贡献成功率，很快他们会对这个服务厌倦，成为不能贡献日活数量的僵尸 ID。婚恋服务的本质是建立婚恋市场上的供需通路，不是选美。人们的梦想是即使自己在现实中选秀失败也能够在这项服务中找到爱自己的人，并不是再次或一再被证明自己失败了且永无翻身之日……

当然，师兄的公司不久更新了算法，用了许多其他方式来强化推送选人的范畴，增加付费用户被推送的机会，增加付费用户的选择权，隐藏个人账号被查看的数字，推出企业号和企业联谊服务……再后来，你就没有关心过他和他的事业了。

"我们的合作当然前景远大，你可以把你的设计的那一套用在我们的服务上，增大每个人的成功率。"他笑着，似乎在想象你为他工作，他给你提需求——把你踩在脚下。与此同时，你在判断自己是否介意那种情况出现。

"这和你们的经营模式是相悖的吧。你们希望的结果是让人以为有更好的等着自己，这样他们会每天登录你们的网站和app。如果他们找到对象，他们就不再需要你们了。"

他向前探了探身，你不由得贴近椅背："你还是那么不适合战略思考，把我们想窄了，我们早已经把手伸过'介绍对象'这一环节，后面婚礼啊、家庭生活啊、生孩子啊、孩子教育啊，一条龙服务。你不想把你的研究投入到这种人生全过程的服务里么？"他直直地盯着你。

你想起你以前的上司，你对他说："这种技术应该让人们更轻松地做出对自己有利的决策，而不是让别人利用他们。"

你的上司耸耸肩，说："早晚有一天你会开始利用他们的。"

上大学之后，你开始做一个智能学习系统。每年有几个瞬间，你会有点儿心慌地感到它有了自己的情绪，不是在焦虑就是在生气——没有心情特别好的时候。你花了许多时间在这个系统上，在95%确定这个系统能够模拟你的思考模式之后，你检测了几次——输入待决问题，让它产生一个决策描述，但只能在指定时间之后才能查阅，然后你自己做一个决定，在事件结果产生之后再来看系统生成的判断——他每一次都和你的决定一模一样。

好多年前，你和女朋友交往了一段时间之后，理由充分地分手了。没有吵架，她为你无法和她吵架而生气。

"或许我们不应该在一起。"她这么说的时候哭了。

"是啊。我早说过。"你握着她的手，她却哭得更厉害了。

六周之后，你在她选修课的教学楼外面等她，她看着你，走过来，问你在等谁。

"我来看看你。"你说。

"为什么？"

你有几秒没说话，而后问："你好吗？"

"没什么不好。"

"有别人进入你的心吗？"

"你在问什么？"她瞪着你。

你又沉默了几秒："如果没有的话，我们会和好。"

她直直地看着你。

你低下了头，把手里的花交给她，不敢看她，决定回宿舍去。

并不灵……

"大笨蛋。你这个大笨蛋。"她冲你喊着。

你回头，她扑上来用花抽你。花瓣、满天星的枝刷过你的脸，你摁住眼镜。

灵！

花撒了一地，你捡起相对完整的一枝交给她。她一把抓过来，并不悲伤，却气得流眼泪，一边抹着脸，一边继续假装凶巴巴地瞪着你。

你不自觉地伸手擦她的泪痕，她像小猫微眯了眼，静电在近乎漆黑的空气里打出一个火花，你的指尖一麻，她向后缩，一滴泪从她的眼角流到你的手指上。

天这么黑，雪没有下透，夜晚还是阴天。她的脸却很明亮。

你搂住她，她真可怜，为什么要遇到你这样的人。这种想法让你自己感到悲哀。

"你是来跟我和好的吗？"她小声地在你怀里问，好像还在流眼泪。

"嗯。"

"之前你在干什么？"

"等。"

"我今天还在想你。"她在上一门叫《现代诗与现代人生》的课，今天是最后一节。那个老师总是在这节课讲诗歌中的殉情与诗人的殉情。这种话题总会让人想到自己的爱情。

"我知道……"你深吸了一口气，并没有放开她，接下来，你要说的话，将让你难以面对她，"我是来跟你和好的。"她的手抓住你的大衣，奇特的亲密，"不过……你听我说，听完之后，再决定是不是要跟我和好。如果你当我……"你想不出更好的词，"……觉得我变态……你是对的……但……我希望你……尽最大的努力……相信我没有恶意……相信我喜欢你，我不会因为喜欢你做出对你不好的事……"她想看你，你略微用了一点儿力气不让她从你怀里起身。

"你干了什么？"

"……我做了一个模拟你的系统。"

"什么！"

"……我今天做的一切，是复合几率最大的行为模式……"你放开她。

她略微歪着头看着你，眼睛闪亮。

你往后退了一步，和她拉开距离。

"复合的几率是多大？"她问。

"78.65%。"

"……只有这点儿吗？我以为会在 91%……"她陷入了沉思。

"其他情境会更低，时间长了也会更低……你会和别人好。"

"和谁？"

你知道那个名字，不打算说。你永远不会去看她任何的聊天记录，你只需要问那魔镜一般的系统，再过 60 天，她会不会爱上别人，那人是谁。

她像在思考着什么："运行多久了？"

"……"你很惭愧，从你意识到自己喜欢她的那一天开始。

"怎么做到的？"

"这个……"

"你觉得我理解不了？"她架起了双臂，看着你。

"不不……我……很难说清楚。"你像个挨训的孩子，低着头。

"现在对我说这些有助于我跟你和好吗？"

"不。到花那里。"

"你的系统真是肤浅啊……"

你的余光能感受到她的轻蔑，这让你更加无地自容："……

那……打扰了……"你转身决定回去。

"花……是说你把花给我，还是我用花打你？"

"打我……"

"……它还告诉你什么了？"她追上你，一只手拉住你的手，另一只手里握着那支花，"你怎么了？你哭了吗？"她突然哈哈大笑……

1010

因为不能在传说中的最佳时间喝下去，入口的咖啡总是传递着温暾、暧昧的温度。你已经很长时间听不见师兄在说的话了，没什么兴致打断他。突然一阵嘈杂，小钟从远处拉了两把椅子走向这个角落，硬挤在师兄旁边坐下："聊什么呢。这么欢。"

师兄笑着说："偶遇，叙叙旧。"

"哪一段是叙旧？"小钟也笑嘻嘻的。

"我们以前都是合唱团的。他就站在我后面。"

自从手受伤之后，你不再练琴了。你反复弹琴的方式让父亲的心情更差，如果有一个段落弹不好你会不厌其烦地弹几十遍，那些声音最终让他无法忍受，他跳过了让你别弹了的那一步，直接以头撞墙。

上大学的第一个月，你被同宿舍的人拽去参加合唱团的考试，老师们喜欢你的准确。你喜欢练习的时候，那段时间，你脑子里的机器进入了休眠，你喜欢练习的过程中那种必然的失败和一次次反复重来的无聊，错的声音一再充满耳朵，可能因为一切都会准时结束，所以你放任自己由人摆布并不计较得失。几乎因为同样的原因，离开排练厅之后，你并不愿意和合唱团的人说话。对于师兄，只是因为他在你导师门下读过硕士，你的导师对所有学生出了校园之后怎么运用"决策机制"都很感兴趣，这才是你们仍然算认识的原因。

"是吗。"平时小钟会花更多时间逗弄他，但现在他不耐烦地说着，"知道你想干什么，别烦他了。"

"怎么是烦呢，我这不是听说他身体不好，关心关心他吗？"

身体不好……你思考着他指什么。三年前是他向许多人透露说你得了抑郁症，正在吃药。几乎一天之间，前同事、学长学弟、接触过的投资人们纷纷以各种直接间接的方式来关心你的身体，都是好意，建议你跑步，敦促你锻炼，做健身房预定平台的人送你一张年卡。一周之后，有人议论纷纷，说你们的公司要完蛋了，毕竟太依赖你的算法和系统，你们研发团队的骨干陆续被人高薪挖走。他们中的一个到了新公司之后，在网上发了一篇长文表达自己为什么要离开你们的公司，内容在诉说了你们公司的运作与工作模式是多么失衡，没有良性生存的可能。小钟和大鹏小心地不让你看到那篇文章，还是有好事的人摆出为你打抱不平的架势反复把文章转给你。

文章里提到了一句你的身体出了状况，故作好心地没有点明，这给了猜测进一步发酵的机会，后来出现的猜测包括车祸、性功能、脑癌、脑溢血，不一而足。小钟曾经说，你看，大家的固有认知认为聪明人出问题就是这些方式，你应该把这些也让你的系统去咬一咬，看它能给咱们什么结果。再后来，有人直接去问小钟和大鹏，你们的公司是不是要完蛋，他们是不是在准备什么新的创业项目，未来是不是可以合作。

这时，大鹏端着两杯咖啡出现在小钟身后，说："怎么坐在这儿呢，太挤了，到外面来？"他脸上带着愉悦放松的笑。

"你回来了？"你笑了。

"小钟刚才接我回来的。"

他的飞机需要五个小时，现在是下午一点半，他坐的是第一班飞机，看来昨天应该是在机场附近过的夜。大鹏把自己高大结实的身躯挤进小钟身旁的空椅子里，不由分说地在你的咖啡里放了一包糖。

说起来，和小钟认识，是因为小钟当时在男生宿舍里做旧显示器倒卖的生意。为你们系其他男生从他手里买卖了显示器和其他硬件之后，他发现你有迅速辨识各类硬件质量高低并估价的能力，了解了你在专业方面的特长。

大鹏当时在用卖 AV 光盘的钱满足家里两个同母异父的弟弟、妹妹上大学以及后来嫁给他、为他生了两个孩子的女孩吃哈根达斯应季小火锅和买 LV 包的愿望。他向小钟租了一台性能优越的旧电脑，插满了在过载边缘的旧内存条和旧硬盘，设成 FTP 服务器，让男生们上传下载，里面存储的片子被他刻盘拿去校外出售。

FTP 经常 down 掉，小钟叫你过去帮忙检查，你为 FTP 设计了一个自动优化程序，简单来说就是自动用拆东墙补西墙的方式勉强让 FTP 运转，此外腾出一部分内存做硬盘检测，把会导致坏影响的文件封闭到沙箱里去，后来更新的版本中，你为程序加上了自学习的能力，让它能积累经验迅速侦测到问题所在。

慢慢地，当有人上传带有木马、病毒的文件时，程序会跳出提示说明这个文件将对服务器运转产生不良影响，迅速删除文件头、禁止上传甚至封禁上传者的 IP——这在学校几次大规模的病毒爆发中都挽救了 FTP。有了这个程序，FTP 越来越好用了，它像个机器人，能自己在空闲期间整理硬盘分区加 tag 进行分类。大鹏在将 FTP 转让出去之前，给了你一大笔钱，这让你非常惊诧，是小钟在旁边全力劝说才让你留下了这钱，他还指使你用这笔钱去给女朋友买一个包。

当女朋友拿到写着 Fendi 字样的纸袋吓了一跳，甚至都没拿出里面的包，用袋子抽了你的胳膊，说："你干了什么亏心事？跟谁出轨了？"

你当时想的都是系统为什么没有告诉你她会说这种话，以及跟她说这笔钱来自你给黄色网站做维护是不是会影响你们的感情。

谈不上多么高级、深沉的交情，网上聊天，偶尔大鹏的女孩不在北京，三个人约出去喝酒，过程都是非常坦率、愉快的。舒服……是朋友之间难得的状态。他们不把你的走神、严肃、不说话当作压力，完全有能力回敬你冒出来的智力攻击，你也不至于感到深受伤害。

大鹏本科毕业工作了，小钟硕士毕业后去美国念了个硕士回国工作了，你博士毕业后工作了，大鹏回学校念了个 EMBA……

这中间你们每年都聚在一起两三次，学业、工作、钱、房子、父母、大鹏的孩子、小钟的女人和老婆、你的女朋友，当年干的蠢事，大概就是聊这些。漫长的交往通过细节拼凑出彼此家庭和生活的历史，是"狐朋狗友"，不是成熟的友谊，更不是理论上有理智的合伙人关系。掌握了合理的距离、分寸，有着足够稳定的彼此了解、信任和耐性，那种"应该可以做成"的念头，最初，在三个人心里都那么强烈。即使了解你们根底的人越过了看似清白的合伙人简历，认为你们的创始团队不可信，你们仍然觉得用自己的钱能把事情做成。

"听说什么了，现在就来挖角？"小钟一边喝着咖啡，一边说。

师兄抠着他脖子后面的皮肤说："什么话被你们一说都这么难听。我是寻求合作，建立互信的可能。"

"没有这种基础吧。"大鹏笑着说。

师兄的表情虽然还冷静，但默默地咬着后牙："你们俩才应该担心自己吧。他去任何一个公司都能当CTO。你们来之前我们谈得很好啊。我会给他更好的条件。"他说着站起来，"我还有事。先走一步了。"

"好走。"大鹏说。

小钟问："他给你什么条件了？"

你重新读取那些你听到却没过脑子的声音："可能是年薪吧……"真滑稽，那些自认为看透你的人，他们认为吸引你的是年薪和职位……你什么时候传达过这种信息？

从公司创立到现在，你们三个都投入了不少钱，以前雇的研发工程师曾经给过高薪，可你们仨没人拿过比税后八千元更高的工资，唯一一次分红是在三年前，你们的系统将被用于城市区域管理决策，以为和政府签的近千万的合同不会有问题，发年终奖的时候分了红，过了春节，合同的事从"走流程"变成了无人回应，为了这个项目新招了十几个人。那些分红不得不重新从你们三个的账户里投回公司，合同直到夏天才得到最终的结论——"书记说你们的技术太先进，我们现在用不上"。这个因果不成立……但毫无办法。

为了这个项目，你们托了人，找了关系，送了礼，请吃了饭。以为事情定下的那天，你们三个和政府的人一起吃饭，你甚至有样学样地去敬酒，和周围的人推杯换盏，当饭局陷入吹捧和无聊的时候，你开始摆弄筷子、筷子托、盘子、碗、酒杯、水杯、毛巾盘，试图让它们"重心均匀"，大鹏阻止了你，他微笑着又有点儿严厉："不是时候。"你突然觉得他会是个好父亲。

可惜，"希望越大，失望越大"。

你得病之后，有很长一段时间认为自己把整个公司都害了，你不该是这么有责任感的人，抑郁症放大了惶恐、自责，药物让你对所有自我解脱的答案更怀疑。这个过程像父亲患病的翻版，即使比别人更清楚这是怎么回事，你仍然没有办法阻止那些黑暗的想法像细菌一样大举入侵腐蚀你的理智，像自己往自己身上缠带钩的铁丝，越缠越紧。那天吃饭的场景都会反复在你脑子里闪现几个小时甚至几天，牵一发动全身，是不是你做了什么引起了别人的疑虑。

大鹏打过你一个耳光，"醒醒吧。"

你说："我们最初不该去做一件成功率只有 61% 的事，系统少计算了决策风险。"

他双手抓住你的身体，非常缓慢地说："这件事一定会发生，无论系统说什么，我们都会决定做这事。就算成功率是 95%，还有 5% 失败的可能，我们早晚会失败一次、好几次。记住我现在对你说的话，这是必然发生的事，不怪谁。没有想象中乐观而已，但我们肯定能成。"

你在心里计算他说这话有多少是真这么想，有多少是为了劝你。他松开手，你觉得他是为了劝你。

大鹏说："我知道你在想什么。如果不是认为这事能成，我随时都能转身去干别的。"

三年之后再想他当时说的话和前一晚对你说的话，事情变了吗？

大鹏的老婆曾自告奋勇地对你女朋友说她会每天来带你去健身房，她一早送了家里的大儿子去幼儿园就来接你。大概是大鹏和小钟都嘱咐过她，跟你说话要小心。每天在路上她的话都不多，比你印象里要少得多。她偶尔说几句运动对于抑郁症的好处，可以增加血清素的分泌，增加自我认知的信心。老生常谈。

她说，她也抑郁过，先是结婚好多年生不出孩子来，没人逼她，可她特别想要孩子。大鹏刚开始你们的创业，她怀上了，生了孩子之后，大鹏最忙，经常不在家，婆婆很难相处，她妈妈又不能过来照顾她，她总是一个人在被子里偷偷哭。有一次，孩子一直哭，怎么也不肯喝奶，她在阳台上来回走，想办法喂他，窗户开着，风呼呼的，当时真想抱着孩子跳下去。

"27楼。"她说。

你懂她是想安慰你，你想象那场景之后却感到被刺伤的疼。

你母亲曾经让你每天晚上带父亲去跑步，大家都说这么对他有好处，她很坦白地对你说，她需要独处的时间。你有点儿喜欢跑步，这种运动自顾自，不用太多废话，可以继续想些别的。

有一天，跑了一会儿，父亲说：我上不来气，慢慢走走，你跑吧，家门口见。在说好的时间，你在楼下并没有看见父亲，按照你们一贯的路线往回走去找他。你以为他只是走得慢，没想到其他可能，直到看见他站在过街天桥上。

你跑上桥，桥上为架起一个临时的宣传板搭了钢管构成的框架，你爸手扶脚踩在钢管上，半个身子在宣传板上方，向前探着。

你不知道该说什么，抹着头上的汗，双手发软，慢慢走向他。"别干傻事啊。"你在恳求，"求您别干傻事啊。"父亲脸上有一种奇特的遗憾和绝望混杂的表情。你快走两步把他扯下来，力量大得他往后退了三四步，险些摔倒。他像没事人似的说："回家吧。"

"坏日子总会过去，有时候觉得真是过不去，最后会过去的。"大鹏的老婆很武断地说着结论。

"不一定啊。"你很小声地说。

她说："别人不一定，你可以的。他们都对你很好。这可能让你有压力，连我都想帮你呢。"

那天到了健身房楼下的停车场，你没办法下车，坐在后座上，让她不要回头，你在儿童座椅旁边，把头扎进椅背后的缝里，哭了好一会儿。她向你身边扔了一包纸巾，没有出声。

那天并没去健身房，等你非常羞愧地直起身子，她说："回家吧。"

你女朋友不知什么时候被她叫回家了，她对你女朋友说："陪陪他吧，不说话也可以。"

1011

三个人都没吃午饭，大鹏几乎是硬塞给你和小钟一人一个三明治。足够精确的话，现在时间差不多了。咖啡馆里很嘈杂，对你们是无效的，不说话，等着。小钟和大鹏都盯着各自的手机，你望着窗外，对面大厦的那道光斑已经消失了。太阳在转动，时间在流逝。

你听见自己的心跳，这是紧张的信号。

博士论文答辩之前的预答辩，房间里是和你们实验室关系好的几个教授、你的导师、担任预答辩秘书的老师和导师的其他几个学生。在你讲完之后，屋里有几分钟没人出声，你听见自己的心跳，在腿上敲击着假想的琴键。一个师弟把屋里的灯调得更亮。

你的同门师兄弟妹们带着内涵丰富的微笑交换着眼神。

一个师妹曾经问你，你的系统能知道我早上几点喝咖啡吗？

你给她看了对她在实验室座椅和电脑使用记录的数据。

他们作为你的实验数据收集对象很不情愿地在你提供的一个授权书上签过字，允许你收集有关设备与使用时间的数据信息，不能监控他们在实验室停留期间电脑上的具体内容。最初他们签字后都不来实验室了，认为你在监视一切，即使你给他们演示过，他们使用自己的电脑时，电脑中的来往内容是经过自动加密传输进系统作为分析数据的，你能查阅的仅仅是一堆数字和符号。系统会分析、模拟和学习这些信息，得出进一步的"上层结论"，它能用获取的信息得知他们在和哪一个 IP 地址下的用户有长期、频繁的交流，推测他们之间有几种关系可能，但没有人能从系统里查到他们之间说了什么，你也不行。这种解释换来的是狐疑的眼神——他们都认为你要是想看到你肯定还能看，这一点他们说得没错，当然以他们对你的了解，知道你没兴趣看。

你告诉师妹，她每天早上在 9: 50—10: 15 之间来实验室，10: 30 前离席又返回椅子，键盘操作变少，鼠标操作增多，11: 00 左右她会离开座椅 10 分钟，所以在 10: 50 恢复键盘操作频率之前是在喝咖啡。

"为什么离开座椅的时间很重要？"

"因为你去卫生间了吧。有一定比例的人在摄入咖啡因之后会引起肠道蠕动，行动、行为、时间表与肠道蠕动通常都是有规律的。"

其他人在笑，她很恼火，不示弱地问："为什么我不是在喝别的东西？"

"咖啡变冷之后会变酸，多数人会在温度合适的时候连续喝完。如果是其他饮料，喝的方式会不太一样。"你让系统展示了以实验室所有人收集的数据分析出的喝饮料的不同习惯方式——在只有台式电脑和椅子数据的情况下——你本想说服他们让他们授权连入实验室 Wi-Fi 的所有设备的数据，当他们拒绝的时候你没有继续坚持，系统推测有很高比例的可能他们会罢工一段时间逼导师让你撤销这个动议，还是你先放弃为好。

"它还能知道什么？"他们问。

"我不清楚。我只能问它这里会发生什么。它无法主动把它知道的一些事都告诉我。"

"但它不是会自学么？它有朝一日会说的。"

"也许吧。"你想象着这套系统变成话痨的样子，无穷无尽飞出的对话框。

听了你预答辩内容的系里老师知道你在做什么，他们读过你发表的文章，听过你在其他场合做的决策机制系统设计的报告，参加预答辩之前翻过你的论文，他们仍然被吓到了，有人眼皮垂下来，有人揉着太阳穴，调整自己的状态。

你的导师在你读博之前就了解你在做和想做什么，虽然试探性地建议你写更偏向他的主导研究方向的论文——"拿出你研究的一部分就可以"——但并没坚持，论文撰写期间，他跟你谈过七八次，对你的研究内容最清楚。期待又有所怀疑，他一直没想好应该用什么来明确描述他的疑虑，毕竟是他在课上说"你越研究科学，它越深不可测"。他曾经问你，如果用你的系统来计算你的成功率会是多少。或许，他潜意识里希望你自证失败。

你的导师摘下眼镜挂在胸前，身体向椅背靠过去，把他的长臂搭在旁边的椅子上，看着不远处的其他教授："怎么样？有什么问题？既然他暗示我们他的系统可以回答一切问题，那我们该问什么？"大家露出了尴尬的微笑。没有人愿意先出手，以他们对你的了解，提问是无效的，你已经想过了几乎所有可能提出的问题。你在本科的时候曾经让他们知道你冷静、不好敷衍，也无法用气氛和权威吓住你……你在这方面没有感觉。

　　"这个系统的极限是什么？"你的导师问。你手里握着一支笔，不由自主地在旁边的纸上画了一只猫和一个盒子。这和你要说的没有关系。你应该告诉他们以人工智能方式学习的系统没有极限，但你说："我不清楚它是否有极限。"你想了想，说："它没有告诉我是否确切地有或没有极限。"另一个教授低声说："那么……它能预测今天的事吗？"你纠正说："它不是在预测，是在模拟。它可以，而且已经模拟出来了……最后我会告诉各位老师模拟的结果在哪里。结果已经写在预答辩文件里了。"你的心仍然在狂跳，不是因为担心预答辩失败，而是在想，如果"它"能模拟到这个地步，是不是就是"预测"……

　　今天早上，你们对投资公司用了同样的招数。这像一个游戏，不该是你这种要求确定性的人在玩的游戏。

　　"来了。"小钟说着，拿着响起的手机站起来，走出了咖啡馆，这时候你才意识到咖啡馆里音乐的声音变大了……竟然是 Sonic Youth……大鹏似乎也注意到了，笑了起来，你用系统预测过乐队的发展与分裂，最后一张专辑的销量、唱片公司销售的策略……

他说:"那边快了。你看着点儿手机,过一会儿就到你了。"

你把手机翻过来,迅速看了所有未读信息,多数人觉得你们今天争取到投资的可能性非常小,基于这种判断,他们来约你,和师兄采取的方式一样。之所以他们认为结果会是那样,也和小钟正在接的电话有关,他们想要的不是你们公司,不是一个团队,而是想把核心技术与人拿到另外一个公司去做。

怎么能让他们如愿呢?

你的助理推开咖啡馆的门跑进来,说投资公司的老总有急事要和你通电话。你看看外面,小钟的电话还没打完,他在树荫下笑着踱步,表情轻松自然。和他通话的是谁?符合预期吗?……大鹏翻着手机,笑起来,说:"这边公告发了。咱们上去吧。"

回公司之后,助理紧张地留意你什么时候才打她写在黄色便笺纸上的那个电话。十分钟之后,小钟回来了,歪着嘴角笑着说:"和咱们之前说的一样。"

你拿着手机、便笺走进小会议室。为什么他会给你的助理打电话?不,他是先打到公司前台的……他会说要找你么?不会,他会说要找你的助理,尽可能让更多人知道他作为投资公司的头号人物跳过了他那边一级级的部下和投资经理,还要跳过你们公司的 CEO,直接来找你,要让更多人知道他在找你。他不想让下面的人联系你,因为他觉得那些人不一定能说服你,甚至他们恐怕无法与你进行有效的交流。上午他之所以要问那么多数字问题不是在考你们,是想弄清楚你和小钟在这个公司中的地位到底是怎样的。他决定自己来给你打这个电话,是想用这种情境把你置于一个决策困境———一方面为了得到投资,你不该忤逆他;另一方面,你一旦同意他的要求，你们的公司也行将就木。你们公司的所有人，都将知道他亲自联系了你，所有结果是你的决定造成的。

别人早告诉你了，这和其他投资人的方式不一样，老大想的是利益、整合，他不在乎孵化出什么样的创业公司。他是强行对接所有资源的高手，虎头蟒身狮爪凤尾，他组合出的怪物很多，一旦优质资源对接上，不愁没有接盘侠，这种方式到现在为止总能让他的投资取得高额回报。

第一个电话你打给女朋友。

"怎么样了？"她小声问。

你从来不问对方是否方便说话，你认为他们既然选择接电话就说明可以说话。对她，你吃不准。

你说："没什么……一切都很顺利。不过今天会非常晚才回去。"

"只要你没事就好。现在好多人都在谈论你们的事。"她的声音温柔、干净，在担心的时候有着让人心碎的魅力。

"孤注一掷。没有其他办法了。"策略上，应该暴露焦虑，如果逼她说出一些承诺，分开的可能性会变低一点点。挺过了今天，明天会不会很糟，你不知道。

"在想什么？和我有关，是吗？"她问。

"如果……我们失败了。你会接到消息的。如果我们失败了。你早一点儿回家，带上一些东西回你爸妈那里去吧。"

"什么？"

"无论如何，我们有可能失败。我会比三年前更糟……你懂我意思吧。"

211

她在电话那边笑了，你想象她的长发垂下来，但她不在这件事上和你争辩，因为她比别人更清楚你都在模拟什么状态，她现在不能对你说，人不是系统能够预测的。

"有时候你这样真可恶，如果你不这样，好像又不是你。"她说，"我以为你前几天就会说这种话。"

你盯着会议室的白桌子："理想状态是，昨天晚上大鹏回来。我会更有信心。我和你会做爱。我今天不该这样。有一些变量出了问题。"你也笑起来……昨天晚上九点多的时候你没想过外面的雾霾会影响大鹏坐的飞机。十点多得到的消息还只是延误，系统推测有 96.75% 的可能性航班被取消的时候你仍然不信……你更不该接大鹏喝多了打的电话……它们都不在计算范围内……蝴蝶效应？

"你是为我好，想提醒我事情会变成什么样，我懂。"她又笑了，"我也模拟了好多次，也许不一定比别人做得好，不过我现在倒不怕那些最坏的情况。记得你带我去见你爸妈吗？你妈和我说了十分钟的话。你没问过我她说了什么，我猜你以为她会说让我找个更好更正常的人，她确实说了。她说你的思维方式和其他人不太一样，多数时候可能是理性的，有时候是偏执和沉重的，学校的环境还是简单，可以容忍你这样，未来生活不一样。她说我看起来是个快乐的女孩，不该用大部分宝贵的青春来体验这种费劲的日子。

"我问她，为什么您和叔叔这么久还在一起呢，只是忍么？她想了想说，她有时候觉得自己没有做好、自己也有问题，有时候会想为什么自己不能过更正常普通的生活，她说她曾经好几次想离开你爸，又仍然能感到一种更深的感情，你爸付出的努力不比她少。不过她劝退的结论并没有变，我现在越来越明白她当时说的话了。她说，你不会变得和你爸一样，是你看了太多，那些经验让你恐慌。"

"但……"你和她好多年前说的一样，并没有能搞懂爱到底是什么。这是所有你的经验中唯一你不能乱做因果结论、从未搞懂的事。

"不知道你的系统迭代有多快，也许比 AlphaGo 更快，有时候人也差不多，会在一天之内长大。"她说，"我可能，你也可能。也许所有的事都能预测，我们的事，需要走一步看一步。反正我现在是这么觉得，每一天都比前一天靠谱。"

挂断之后，你几乎没停手地拨通了黄签上的电话。

"我想跟你不用客套吧，应该可以有话直说？"你刚按对方的要求打开视频通话，对方直接说。

"还是稍微客套两句吧……"他在电话那边哈哈大笑，你迟疑了一下，继续说，"您好。"

"你好。"他在这时候仍然不肯降低居高临下的位置，"你是一个人么？我只想和你单独谈。"

接下来他要说的话，你们都知道。

你特别讨厌视频通话，摄像头的角度、声音、视频效果都是屎。你无法适应对方的眼神，望向别处。

所有计划都有它的薄弱环节，每一个薄弱环节都重要。什么短板理论、长板理论，那些在实际情况中都会变味。找到的薄弱环节，有时候可能非常可笑，比如……一个企业的 CEO 出轨。

你看着视频通话的界面，边缘处墙上的投影动了一下，他的房间里有其他人。其实小钟和大鹏在另外一个房间里能听到你们的对话。但他们早说了，如果出了问题只会事后骂你。

你是整个计划中的薄弱环节。

想到这一点的苦涩让你计算了一下吃药的时间是不是没把握好。有点儿涣散……不是时候的涣散，像被施了法术灰飞烟灭的人，轻巧又特别沉重。如果让你选择的话，你不想待在这个房间里，想要钻进眼前那个白色的柜子里，甚至爬进里面的塑料盒子里。其中一个盒子里叠放着你们在讨论这件事的时候所有写过的便笺纸，当时那些黄色、粉色、蓝色的纸片贴满了一整面白墙。你们想了七八个可行的计划，系统无法提供成功率的预判，不可测的因素，无法控制的参数，时间太长了，环节太多了。魔镜啊……上帝啊……让我们成功一次吧。

当终于系统——一个倾向于消极、保守的严肃而不快乐的系统——推测你们有 62.7% 的成功率的时候……当它在三周前推测成功率有 89.1% 的时候。你很难理解为什么在 62.7% 的时候你们欣喜若狂决定孤注一掷，89.1% 的时候认为这一切很荒谬，但还要硬着头皮挺下去试，而在今天早上你觉得一切都会完蛋，这时候系统就算告诉你成功率是 99.9%，你的注意力也在

0.01% 上。

不是时候，不是时候，现在不是时候。

你应该哈哈大笑对他说："你们中招了。你们已经失败了。可你还不知道。"你捏着自己的手，让那疼痛引起的一点点肾上腺素给自己支持，你不想现在离席对他说要去吃药，药物起效太慢了。你后悔对医生态度糟糕。

时间，你在计算时间。

"我们需要你，你也需要我们。你在这个公司接下去不会有很大发展，如果今天我们不给你们投资你们就完了。"

他们的人刚才跟小钟联系了，他们要买下而不是投资这家公司，买入的价格很低，买了之后就关掉。他们已经重投了在你们看来完全不同、在他们看来完全一样的公司。

大老板说的条件无法引起你的兴趣，他们想要的很简单，他们已经不在乎小钟和大鹏怎么想了，他们要买下的甚至不是公司，是你，让你带着你的系统、算法、技术、代码到他们之前投资的理财公司去。那家公司的互联网产品从记账开始，已经发展到可以调入和读取用户的信用卡和投资信息，"你们的产品是针对企业的，改成针对个人用户不成问题，用你的系统去指导客户投资会带来怎样的收益？你想过没有？肯定比你们现在的产品给小微企业带来 20% 的收益增长率还要高"。

帮人卖理财产品和之前的工作有任何不同吗？你想起之前的上司得意扬扬的表情。

"我们知道你对你的系统非常执着，由于你父亲的原因你更希望它用于企业决策。"

你笑起来，每当别人提出一个不完全对或者完全不对的猜测，你总是控制不住表情。你不想解释父亲的事，很多人以为他是下海之后把他的企业搞垮才抑郁的，实际上正相反，在意识到自己已经病了的情况下，他逐步把公司关闭了，用很长时间做出了所有当时最好的安排，在这件事里，除了他的家庭，其他人受到的伤害主要是来自心理上的失望，而不是经济上的。几年之后，他们逐渐知道他病了，抑郁症终于被视为一种时有发生的病症，不是心情糟那么简单，即使当年身边最爱说风凉话的人也原谅了你父亲，多少有些同情。

某种角度来看……你父亲是幸运的，他和他的公司躲过了几个月后的金融风暴，如果当时不是他急流勇退……等待他的将是几千万、最坏有可能几亿的欠债，结果不是他想要从北京天桥上跳下去，而是直接在香港从楼顶跳下去。处理完公司的事务，剩下的钱虽然并不多，但在你母亲的精心计划下，在他病最重的几年里，家庭生活仍然在表面上一切正常。

你用系统模拟过当时的情况，没有比你父亲做的选择更好、更及时的方案了。你到现在都不明白他的决策机制是什么。那似乎完全是一个喜欢金融数字游戏的人的直觉，像你小时候，和他下棋，你问他为什么那么下，他说他不知道。你不愿意和他下棋，无法忍受输给"不知道"。

人们总在寻找理由，真正的理由往往很隐秘，藏在最深的地方，有时连当事人都不确定，旁人却总是在说，我知道，事情就是那样的。

你曾经一再思考女朋友和你在一起的原因。

你算不上善解人意，在与她相关的事上，只要对她不会造成伤害，你对她是言听计从的。这是因为你在所有的"攻略"里体会到的方法论都是尽量避免引发价值观层面的讨论与冲突，微小的对立事件上升到那个层次的情况很多。根本上该避免争论。

你曾经看她的作业，评价"这么做纯粹是瞎糊弄"，她非常愤怒地说你认为她笨。

你望着她，并没有辩解，这也让她气疯了。

她说了几句话，问题转到"你不喜欢我"上。

你说，不是，是喜欢，整体性的喜欢，包括笨的部分，你不明白原因，如果把她的所有特性分开，你不能确定是不是喜欢它们每一部分。

长相，当然，如果别人和她长得一样，你很肯定不会喜欢。

"我长得丑？"

"不，相反的原因，美让安全系数降低。"

性格，当然，可别人有类似的性格有时让你恼火，尤其是异想天开、突如其来、难以预测的部分。

智慧，可以接受，但她恐怕比不上你实验室的师妹，后者在数学模型方面的造诣有时候让你击节赞叹。

其他的参数更加零散、无关宏旨了，它们却与她无法分开。

"你的系统怎么说？"

"无论是在模拟你的系统还是模拟我的系统里，这段关系都成功率不高。"你说。

"那你为什么还和我在一起？"

你笑了，她确实有点儿笨："因为我已经知道过程和最终的损失会是些什么。孤独终老，我并不怕，本该如此。关系结束之前，每一天都是纯收益。不是么？"

她也笑起来："每次你说这种话都觉得你真是太怪了。'原来你是这种角度'……"

"我不知道你喜欢我什么。"

"你觉得呢？"

"有很多可能，比如大体上对你还算好。性生活……"

她打你。对了，你讨厌肢体接触，但并不反感她打你，那似乎永远都不会疼，更像一种语言性的表达，含义很多……

"……身高、学历……"

她打断你："我和你的想法完全不一样，大概是第一次见面的时候看到你手上有疤，你的声音很好听。只因为这个。现在我也在问自己，我为什么喜欢你，不应该啊。"

你翻过来看自己的手。那道疤不长，周围却有很大一片怪异的皮肤。

对方察觉到你的涣散。他身后墙上的影子动了。你看到会议室门上条窗外大鹏在给你打手势。

"有个公司在盗用我们的产品，您知道吧？"你说。

"你在说什么？"

"他们从我们的客户那里盗取了一套我们的系统，安装在他们公司的几台机器上，帮他们做模拟分析。一旦数据与早先建立的模式出现大规模冲突，我们会收到系统发来的信息。这在客户服务条款里写明了。正因为我们客户少，所以我们在对每个客户负责。十个月之前收到了这种警报，我们调整了原本客户的系统，但没有关掉盗用系统的公司的使用权限。"

　　"你们的系统是附带病毒吗？"

　　"不，不需要……我们上午和您的团队已经说过了。我们的系统当然是在解读所有数据，但这些数据没有人能实际调取出来。系统优先加密保护所有人的数据是它的基础。每个使用这个系统的客户，系统都会模拟他们的思考和决策模式，给他们试错的可能，帮助他们分析自己所采用的方法与目标之间的距离。这才是这套系统能发挥作用的地方，它不是让所有人都去投机、找最赚钱的生意做，而是基于用户完全独立的智能学习模式，所以，A公司的系统无法用于B公司，您的大脑接在我身上，我们协同不了。"秃鹫的脸和马的身体。

　　"这和我们在谈的事有关吗？"

　　"有关。因为这家公司您刚才提到了很多次，还希望我去为他们工作，我们以前的同事现在正在他们公司，这也是他们非要用我们的系统的原因，他们认为破解之后可以用到他们的产品中去。今天上午您应该已经知道他们出了问题。在和我们面谈的时候，您出去打了一个电话。"

　　他警觉起来："你们做了什么？"

　　"对他们，我们什么都没做。我们不断收到系统警报，于是我们自己的系统在分析这个公司的情况对我们是什么影响。有关他们公司的内容我们已经写在今天上午交给您团队的一份产品介绍报告里了，就是案例三。从某种角度说，那份案例摘要是一个预告。"

他疑惑地看着你，绷紧嘴唇。这是满含愤怒强行让自己冷静的信号。影子里有人在动，他们去拿那份没有人好好读过的报告书了。

"刚才您称赞过我们的产品，那不是我一个人开发出来的，不全是研发的功劳，用户自己在系统中投入得越多，它的表现会越好，辅助价值会越高。至于您说的未来……今天不止一个人和我谈过……我不想去别处，重新跟一群不认识的人磨合，让他们适应我。这对我来说太难了。"

你站起来走出去，脑子里有嗡嗡作响的声音。说了太多……死于话多……小钟和大鹏进来，依次拍拍。最后他们会谈成什么结果，你不感兴趣，现在，你们从一条绝路变成了有两条路可选。你不想知道哪一个几率更大了。

没想到女朋友正坐在你的工位上，她转过来看你："他们俩说我可以带你走。"你疲倦地笑笑，嗡嗡的声音如同摩西面前的红海，由于她的到来分开一条缝，她的声音清晰地传过来。这种时候，你的幸福感之后总会有一丝恐惧。

在她车上有一包小块的巧克力威化和两听甜牛奶，她说："他们说你中午没怎么吃东西，我在我们楼下买的。"

只有去参加钢琴比赛的时候，妈妈才会准备一些饼干和汽水。每次比赛都要等很久，你总是那些孩子中最安静的。无论最后成绩如何，在回家路上，妈妈都会塞给你那些食物，你们在地铁、公交车上吃着每次都一样的小饼干，小口喝着温热的汽水，像完成了一种仪式，让漫长的一天画上句号。

"你认为我们会怎样？"你问女朋友。你坐在她的车后座上，她从前排爬过来，伸手扶她。

"你们……"她笑起来很好看，"现在外面已经天下大乱了。从早上那边 CEO 和 CTO 内部提交辞呈开始，有些消息中午就报出来了。下午他们公司出公告了，决策失误、资金缺口、人员变动。他们俩是不是早把你们模拟的结果告诉媒体了？好几家下午出的速报都引用了一个公司某负责人的分析，那种官方的语气看起来是大鹏——如果是小钟的话会显得更得意。不管是谁说的都是数据分析模拟那些，我听有人说是你们的系统先发现 CEO 出轨的？我进你们公司的时候，他们俩和你们好多同事都在忙着接电话呢。"

所以你才会听到周围嗡嗡作响。

"今天可不是小事，我请假出公司之前，老板特意问我是不是了解你们的系统，是不是安全。"她说，"我猜投资公司那边应该会给你们一个新报价。"

"也许我们不再需要投资了。"

她睁大眼睛："你们早想好了？"

"不，你刚说有很多电话……"

从你们发现系统被人盗装之后，你们就在计算怎么办，在讨论了几个月之后，结果可能有两种，得到目标投资公司的高投资，不得不奉上很多"贡品"，一步步失去主导权；还有一种可能，你们用逆向的方式证明了自己的系统能做的事……打开了客户群，走上一条活路。

"让我问你一个问题吧。认识你之后，我一直想问。"她轻轻地摸着你的手，"为什么要研究这种系统呢？"

"为了……为了替我爸预测我妈会不会回家……"

在你父亲要打你母亲被你阻止之后的一段时间，你母亲在她的其中一个姐姐家住了一段时间。周围听说这件事的人都很为难，为你母亲好，应该劝他们离婚，为你父亲好，应该劝他们和好。虽然他在吃药，但医生并不乐观，跟你母亲说如果他出现头疼、幻觉可能要入院一段时间。那样的话，他永远会带着"精神病人"或者"疯子"的标签。

你的手送去缝了十几针，本来不是大事，可是，木刺并没有清理干净，感染、清创、感染、再次清创，一直肿着，流出脓水，最后引发了更严重的炎症，感染了神经，不得不连续几天去医院输液。那中间你母亲一次都没出现。

在海南的姑姑给你打电话，让你带着你爸去三亚，姑父的朋友在那里开发的小区有空房子可以住，让他离开北京散散心，新鲜空气对他有好处。

事情和想象得并不一样，先是父亲坐飞机的恐慌靠安眠药才控制住，下飞机的时候不得不请空乘人员帮忙把他扶上轮椅。坐着姑父安排的车到了传说中的小区，才发现那里看不见一丁点儿海，除了一栋样板别墅之外，其他所谓的"别墅"还是一座座排列整齐的空置框架，连窗户都没安上，内部空无一人，门房里住了一位老大爷，养了一条小狗。小区周围是不知什么树的树林，奇特巨大的蚊虫四散飞舞。白天闷热、潮湿、时不时下雨，晚上有奇怪的气味让人睡不好觉，据说是有人在用土法做槟榔。

姑姑在电话里说，你们先去，你妈随后就到。你们住了一个星期，你父亲每天都问，你妈今天会来吗？你不知道，也想不出该问谁才能得到不敷衍、准确可信的答复。你只管每天盯着父亲按时按粒吃药，让他张开嘴以便你看清牙床和舌头下面是否藏着胶囊。

有一天，吃了午饭，父亲说："你去城里或者海边玩玩吧，不用每天在这个空城里陪着我。"你走了很远，坐上了公交车，到了一个看得见海的地方，海没有带来想象中的平静，乱哄哄的人群，家里的事，手的刺痛，搅和在一起。

"你怎么在这儿？"

你从没想过在这儿会遇到钢琴老师，上次联系已经过去一个多月了。

"你的手还没好？"她看见了你手上的绷带。

她带你在海滩周围吃了水果炒冰，你被凉得头疼，她在一旁笑。

"为什么您会一个人来这儿？"你问。

"你不也是一个人？"

你实在不想讲家里的事。

她带你去她住的酒店，问你到十八岁了吗？还差几天，你说到了。她笑着说，我记得你的生日。"不管了，你陪我喝点儿酒吧。"

那天后来的事，你既永生难忘，又不希望想起。

她摸着你的手，说，你不再弹琴真可惜，再过几年会对乐曲有着更深的情感共鸣，到那时技巧和精确可能都不是问题了。但是你注定不会成为音乐家，只是一个精度很高的八音盒，母亲骑虎难下。

老师抱怨自己的男朋友，你看到她手腕上的伤，你像抚摸受伤的小猫一样皱着眉轻轻触碰那伤口，她醉了，轻轻地吻你的嘴，她说，你以后也会是个温柔的人。这话让你伤心。你动手打过你父亲，他背上、胳膊上的伤没有完全复原，仍然看得到淤血之后紫色和黄色的斑块。你的右手更是在受满含诅咒的惩罚，它被反复切开三次，至今纱布下面仍然在淌着绿色的液体——那根本不像人体该产生的东西。你不能对她说，却一次次接受了她的亲吻，她温热柔软的身体紧挨着你，你不知道手应该放在哪里，右手悬在空中，一碰就疼，而左手只轻触着她的肩膀。

几次拥抱之后，她迷茫地说，你走吧，祝你以后幸福。你忧心忡忡地望着她。她笑着说："放心，我不是那个命中有黑洞的人，我会在明年遇到我的白马王子。"是的，后来她和那个人生了一对双胞胎。也许命是可以算的。

你回到小区的路上一直很恍惚，她的嘴唇留下一点儿淡淡的甜味。你进屋的时候很急切，没想明白该怎么和父亲讨论女孩子、女人的话题，似乎能问几句的人就只有他了。屋里没开灯，天还没黑，但别墅里已经非常暗了。你走到卧室，心里一惊，那里更黑，他躺在床上，旁边的床头柜上有一瓶打开的药——安眠药。

你把药锁在柜子里，可因为长时间无人居住，那柜子的木头已经被湿气沤糟了，强拉硬扯几下就能弄开。瓶里本来应该有三十七粒药，现在一粒都没了。吃三十七粒会死吗？来的飞机上那一粒让父亲不省人事七个多小时。现在呢？

那是你感到最害怕的时候，再一次被他骗了，把你支开去寻死。你拼命地推他，反复探测他的鼻息和心跳，有时你以为他活着，有时几乎肯定他已经死了。

好在父亲睁开了眼，茫然地看着你，他问："你妈来了吗？"

那天晚上，毫无预兆地，姑父、姑姑开着车，带着你母亲和一后备厢补给来了。你和父亲都没提安眠药的事。

几天之后，你在别墅的前廊上和小狗玩，母亲在收拾回北京的行李，父亲坐在藤椅上看着小区的砖墙发呆。他毫无预兆地说："我那天有一点儿想死，你妈不会来了，她不要我了。可我又怕，这儿只有我跟你，如果她不来，你怎么办？好不容易让你出去玩……如果你心情好，回来发现老爸的尸体……如果你心情糟，回来发现我的尸体……太沉重了。我不该这么对你，所以把安眠药倒进马桶冲了……然后……你回来跟我说她会来，真的来了。"

你没有回头看他，抱紧了小狗。

2017-08-15

预展 //
"53：女人们"

1 安

到她家的时间比说好的提前了三个小时。这是我故意的。按门铃，听到她在话筒那边的慌张："你……你怎么……"飞机当然不会早到，我只能说之前安排的会取消了，无处可去。通话器里传出她无法掩饰的叹息。

打开门，她穿着臃肿的珊瑚绒夹棉居家服，秋裤从棉裤里伸出一大截，裹住秋衣。她穿的是粉色的，我想她丈夫也有一套蓝色的同款。居家服上满是深浅不同的斑点污渍，应该是孩子们弄的。她给我拿了一双绣花的拖鞋，我把冰凉的脚从黑靴子里拔出来，套进拖鞋，像跳进了她带路的兔子洞。玄关里洗衣液的化学薰衣草香掩盖着客厅传来的气味。

我看着她的背影，她的胯骨和屁股。

她已经是两个孩子的母亲了。

这一点我站在这个家被大落地窗外射进来的阳光弄得暖乎乎的客厅里仍然不敢相信，屋里混杂着两个不同年龄小孩的食物、玩具，鼻子里满是体味、食物与排泄物的气味，到处都与孩子相关。坐在餐椅里的小小孩正在用手指从自己的饭碗里掏出性状模糊的东西向四周弹射着。稍大点儿的正冲她跑过来，揪住她肥大的裤管，把她拉弯了腰。

她转头看我，知道我在看什么，但现实情况没有给她掩饰的可能。她微微歪着脸，有些生气，颧骨上是生孩子之后留下的斑。

她已经是两个孩子的母亲了。
"时光荏苒"。

她气哼哼地把孩子拉到一边，把沙发上的毛绒动物扔远，嘴里说着：你坐。

进来之前，想起她，我总觉得事情并没过去多久，甚至暗暗以为仍然有挽回的余地，尤其是比较了我和她丈夫之后。

可现在，我发现我脑子里的评判标准有问题，我们身处于彼此隔绝的两个次元。

她的头发盘起，能看到耳边被汗沾湿的一缕碎发，以前做爱之后我很喜欢她脸上的红润与潮气，她闭着眼，钻进我的臂弯。

小小孩在哭。大小孩在他旁边。

她说：来了来了，几步小跑，向着阳光最好的地方。

2　我和安

我们好了三年九个月。那种以为会一辈子的好，在所有人面前放肆秀恩爱的愚蠢的好。

最后，她告诉我，自己和男人上床了。

"这不怪你，都怪我。"她哭着说。

当然都怪你。我能说什么，嘴里冒出"那不怪你"敷衍了事的安慰，心里恨不得拿刀砍人。

我问她那人是谁。这人太大胆了。太混账了。太肆无忌惮。想不出我们的交往圈子里谁能干出这种事，即使那些人都大胆、混账、肆无忌惮。

她不说，只哭。

"你还护着他……"

以为撑满记忆的房间，很快空了。她的东西一件不剩。大部分被搬走了，我摔坏了剩下的。曾经她给这个房间带来了色彩，正红，浓绿，荧光黄，带有神秘气息的近乎黑的紫色，她说喜欢放肆的冶艳。我全都毁掉了。留下大黑大白的冷漠，之后，那个房间我也不想回去了。

有人问我愿不愿意去南京的艺术馆工作，我头也不回走了。

她想要坚守的秘密，最终在一次开幕酒会的闲聊里传到我的耳朵里。我非常不理智地钻出会场，站在威尼斯的河岸边给她打了电话。那是北京早上五点半。

"那个人不会爱你的！他马上就会抛弃你！"我捂着一只耳朵对着手机大喊，迷幻音乐从古宅一次次被推开的门中传出来。

她挂断了。

等双年展结束，我回到国内，她已经不再接我电话了。

半年以后，她嫁人了。嫁给了跟艺术毫不沾边的一个胖胖的财务顾问，第二年怀孕，她不再工作了。

这几年，遇到我认为和她有联系的人，我还在问，她还拍照么？创作吗？他们的回答是，她当妈妈了，全职太太，你不知道她又怀孕了？

3 安

她在混乱里给孩子都喂了饭，冲进卧室，关上了门。门再打开的时候，她身上是背后拉链拉了一半的黑裙子，跑过来，让我帮她拉。

如果不认识以前的她，作为两个孩子的母亲，她的身材算保持得很好了，只是没有肌肉线条，背后的肉被尺码不对的内衣勒出弧线，又被裙子强调了一次。

她再出来的时候，已经化了浓妆，有了成熟女子魅惑人的风韵。

她仍然在乎他啊……

"太浓了？"

"嗯。"

她戴上琥珀耳环，套上钻戒和玉镯。

这身打扮让孩子们感到陌生，心生畏惧，可他们只能接近妈妈寻求安慰，她怕他们弄坏弄脏她的行头，躲躲闪闪，心烦意乱地说着："快走吧快走吧快走吧。"

她的公婆和小时工终于陆续到了。她已顾不上他们对她的装扮投来的目光，简单地交代了一番就催着我快走。

走吧走吧走吧。

我们要去参加预展。

吕飞寄来了正式的邀请卡，上面对着装提出的要求是符合本人日常穿着风格的衣服。她现在身上穿的肯定不合格。发卷在她背后富有弹性地跳动着，大概是昨天甚至今天更早的时候烫的。

除了预展的邀请卡之外，里面有一张白色厚纸上，无色凹印了一个数字——"53"，下面手写了几个字，给我写的是"期待你来"。给她写的是"想与你再见"。字松散地分布着，他的字竟然写得不错。这种话是敷衍，他很清楚我们会去。

路上，安问我现在和吕飞有什么交集，我说大概是因为我的工作，也许他想让我所在的艺术馆收藏他的作品。

"是么。"她若有所思。

她问我是否了解吕飞在做什么。我说，估计还是女性话题。

他没有做过别的主题，只描述女人。

他上一个作品很轰动。在东莞以选美的方式从接客业者中找了十六个女孩，模拟时尚杂志年度人物封面大片的方式，让她们在一起拍了一张穿着华服的照片，以同样的姿态拍了一张裸照，像戈雅的《裸体的玛哈》和《着衣的玛哈》。他把两张照片放大到12米长4米高的大小，制作成填色画，在画布上印出填色范围和颜色编号，他调色，让十六个女孩自己用画笔向画面中填充丙烯

230

颜料。监控录像与摄影师全程记录了她们从拍照到绘画完成的过程，包括她们在画室里吃饭、睡觉、上厕所，像真人秀一样。据说画被一个富商买下了，挂在他私人美术馆的过道两侧。吕飞卖的作品是录像，以及这十六个女孩的故事。据说，在这两张画完成之后，她们对自己的生活有了新的看法，有一多半离开了东莞。

在对安讲这个作品的时候，我突然想到吕飞对她做的事，和他对东莞女孩子们做的没什么不同，最终也改变了她的生活轨迹。

安本来是个艺术摄影师，我喜欢她的作品，里面包含着一个女孩的敏锐、神经质、疑惑，带着玉石俱焚的果断。我纠缠她，追求她，与她在一起，一开始是因为她像一颗闪耀的星，我没有任何才华，所以渴望借着她的光去体会梦想实现的感觉，后来……事情当然不同了。

安听我说完吕飞的作品，若有所思地说："我离所谓艺术太远了……他叫我去有什么意义吗……他不会做无意义的事。"

是么？我不知道。

4 吕飞

安应该不清楚她的离开对我的打击有多大。一度陷入漫长的恍惚，我在眼泪中昏去，在噩梦中醒来，一起工作的人说我站在处女花园里哭，我全然不觉。不懂自己是怎么回事，明明几个月前分手的时候我冷静、果断，也许那时候没有说出来，我的心底仍然抱有希望，以为早晚可以挽回，或者，在那之前我会爱上其他人，比如在意大利遇到的冰岛艺术家，也许我会喜欢他的大胡子和有我两倍厚的木雕般的身体。

可是，知道她的出轨对象是谁之后，我感到的是无法言语的绝望。他们在一起的画面只要一闪现，我的身体都会发抖。

回国之后，我装作漫不经心地四处打听吕飞的行踪，他正好在上海，我不管不顾地从南京赶过去，跟踪过他几天。

之前我见他都是在各种展览当中，只对他面容苍白、身形消瘦有印象，他像古龙小说里会出现的那种身体不正常的高手，浑身冰凉，总是戴着一副过大的眼镜，露出疲惫、玩世不恭的微笑，很难说那是真诚。那时我没有机会近距离观察他，后来当我发现他的眼睛是黄绿色的，像半透明状的晶体，我吃了一惊。

他比我想象的沉默得多。我听说他总是和不同的女人在一起，却没见过他在任何公开场合带着女伴，酒会上，人们总是想和他打招呼，找他交谈，总有人会把他引荐给艺术圈真正的金主。大概以为他健谈的印象是由此而来的吧。实际上他似乎不太说话，他的经纪人总和他在一起，但我几乎看不到他们交谈，经纪人常常在打电话，吕飞不发一语地坐在附近，他有时会用纸笔写或画着什么，有时直直地看着一个角落或者前方。我从没见他跟人主动联系。在一周之内，他接电话的次数是零。

与此同时，我向许多人打听他们对吕飞的印象，似乎没有人跟他特别熟，无论是艺术馆的人，还是其他艺术家、策展人，谈起他来既仰慕又嫉恨，说出的印象支离破碎、自相矛盾，他——特别容易接近、贪钱，很难请、不合作，任性、耍大牌，花钱如流水，不讲究吃穿，隐居，爱女人，和男人睡觉。也许这都是真的，也许只是信息太少、大家揣测太多。当你想了解一个人，而所有其他人的描述都无法拼成一个完整答案，该怎么办？

他的个人史更像一个谜，在三十岁左右做出了在艺术圈知名的作品，在纽约一家艺术馆带天窗的大中庭里利用旋转走廊的侧壁搭建了一座假的雪山、一座木屋，请了一名真的青海山区藏族女孩带着一只活的山羊在那里生活了一周。展期内每半天允许十个人走进展区，人们和她说话，她笑而不答，专心看着她唯一的羊。当时的展评挖掘了所有关于意识形态、性别、全球性的贫富分化、气候变暖等等隐喻，他没有回应。在许多年之后，接受艺术记者访问，他轻描淡写地说，他们告诉他可以使用那个场地，他在那里看到了那座山、木屋、女孩和羊。

对于这场展览，能找到的资料不多，艺术馆有一段很短的视频，一些散落的照片，包括"定妆照"——美丽的小女孩，紧紧地抱着她的山羊。

他一战成名，但那之前的事，包括他为什么会在籍籍无名的时候被获准在世界上最难进入的艺术馆做作品，都没有合理的解释。我找到了三十种他的不同简历，每一份都对他二十九岁之前的经历讳莫如深，连教育经历都非常模糊，"……受教于……/……studied in……"一所非艺术类大学。有人说他家里非常有钱；有人说他依附于一位著名的女艺术家出道，真名实姓、言之凿凿；有人说他天赋异禀，之前在国外学习就备受关注。

一片空白。

那之后他从美国回北京，躲开著名艺术家聚集的地方，在偏僻的远郊找了一个厂房做自己的工作室。外界能看到的是他每年有一两件作品出现在某某艺术馆或者某项大展上，他本人像幽灵一般出席一些活动为那些不了解他的人站台，时而亲切多情，时而行踪诡秘。有人说他像杜尚，没什么经济上的需求，仅靠少许收入生活；有人说他富得流油，被人豢养。我打开时尚杂志最后两页，会在高端奢侈品的推广活动中看到他被夹在浓妆艳抹的女人之间。

　　我期待着找到证据证明他是一个创作力低下、混圈子的无能废物。他以前的创作都不算什么，这个圈子有太多非常聪明最后却被自己的聪明反噬的人。

　　在梦里，我一遍遍地对安说，他配不上你。

　　即使醒来之后，我会心如刀绞地想着：我配不上她。

　　我以为安应该对吕飞这个类型的人免疫，轻佻的男艺术家横行，他们实际上并不比骗炮的大学生持有更多筹码，以为自己很有魅力，殊不知女人与他们上床只是因为自己的寂寞。安不该寂寞，她有我……研究吕飞的同时，我一直在思考，安和那些女人们为什么会喜欢他，我小心翼翼地回避着最关键、最让我伤心的答案。

5 意义

他知道我在盯梢，知道我是谁。

第四天，在一家茶餐厅，他的经纪人走过来问我在干什么，花枝招展、怒气冲冲。我说我只是看看，没什么。吕飞是个名人，想看看他并不稀奇吧。经纪人露出要比一般直男高深得多的挖苦的笑容："有些事你该放就得放。"

我本来假装漫不经心地叼着冰咖啡的吸管，听了他的话不得不直直地盯着他。

他耸耸肩："难道不是吗？"停了一秒，"你应该去找背叛你感情的人。像他这样的人不会主动追求任何人，因为不需要，你懂吗？"

我想是尾音上挑的"你懂吗"激怒了我，我几乎是从桌子后面跳起来抓住他闪亮衬衫的衣领。

他脸上露出惊讶，看着我的手，轻声说："难道你不明白吗？他们在一起只有一种可能……那就是她来追他呀。"

我正要失控，吕飞却站在我旁边，轻轻抓住我的胳膊。他什么也没说，拉开椅子坐在我身边。让领班安排把他那桌的菜拿过来。接下来，他说，你无非想搞明白她为什么要跟我在一起，既然是这样的话，我们看看怎么找到答案。

为了研究他，我看了所有对他的采访报道。他说自己并不是一个艺术家，只是问问题，尝试找答案。

当天下午他要返回北京为一个展览做准备，再之后要去巴黎。"一周，也许能做点儿什么。"他轻轻捏着冰橘茶的吸管，搅动着，看浅棕色的液体与里面的金橘、柠檬和薄荷叶一起转动，以微妙的声音自言自语似的说着，"如果有意义的话……"我第一次那么近地观察他，看到他眼睛的颜色，黄绿色、半透明状的晶体，吃了一惊。想起安在我质问她的那个电话里说的："如果你是我，你会爱上他，不，即使你还是你，你也会爱上他。"

那之后，我跟着他在北京待了一周。

在候机厅里，他转脸看着我："你知道我现在没有和她在一起吧。"

我为她感到伤心，在那一瞬间。

他露出苦笑。

6 在路上

吕飞的展览选在我最不喜欢的艺术区，建筑出自一个自负的艺术家之手，外行人造成的不合理之处很多，容纳了很多号称艺术中心的小艺廊，最初，大家在比着展示吸引眼球的怪东西，而后又在争抢有限的艺术家资源。

我和安下车下得太早，不得不走了许多弯路，中间需要穿过犹如城中村一样的地方，脏脏的矮楼之间路面坑坑洼洼，时不时要绕过夜里下雨留下的积水。安大概很久没穿高跟鞋了，她一只手拽着大衣，一只手惊恐地抓着我的胳膊，走得歪歪扭扭。她身上传来是她的又不是她的香气，让我不好意思看她。我心里仍然有一股暖流，想让这段路走得时间更久一些。

"为什么给我打电话？"我问。分开以后，我的手机号从来没变过，但她打过来用的是我从不知道的号码，明明她在北京从未离开过。陌生号码打来三次，我才接起。最初的几秒，她在电话那边没出声。

"我的第一反应是，如果我收到邀请，可能你也会收到。想不出谁给了他我的地址。"

"你以为是我？"

"想不出这个圈子里还有谁会关心我。"她的语气平淡，因为加了假睫毛，眼神变得朦胧。

我不知道她的地址，现在，要为我不知道感到愧疚。可我为我的愧疚感到恼火。被背叛的人是我。

最后一次打听她的近况是半年前。问得很简单：她过得好吗？"养两个孩子，当全职太太，怎么会不好？"友人热心地递给我她自己的手机，让我看她的微信朋友圈里安发的晒娃照。孩子长得不像她，以后会像，据说孩子生下来都会像爸爸，为了让父亲们感到放心。照片里，在两个丑孩子的头之间，她笑得很开心。

"以后有什么打算么？"我问，"想拍照吗？"该怎么问，"摄影"？"搞艺术"？

"那有意义吗？"

……意义……

"我现在觉得孩子才是真的。"她说，"他们是我的一部分。"

我们曾经躺在一起讨论未来，她说她讨厌孩子，他们让她感到害怕，我心里暗暗想，等到你三十岁事情会不一样。那时，我们共同的一个朋友刚刚经过人工授精在美国生了一个孩子。我坚定地以为，我和安的关系牢不可破，那种操作有一天会是我们躺在床上望着天花板讨论的话题。

"你该建立一个家庭。"她说，"到时你对世界的看法会变。"

"变成什么样？"

她露出微笑，笑里既有宠溺也有得意，"会感到自己不再是一个人，像登上了一条船。"

我以为我会给她那条船。

她注意到我的表情，低头看脚下的路。

"你丈夫对你很好吧？"

"他？算是爱我吧。"似乎我提起了让她不快的话题，她说，"我只在意孩子。他么……我不太关心他在干什么。"

"你给孩子拍照吗？"我比自己以为的更想逗她开心。

她果然立刻停下脚步，在冷风里掏出手机让我看她的照片，直到低温导致手机自动关机。她的孩子们在她的镜头里确实比在她家看到的真人漂亮、生动了许多，我想起她举着相机对着我的日子。

我们曾住在狭小的屋子里，当时并没有任何不满，她总是端着相机拍我，无论我在做什么。有关我的照片，不是她最好的作品，但在一个关于女性艺术家的展览上得到了好评，如果以客观的眼光看，那一组照片有了太多主观感受、轻微的色情，偏执与迫切的期待。没有颜色、没有花、没有任何性征，她的镜头里是我的局部身体与我们的家，在我们分手前不久毫无预兆死去的猫。

我们默默地向前走，她突然说："你知道我怎么和吕飞……"

不知道，我不确定自己现在想知道。

"我问他喜欢不喜欢猫。"

"你告诉他噜噜死了？"

"对。"安说。

他应该很擅长处理这种状况，会专注地看着她，听她说。他一定喜欢女人悲伤的时候，那很性感，有机可乘。我也会那样做。毕竟我和安能在一起，也是利用了她的伤感。

安说："他只是听我说话……我对着他一直讲啊讲啊讲，从那只猫，讲到你，讲到我们，我对着他哭啊哭啊哭……我以为我很勇敢，和你在一起……不不，我不相信永远，但至少可能会有七年？十年？……"她低下头，卷发从她肩膀垂下来，那为他准备的发卷。

吕飞从来没说过他们在一起的时候发生了什么。

"那天我发现了我不想承认的事实，比如……我不是什么艺术家……只能被动地被人推着走，享受别人说，'你是才女，好有才啊……'"她学着别人那种尖细、兴奋的声音，"满足于参加二流……"她撇撇嘴，"不，三流……是七八流……"，她苦笑着，"……的展览，因为我认为我不可能做得更好了，我不想去受那些苦。记得我写过一个'未来作品清单'吗？……那些都太难了……我想像现在这样，过安逸的生活。"她冷冷地盯着我。

我把眼光移开了，那时，我总是对她说，你会变成特别棒的艺术家。她是我的光，我的星，怎么能变成普通人呢……我像那种希望孩子去实现自己梦想的家长，以为只要鼓励她就够了，我会给她精神上和物质上的支持，一再问她你想要什么。我都给你。

"吕飞说了什么吗？"我问。

"他说，当艺术家不容易也不难，全看你自己。"

我记得在北京，他的工作室里，他对我说"随波逐流和逆流前行，差不多"。

我和安没再说话。毕竟结论很残酷，我们的分手，不怨任何人，只是到了需要一个理由的时候。

来到展场，那里已经有很多人。大家在安检门前排队，抱怨着严格的安检措施需要每个人在一道扫描门前停留很久。现场来了一百多人，分成了两队，一队持有我们那种厚纸邀请卡，另外一队拿着另外一种颜色的请柬。我们这一队全是女的，一定有一个共同点，让我有不好的推测。有这种想法的人，我猜不止我一个。大家沉默地排队，互相打量着。

安四处张望，感叹现在已经没人认得她了，回头问我："你说这些人到底是怎么回事，我看见这一队里有好几个跟他交往过的人。"她用邀请卡挡住嘴，悄悄对我说，"你看前面那个穿黄色裤子的。他在 2012 年夏天跟她睡过。那个穿玫红色大衣的……"过了几秒，她微微歪头看着我，"……我还跟他们说这不会发生在你身上……"

我哭笑不得地呆看着她："在说什么呀，听不懂你是什么意思……"

"这都是和他睡过的人。"安直直地看着我，她的声音已经到了周围人能听到的地步。

7 预展

所有的展览都差不多，充斥着胶水、油漆未干的怪味，我们经过长长的黑暗的走廊，在其中只能摸着墙壁前行，有人在小声地笑着说吕飞是不是江郎才尽了，竟然要抄袭小野洋子的作品。当我以为我们沿着蜗牛壳般迂回的黑廊将会走回入口的时候，却进入了极亮的展场内部，墙壁、屋顶、地面，全是白色的，几道展墙也是白色的，它们被隐藏的强光照得白得发亮。眼睛好久才适应这种亮光，一阵眩晕，像走在无边无际的云上。展墙上有一个个标了白色数字的白盒子——他到底是如何做到区分微妙而不同的白的？盒子上的数字需要在微妙的角度才能辨认，可排布非常随意、随机，它们布置的高低不同，像一个个鸟巢，从外面看不到盒子里是什么，必须打开盒子上的小门，拉开一道白色的帘子，把一个人的上半身探进去。

安恐惧地抓着我："我不喜欢这儿。"

我也不喜欢这儿，握着她的手。

"我一件也不想打开看。"安嘟嘟囔囔地说着，"这里很冷。"

"可能是因为太白了。"我安慰着她。

周围的人们已经开始纷纷把头放入白盒子去看展品，有人不得不踮脚、微蹲，用难堪、别扭的姿势挤进盒子里。看过的人带着困惑的表情关上那道小门，走向下一个。

过了几分钟，我听见展场里有人在哭。

安选了其中一个，盒子无法容下两个人的身体，她执拗地让我在旁边等她，抓着我的胳膊把上半身探进去。这姿势看起来很不舒服。她很快退了出来，说："你来看看。"她的脸色煞白。

钻进去，我能看到的是一张照片，里面是一个被含过的微微融化的红色棒棒糖。突然耳边响起了一个女孩的声音："你要对我好啊……你对我好，我也会对你好……"那声音很甜，带着微微的诱惑。

安并没有在旁边等我，她快步地穿过人群，急切地打开、钻进每个盒子。我走到入口去抓住一个工作人员询问这有没有展览说明，以及吕飞在哪儿。在她身边的人围着好几个人，大家的问题差不多，她惊慌失措地说她什么也不知道。

我听见有人在说："这大概是他交往过的所有女性吧。"

"这是在羞辱她们吗？"

"他从什么时候开始做这些录音的？"

我相信他就在附近。这是他做过的最恶劣的事。对所有人，对他自己都很恶劣。

"……太可怕了。他在干什么？要对全世界展示他收集的女性？……这有一点儿太……"

"私生活之所以是私生活就因为它是私生活啊……"

"……我刚才已经看见好几个了……没想到那个女画家之前和他睡过，她不是早结婚了吗……"

"……我的天呢，原来那个艺术记者之所以能采访到吕飞是因为他们有过这种关系……"

"……你听见了吗？那肯定是她的声音。"

安在哪儿？

白色的展场里回荡着各个方向传来的窸窸窣窣的低语，像一组神秘的咒语。我希望能找到吕飞让他停止这场展览，又暗自好奇，想把所有盒子都看一遍……盒子里展示的只有一张关于某件物品的照片和一个女性的声音，酒杯、打火机、高跟鞋、手表、戒指、包……头发、指甲，手腕或脚趾的照片，让我想起安曾经的作品，那些声音里有女人们对他说的话、笑声、背景音乐……几乎可以分辨是在什么场所。渐渐地，已经有人挡在盒子前面不让别人看了，这时我才发现，那些盒子的高低是根据它们所描述的人的身高设定的……

我找到安，从外面看到她在发抖的双腿，把她从她的盒子里拉出来。她看着我，浑身打战，用力地抓着我不放："别进去。"我不得不将她的手从我身上掰开。

"别……别听……"

照片中是一只猫的背影，黑色的尾巴、白色的肚皮，这不可能是噜噜，他知道这件事的时候噜噜已经死了，我们把它火化了，骨灰放在一把壶里。安离开以后，我把那把壶也摔了粉碎，现在还能想起脱手一秒后的悔恨，虽然我扫起了大部分骨灰，但最后没有继续保存下来。

"……我害怕她……能感到她看着我，期待我变成更好的自己……我也想为她做到，可我……"能想象安最后的苦笑。

我呆立着，听到盒子里她轻微的哭声。

8 白色

当我出来的时候，她没有站在盒子外面，我四处轻轻地叫着她的名字，给她打电话，她没接。

"不用再联系了。"我收到她的短信。她已经走了。我连她是否看过我的盒子都不清楚。

那里面的照片中是一面很大的镜子，倾斜着，对着他工作室的落地窗，反射着窗外一米多高发黄的枯枝和飘散的被晒黄的窗帘。

"……身为女人对我来说到底有什么意义呢？……不知道自己是谁，想要什么……"那段话背后，是 *The Impossible Dream*，Cher 在唱着 "To reach the unreachable star……"

那发生在我跟着他回到北京的那一周。一开始，他忙于为参展的作品做准备，每天很早到展场，夜里才离开。一堆服装展陈用的塑料女体模特，早已按他的要求喷成了深蓝色，放在房间一角。他却花了很多时间在一个没有特点的场地上来回走，最后一天才给搭建团队提出了少而明确的指示。他早就知道，无论他决定怎么布展，无论时间多么紧张，他们只能按照他说的来，他最后才能决定。

我问他在想什么，他只是笑，用略带疑惑的眼神看着我，像我问了一个蠢问题。最终，塑料模特们一个接一个地随意把手搭在前一个的裸体上，手落在胸部、臀部、腿上，围成了一个紧密的圈，令人羞涩地站在一起。

"这是在讲同性恋吗？"我感到被冒犯了，怀疑他是有意叫我来的。

当晚，我看着他自己用金色带刺的铁丝将她们缠在一起，把他手上的血涂在她们身上，她们像在无奈地强忍着。

我惊讶地看着他，他的经纪人耸耸肩，递给我一盒创可贴，让我拿给他。

展览顺利开幕，他赢得了最多的议论。

"成功吗？"我问。

"太随便了。像大学生的作业。"他笑着说，"不过我喜欢疼的时候。你也一样吧？"

他的工作室大而冷，他不得不拖出角落的一个电炉打开。

"不冷吗？"

他摇摇头，伸出苍白的手指："冷一点儿会让我意识到身体的存在。"

"你是不是这样带女人来这儿？"比如安。

"我带她们去她们想去的地方。"

"然后呢？"

"做她们想做的吧。"

接下去，他默不作声。

墙边堆着一些画，我一张张翻看着。一张张白色的画，各种各样的白，仔细看，其中有一个个乍一看难以辨认的人，需要很费力才能依稀看到他们的身影，有些人在沙发上坐着，有些人倚在床上。

"这是什么？"

"我遇到的人们。"

"为什么他们没有颜色？"

"需要颜色吗？那不是颜色的问题。"

"会拿去展吗？"我问。

"不会。只是我的记录。"

"记录……这些人重要吗？"

"对我来说，有什么人是重要的吗？……对你来说，什么人重要呢？"他明知故问，脸上是玩世不恭的笑。

"你已经把她拿走了。"

"没有别人能拿走谁。你很清楚。"他像透过玻璃珠一样的眼睛在直直地看着我。

那一夜，我们并排躺在他工作室的床上，有一搭没一搭缓慢地说着话，我讲到对安的感情，渴望她成功，替我去实现那种成功，他没有安慰我，只是听着，我们没有做什么，我差一点儿相信他也没有和安做什么……那已经不重要了。

他要飞去巴黎,清晨,我们疲惫不堪,分别去冲了淋浴,我记得他站在那面镜子前对我说:"这始终都是别人的身体。"

"怎么会?"

我忘不了他当时的样子,瞄着镜子里苍白、瘦削的裸体,微笑着从镜子中看着我:"我曾经有别的身体,我以为不快乐是因为我想变成现在这样……可是……这像在开一辆别人的车。所有所谓'创作',遇到的你和其他那些人,好像都是为了让我搞清楚这是怎么回事。……可我还没有搞清楚……"

9 最后一个盒子

人走了一多半,许多人发现了自己的盒子已经羞愤离开,另外一些人在这个令人头晕目眩的空间里饶有兴致地一次次钻进盒子,即使他们无法判断哪些看过了,哪些没有。

有一个盒子上有两个不易察觉的数字,既是 0 又是 53,首尾相连的回文端点。开始,也是结束。盒子里寂静无声,有一张小孩的彩色照片,短发的孩子严肃地对着镜头,瞪大了黄绿色的眼睛。

我相信那是女孩。

2018−01−02

在废墟中
寻找
那个女孩

"操！"他突然从圣母像后面窜出来，让我吃了一惊。他有点儿不好意思地看看我周围。

太阳正落山，角度不够低，我一直在看地上的影子，没发现他躲在那后面，大概他很长时间没有移动位置。我放下手里半举起来的三脚架。

他嘴角在紧张地抽筋："准备用那个打我？"

我不置可否："你在这儿干什么？"

他戴着大黑框眼镜，穿着卡其色半长的风衣和裤边磨毛了的牛仔裤，背着一个挺大的双肩背包，像一个御宅族、上班族、超龄学生的综合体，风衣里可能是半裸的上身，可能穿着有海绵宝宝图案的套头衫。像是等我的观察告一段落，他才开口说话："城市废墟，挺有意思……我来看看……进来之后觉得不好玩，我……不知道地铁站该往哪儿走……"他傻笑着，"哪儿都差不多，只有它明显……"他指指身边的圣母像。

这片五个月之前拆成了现在这样，刚拆完的时候比现在新。现在这儿已经蒙尘了，断面清白的废墙变成了灰黑的正坏死的残尸。不过，最后一家钉子户刚被拔掉，施工方围起了简易护栏，贴出了工程告示，接下来要清理场地，挖下深坑，把大楼盖起来。

我指了通向地铁站的方向，那边有个塌了一半的楼可以做地标。他微笑着看着我："你在这儿干什么？摄影家？"语调略带讥讽。我还是告诉他，我在拍废墟。

"那你是什么立场？该不该拆？如果他们不拆，你就没饭吃了吧。"

我的手指攥住了三脚架。和那些醉心于自我创作、为了"艺术"上山入地的摄影师不同，我……为了钱。一家国外杂志需要中国拆迁的照片。本来这是个两个月的活儿，但他们感兴趣的不是平静、有美感或人情味的废墟，要的残酷的场面，可是，我根本没机会看到激烈的强拆对峙。我不像那些新闻记者，能很快地收到消息奔赴各地，再者，我缺钱、懒散……反复来这个废墟，是因为这儿有个钉子户。关于拒绝在合同上签字的那一家人，我设想过很多之前在网上看到的极端行为，想过好几组拍摄方案，他们实际上并不住在这儿，只是锁了门，在楼门和树之间拉了一条白底红字的横幅，他们甚至没到现场和拆迁队的人对骂过。一个来捡东西的老头跟我说，那家人也有点儿背景和关系，所以，他们不需要动刀动枪，只要在办公室里谈判，围绕着钱钱钱。

我转身就走，眼镜男却跟上来："当摄影师有意思吗？"

我没出声。

"看着很酷，应该有好多小姑娘迷你吧？背着专业相机跟背着吉他似的。"

我有时候想那是因为我干不了别的了，"你是干什么的？"

"我？……"大概我的眼神很坚定，他只好说，"翻译……不翻译小说、诗歌，我翻译说明书、使用手册……你看那个铲车，有很多手册，怎么驾驶、怎么维修，出了安全事故怎么办？有个钮是报警的，有个装置是急停，有个微妙的设计是为了……你知道有人绞进履带里该怎么办吗？……"他摸了摸自己的眼镜，没再说下去。

"你到底来这儿干什么？"我问，他不是看什么废墟的……

"找人。我女朋友。"手伸进风衣口袋，他掏出一张照片，合影，他的女朋友双手攀着他的肩膀，比他高一点儿，"见过她吗？"

"没，"太干脆显得假，我又说，"也许碰到过。"

"不问我为什么来这儿找她？"他笑眯眯地。

"为什么？"我向右穿过一座房子的地基，那里留着客厅的地砖，沙发长年不动的脏印清晰可见。

"她喜欢废墟，哪儿拆了她去哪儿，带着一个猫包，前后有小门儿，上面弧形的，"他用手比画着，"每到拆迁的时候，好多人把猫扔了……平常管它们叫着'儿子''闺女'，结果说不要就不要了，人真残忍……她挺有爱心，跑到这种地方来，一次一次，把猫送到爱心猫舍去。"他紧走几步，到我前面停下，看着我，"还想不起来吗？"他的手像通电的机械手臂，挥动着手里的照片。

我摇摇头。

"你没细看。"他冷冷地说。

我站住，探头靠近他，又收回来，"恕我直言啊，她找别的男的去了吧。"

他脸色一阵发白，说不出话来。

"她长得挺好看。"我向他手里的照片歪了下头，"这种姑娘，漂亮……热情……缺人吗？"

"……对，她是……她说，在这儿遇到一个男的……她很喜欢那个人……"他扶了扶眼镜，"他们不合适……"

……不合适……从他嘴里说出来……我深吸了口气："你想怎么样？找到那男的？再找到她？她要真跟别人好了，你就当没这人吧。反正你们不合适。"

他盯着我的眼睛，我只好拨开他，继续向前走，绕过半个公共厕所，他在我身后嚷着，"她要跟我分手会和我直说。"

"往好了说是不愿意伤害你，往坏了说是想接着耍你。"

"不可能，她只是没机会来找我。"

我回头看了看他，他抹了抹鼻子。

"我前天来过。"他说，"她的猫包在那边。"他指指我们走过来的方向。

"所以，你知道地铁站在哪儿。"我站住，转过身。夕阳在一个恰到好处的角度，阳光有点儿发红，照着他和他身后的半片废墟，他的镜片在阳光下微微反光。

"我问她那是什么人，她不肯说……在那之前，她说她遇到个摄影师……你见过她，对吧……"

我笑了，挠了挠眉毛："何止见过她，前两次我带她去吃饭；第三次……我就看出她不是来找什么猫的。"我等着他低下头，"我把她带回家了。之后……见过好几次，你肯定不想知道我们干了什么。有天她说她有男朋友。我说分手吧，就再没见过她。你也没见到她，那是她找着别人了呗。"我跳上旁边的平台，打开三脚架，掏出相机，拍下整个废墟的全景。

他等了几分钟，爬上来，靠近我。正要让他离我远点儿，我听到一声奇特的闷响，后腰上一阵刺痛，"你干什么？"

他笑着："医学手册里说有的角度不一定立刻死……"这时，他把带血槽的短刀从我身体里拉了出来，我惊讶地望着他，他从我皮衣的下方刺了一刀……又一刀……我想起安东尼奥尼在他的随笔里写，有个女孩刺了一个男人十几刀……这种疯狂的行为里有种亲密。

当初我在圣母像的前面，用三脚架打了她的头……在她身后举起三脚架的时候我想，只打一下，然后叫救护车……当她流出血，我却忽然意识到……这不够……最后……她的肢体在痉挛，指尖的颤动持续了好一阵。清晨清淡明亮的阳光，边缘微微有点儿朦胧的美，从圣母像身上洒下来，再滑到她身上。她看着我，充满疑惑，我不得不重新从拍照的断墙上跳下来，移开她的头，让她的目光与镜头错开，这更自然。

圣母像底座后面有个小门，趁她身体还没僵硬，我把她塞了进去。猫包，我找过，找了很久，手一直抖，无法确定她到底带没带猫包来，只好在天大亮之前放弃了。用这儿破旧的水龙头里的水冲掉手上和脸上的血，我把沾上血的薄雨衣和手套放在垃圾袋里扔在了隔几条街的垃圾桶里，沾血的深色裤子用漂白剂泡了一夜，第二天扔了。

我用带着相机的三脚架打了眼镜男，自己从高台上跌下去，爬起来比我想得难，不是疼，而是特别特别沉重，四肢、躯干，像被挂上了大铅锤和石锁，我摁着伤口，环顾四周，向谁求救？这儿太大了，只有乌鸦、喜鹊嘎嘎飞过。回过头，他拿着我的相机包，盖子开着，气吹和最贵的镜头正滚出来……这个时候它们什么忙也帮不上。他从侧面的网兜里掏出我的手机，当着我的面扔过了那半间厕所的废墙。他向我走过来，我知道他要赶我去哪儿。

直不起身，我像只受伤的狗，四肢着地地往前攀着走，一旦我稍微放慢速度，他就狠狠踹我的腰，我嚎着，爬到圣母像后面，没力气拨开那个小门，用指甲抠着那个严丝合缝的门。上次我为了关紧它，不得不拿砖头砸了又砸。现在，眼看自己的指甲裂开，向后翻，那扇门里传出轻微但清晰的恶臭，里面的情景我不敢想象……他踹了我的腰……

那扇门里的，是一只死猫的尸体……我茫然地看着他，他脸上沾着我的血。

"进去。"他身后的太阳马上要消失了，他的黑影和天空的黑影融为一体，罩着我。

当介绍我给外国杂志的中间人打来电话说我的照片不行、没有冲击力的时候，我问她，怎么才算有冲击力，她说，你这个白痴，要死人啊，死人啊！拍那些被打死的人啊！

我用破碎的指甲抠着那扇从外面锁死的小木门，那该死的混蛋用强力胶条缠着我的脚，包住了我的头和嘴。这时，我竟然在想我的照片……我最好的、最有冲击力的照片还没发过去……

2014-02-28

253

说不定
这里就是
你们的归宿

　　车刚到镇口的时候，我看见镇长在张望，像在衡量我们车的价格。他脸上挂着忧虑和期待，眼皮和眉头都皱着，露出苦笑却极为热情地招待我们："这里穷乡僻壤，没什么好东西。"指着墙角的两箱蘑菇说，"回头都拿走，拿不了给你们寄走。"菲菲在身后笑着说："您想得真周全，我们车上已经放不下了，本来拿捏不好要看几家，带了太多东西，前天刚到绿水县他们送了好几箱明前茶。"镇长的脸色发绿，他旁边的镇长助理立刻掏出手机发起了微信。

　　镇长把我们引进他宽敞阔绰的办公室，那里看起来有八十平米，摆着鱼缸、金蟾，墙上挂着黄纸、桃木剑，办公桌微微倾斜，和他身后的书柜形成一个小夹角。招呼我们坐在很难站起来的柔软沙发上之后，他坐在我们对面的藤椅上，甩开双臂为我们泡茶。我说："不用太客气，我们来只是看看园区符合不符合我们高能所的需要。""好好好。"他应着，"茶总还是要喝一杯。"菲菲称赞起茶叶来，满屋飘着我都能闻见的茶香，这一幕在昨天已经在绿水县演过了一遍。镇长正要把茶叶滤掉，我说不用了，给我都倒进杯子里就好。他狐疑地看着我，照做了。我吹凉了茶水，把没沉下去的茶叶吞入嘴里，嚼碎那些茶叶，让茶碱浸泡着牙龈的嫩肉。与其说我喜欢那点儿兴奋剂的作用，不如说我更喜欢镇长压抑不住的惊讶表情。我想赶紧钻进旅馆，打开我的南疆烟叶大嚼特嚼。菲菲笑着说："我们陈副所长就是这样，科学家，人都比较怪，您别在意。"镇长嘴上说哪里哪里，却点着头。

　　所谓的园区和在绿水县看到的差异不大，明明是同样的三五年间建成，可是充斥着截然不同的十几栋建筑。有一些有使用过的痕迹，实际上里面空无一人；有一些建到一半，现场却没有工人。国家补贴光伏的时候这些园区叫光伏技术产业园、光伏科技开发区，国家补贴环保企业的时候这些地方叫环保科技园、环保产业示范区，最近国家下了政策要补贴高科技产业，于是各省各地都在寻找"高科技"的突破口，可又拿不准什么是高科技，显然光伏、环保都不能算在内了。而一个叫"高能研究所"的单位，透着就那么高科技。他们发来了邮件、邮寄了红头文件和园区的宣传册，邀请高能研究所入驻园区，实际上为他们申请省里的专项资金铺路，绿水县的县长助理喝多了之后说如果申请下来可能有几百亿，这么大一笔钱能不能弄来，省里也很着急。

　　眼前为了迎接我们的到来，园区的湖里一座高压喷泉正铆足了力气向高空喷水，天空中留下一条短小无力的彩虹。

　　镇长说："讲老实话，陈所长呀，我们镇的园区是建得最晚的，所以条件设施、建筑设计都是最好的呀，这在我们省都是有名的。您之前看的那些都比不上我们花的心思。"看我盯着彩虹不作声，他又补充说，"看看这喷泉，别看我们小地方，正经从德国进口的

255

技术设备，德国工程师亲自安装的。开足了能喷六十米，二十层楼高哒。你看湖边上那座楼，是我们请上海的建筑师设计的，以后完全作为你们高能所的驻地，里面硬件条件绝对超英赶美。"

我笑了，好久没听见有人用"超英赶美"这种说法了。

他观察我的表情之后继续补充说："那玻璃和苹果店用的是同样的，相当国际化。"

"那楼是不错，不过……"我说，菲菲微微歪头的意思是，现在说么？时机到了吗？我点点头，"如果我们高能所进驻这个园区，恐怕有几件事您要清楚，再考虑让不让我们来。第一，我们的工作环境不能有水，所以这个湖、引水的河、那个坝……"

"没关系没关系，我们把水排干，本来这个水也是河水改道的，让他们周围农民重新去养鱼。"他抹着脸上的汗，"我们都理解，科学需要没关系。"

我微微笑："那倒不是，是我们所所长，他很怕水，曾经有一个算命大师说他将来会落水而亡，所以他看见水害怕。"

菲菲见缝插针地对镇长助理说："其实绿水县的园区我们只能是看看。"

镇长助理慢条斯理地说："当初这个水面请大师来算过的，我们西面有山，东面远处有河，大师说一定要把水面引过来才能有财气，本来说西面两山之间必须堵住，免得财气外流，这工程实在太浩大，我们只好在两山之间拉了条横幅。"

镇长讪笑："不要听他乱讲，这都什么乱七八糟的。"

菲菲立刻接过来："不乱不乱，我们所长信《易经》的，他认为你当下的一个行为和决定，以后说不定都带有宇宙弦论的意义，你们听过'薛定谔的猫'这种说法么？或者测不准原理？……嗯……这么说吧，他认为生活和宇宙一样，充满无限可能，所以要想测算，要靠各种能量……嗯……再换种说法，比如，他有一次肾结石犯了，进医院大门之前，一看有三道门，就先用龟壳给自己算了一卦，最后选了右边的门。"

"那得让你们所长来给我们看看……"镇长助理看看菲菲，又看看镇长。

"园区的环道现在有多少米？"我问。

镇长想了想："怎么要有六里多吧。三公里、三公里。具体的我要把他们叫来问清楚的。"

"我们高能所下一步要做一个对撞机，这条环路挺完整，以后可能是对撞机的建设基础。"

"好啊好啊，没问题。"镇长双眼放光看着我。

"但是恐怕外围三公里之内不能有人和车，对撞实验非常怕微小震动。"

镇长的双眼立刻黯淡了："有点儿难办，我们得去省里协调，三公里之内有一条省道，一条高速，本来这是这个园区的交通优势……"

"看国家资金是否能到位吧。"我悠悠地说。

"如果我们把道路改道，您看还有希望选在我们这儿么？"镇长助理急切地问。

镇长瞪了他一眼，似乎嫌他说得太容易，助理露出惨淡的笑，意味着问问总无妨。

"那栋楼对我们所来说倒是合适的。"我扫视了面前整个园区的建筑，并没有把目光停在某一栋上，"也许你们不用担心，对撞轨道建立至少要三年时间，实验准备需要十八个月，那之后没有干扰就行了。我们俩先来踩踩点儿，从各地园区中挑出那么两三个，让我们所长亲自来看。上个礼拜已经在深圳看上了一家，可惜也有不满足对撞设置条件的问题。"

镇长助理脸上带笑："这么说我们还是有希望，既然绿水县是肯定不行了。"他看了看菲菲，菲菲笑着冲他点点头。

"坦率地说，我们是有倾向的，高所长老家在这里不远，乡音难改，他相对喜欢这里多过深圳。深圳也有一些其他条件……"我说，"一旦签约入驻，除了把高能所的实验基地搬过来，我们还要解决几百人的住房问题……"

"这个没问题啊。园区都设置好了，就在东边不远。您看那几栋尖顶高楼。"

"……另外是，我们的实验会产生一些其他后果，最好把园区外的居民搬迁，这个我们会给您一个范围图。"

"没问题没问题，这里本来都是农田，没有宅基地面积，你看到的那些房子都是他们自己瞎建的。拆。"

"那咱们回北京吧。"我对菲菲说。

镇长愕然，看看表，着急地说："吃午饭吃午饭，我早让他们备好了。"

"不必，情况已经清楚了。"

"可是陈所长，下次你们……高……高所长，什么时候再来？咱们就此定下好不好？"

"我们想定啊，最近这几个礼拜跑死了，我都晒黑了。"菲菲噘着嘴说，"我们只是传话的，每个园区的优势、缺陷，都要向领导汇报，尤其是让他了解有没有什么硬伤、合作意向充分不充分。"

"请陈所长多美言几句。"镇长像恍然大悟一样给我递烟。

我摇着手推辞了，转脸和菲菲说："准备好了咱们出发回北京。明天高所长从苏黎世高能会上回来了，汇报情况尽快定地点。"

菲菲说："好的，没问题。"面有难色地问镇长助理，"这附近有卫生间吗？"

镇长给助理使了眼色，他赶紧带着菲菲走向了最近的一栋大楼。

"陈所长，我们镇上对高能所能不能过来是非常看重的，北京的高能所能够到这个园子里来，打出这个旗号，那其他研究机构肯定是要追随的，以后高科技园区是我们镇的重要特色，相关的一切费用，不仅有国家和省里的支持，我们镇上也出些力。所以您看是不是能想想办法，帮帮我们。"他再次递过烟来，我又推掉了。

我沉默了很久，直到镇长从慷慨陈词变得嘟嘟囔囔，他已经把他们的困境、优势车轱辘话一样说了两遍，而我对他们在艰难中实现脱贫致富的梦想并没有多大兴趣。

菲菲和镇长助理有说有笑地回来了，她看见镇长立刻从她手里的公文包里掏出两张红头文件，一张是证明我和她的身份，一张是高能所要寻找实验基地的批文。

"您看我这记性，我们到其他地方都是先出示这些文件，刚才姚助理说起来我才想起到您这儿动作太快了，忘了忘了。"

镇长反复看着文件，说："唉唉，其实不需要，一看你们就是真的。自从有了高科技扶持这回事，我们这儿来了不少骗子。你们不一样，是我们主动邀请的。"

"我们是真觉得这儿不错。"菲菲说。

我瞪了她一眼，她吐了吐舌头，说："陈所，给他们支两招吧。高所长来之前得准备准备？"

我环顾了两圈，说："那栋楼在我们下次来之前要刷成金色。"我选了一栋楼，一指。

"这……"

"我看了看，那个方位很重要。以后我们主要实验应该都在那里。"

镇长先半张着嘴，又笑着说："好好好，懂了懂了。"

汽车开出镇长的视线之后，我把车停在路边，和菲菲换了正副驾驶的位置，她已经数过蘑菇箱子里的钱了，那是姚助理塞进去的。"这一路还可以吧。"她脱掉高跟鞋，把扎着的马尾解开，抹掉唇膏。

"嗯。"

"师傅说得没错，你挺适合干这行，没人知道你想要什么，心里都着急得很。"

我蜷在车门旁边，没说话。

做一个假网站的主意是菲菲出的，这种愿者上钩的做法是不是真的能吸引人上当，我本来是怀疑的。

我反复想着镇长送行前的话——"希望我们这里是你们的归宿。"为什么用"归宿"这种词，而不是"选择"？

这就像师傅说我，吃这碗饭是命中注定，你早没别的路了。

2016-07-16

有
很多的
公园

晚上八点多的时候，杨顺打电话过来，我正一边抽烟一边用时热时冷的水冲刚吃过饺子的碗。速冻饺子被我大火煮烂了，捞出来的时候是一碗烂面片加肉末菜末，让我想起我妈。小时候她总是特忙，把冻饺子往锅里一扔不管了，我跟她差不太多。

"看月亮没有？"

我随口说："看了。"

他似乎在侧耳听："你丫明明在洗碗。现在是月食。"

"哦。"

"一百五十年一次。"

"哦。"

"哦个屁。"

"当年狮子座流星雨不号称多少百年一次，下完了，这不别的流星雨又来了么？"

"啧，月亮只有一个。"

他像肩负着教导我的责任打车到我楼下，从车里钻出来给我打电话叫我下去，我在楼上看着抖腿，听他在电话那头说："真他妈冷。你丫下来多穿点儿。"

虽然我从衣服堆里抽出一条没口子的厚牛仔裤穿上了，但没想到走到一楼没出楼门，脸上感到的凉气让我产生了畏难情绪。

杨顺问我，去哪儿看月亮呢？街上除了停着的车之外，一伙伙的人中邪一样呆看着月亮的方向。离我们最近的一家人架起了高倍望远镜和长焦相机。

"现在回我屋里喝酒还来得及。"虽然腾出人能坐的地方有点儿困难。

他挠挠头，从过大的大衣兜里掏出两瓶瓶身上是美女标记的液体，路灯下，那里面的液体有着可疑的绿色，以我的经验，这种通常比瓶身上画骷髅的更要命，他望着天，说："月亮一会儿往这边儿转，就到那大楼后面去了，他们看得见屁啊。走，找个地儿。"

我跟着他走到以社区命名的小公园里，这里确实站着不少人，从几栋楼之间看着逐渐发红的月亮。杨顺转了一圈，发现一个长椅，招呼我过去坐下："瞧你丫冻得……"说罢拧开一瓶酒给我，他跷起二郎腿拧开另外一瓶。

"这地儿不错啊。"他摇头晃脑地看着周围。

我谨慎地扇闻着那瓶酒，浓烈的酒精气味扑向我，出于好奇和为了挽救急速下降的体温，我嘬了一小口，瞬间那种辣中似乎携带着一点儿甜味和药味的液体像一条燃烧的汽油线划过我的舌头，滑过我的嗓子，进入喉咙和食道，能清楚地感到它下滑的每一毫米。

"这儿每天晚上有两拨老太太们对战广场舞，放不同的歌曲，有不同的领舞。那旁边的楼，什么社区服务中心，实际上里面是婚姻登记处……和离婚的地方。"

"够清楚的啊。"他喝了一口酒，辣得眼冒金星，面部肌肉挣扎了半天，"前社会主义国家的东西真是不能随便尝试……我喜欢北京，其中一个原因是北京有各种各样的公园。这种特小的，一个花池子加几圈树几圈冬青都好意思说自己是公园了，还有那种巨大的特别豪华的——我到现在都没有从故宫这头走到那头过，可能都没走到过中点，不是被大风吹死就是被太阳晒死，赶紧往回走——都是公园，怎么差距这么大。"

"在每个城市，有很多的公园 / 它们总是不停，在梦里旋转 / 它们走出黎明，迎接黑暗 / 相爱的人，在那里撒欢……"我用手指和酒瓶比画着鼓点唱起这首歌，"听过么？和平和浪乐队的，《公园》。"

"有点儿印象。算是新乐队。"杨顺斜着眼看我一眼，身体在微微跟着节奏抖，舔了舔嘴，"跟你说过吧，我小时候跟我爷爷奶奶在长治。八九岁的时候看一个小学生的报纸，有篇小文儿，一个小孩儿写她爸妈带她去游乐园，坐摩天轮。我操，什么叫摩天轮，那时候我从来没见过你知道么？那天晚上正好跟我爸妈打电话，我问他们，什么是摩天轮？我妈在电话那边哭了，后来老子进京了。早上下火车第一件事是去公园玩，第一站，石景山游乐园，我一进去就在海盗船上吐了一身，我妈好不容易把我擦干净，特绝望，我看着摩天轮跟她说，我想回家。其实我说的是长治……我有女朋友第一件事是带她去石景山游乐园，接受了教训，进去第一件事先排队上摩天轮，排了俩小时，摩天轮滚到高处的时候我就凑过去亲她，我说你叫吧叫吧叫破喉咙也没用。"杨顺露出一个淫笑，举起他手里的酒瓶，对着月亮伸过去。

264

"后来呢？"

"谁知道丫反客为主啊，管理员开门的时候，我正抓着摩天轮小屋里的铁条说，别别别……"

我哈哈哈笑着，不知道这笑有几成来自酒劲，不知道这是月食的哪个阶段，它已经变得通红，像一块圆圆的红薯干。

"你小时候喜欢去哪个公园？"

我妈很少带我去公园，她把我们相处的几乎所有时间都花在看着我练鼓上。为什么她孤注一掷要把我培养成一个音乐家，而不是真像她说的那样二十年前就对我是个废物这事认了命，我到现在也没想通。我跟我妈不去公园，练鼓，要么搬家。练鼓很容易和邻居起冲突，无论我们用什么办法掩藏那些声音都没用，另外，她也不想再见到我爸，或者只是不想让我见到我爸。

"是北海吧……一个风和日丽的下午，我们吵完一大架，我妈动手了，我脑袋磕门框上出血了，她慌了，给我涂药，带我出门吃了顿好的，然后去北海公园，她掏钱租了船。"我记得她从钱包里捡人民币的手指，"天鹅造型的脚踏船的押金比手划船多100还是200，她琢磨了半天，想着下礼拜带我去上课得给老师钱，特怂地租了手划船。她不会划。我也不会啊，坐船都是头一回。而且……她当时特别注意保护我的手，我又不用弹琴，她却认定什么事也不能让我干。"

杨顺笑起来。

"她没什么劲儿，划着划着累了。我要划她不让，两人特别蠢，在那么小的船上争两条桨，她揪着一个，我握着一个，气急败坏，站起来去抢她手里那个，船晃啊晃啊，她怕我掉水里，揪着我啊啊地叫我坐下……后来她一着急，手里的桨也滑水里去了。记不清楚我们的船为什么在那么一个诡异的地方，明明北海水面那么敞亮那么大，我们的船却在一个特窄的地方，水挺急，我们俩去捞桨，怎么也够不着，它还越漂越远，我用我手里那条桨去够……噌又掉水里了……"

杨顺嘎嘎笑，酒从鼻子里喷到他稀疏的胡子上。

明明这时候应该冷得刺骨，大概是我们喝的酒引起了体内的反应，我感到胃里的火正点燃躯干，喷涌的岩浆正向四肢奔流，想记下来，写在歌里。我按了下兜里的手机，没有掏出来。

"我们傻逼了呗……"记得我想跳下去够，我妈死拦着不让。她知道我不会游泳。我特小的时候我爸骑车带我去玉渊潭公园，想教我游泳，但我差点儿淹死，从那之后我们只在岸上玩。有好多年，在我从长得像我妈变成我爸的复刻版之前，我想不起他的脸，只记得他站在玉渊潭湖边往湖面上扔石子的姿势。他总能找到很薄的小石片，一出手，那东西就像一个特别活泼的小鹿，窜着往前飞，能弹二十下。有时候他都不耐烦了，我还看着水面。

"……你们怎么出来的？"

"我们……被困在那个支流里了，本来去得晚，其他船都回去了，我们俩还在船上互相冷暴力呢。快八点了吧，被一个四处溜达的工作人员发现，他找人开快艇来拖我们。被三五个人一通教育，我妈还写检查。"

"哈哈哈，我有一回，跟我几个同学，仗着其中一人的妈在颐和园工作，关门之前蹓进去，打算看看里面天黑什么情况。好么，……这个阴森寒冷，跟现在的感觉差不多，"他把手从裤兜里伸出来，"手手脚脚，被一种神秘的力量干扰……我们明明在离大门很近的地方，山都没爬到顶，半山腰，可能都没团城高，就是怎么走都走不出去，怎么走都原地打转。有个女生戴着一头绳，有两颗红色塑料球那种，我说你借我使一下，回头赔你，挂在一棵树上，我们在半小时里，经过那棵树三回，那还是意识到我们在原地打转之后，估计前面怎么也得绕了三回。等看见一个管理员拿着巨大的手电跑过来，我真是热泪盈眶啊。他带着我们一边往外走，一边说，我跟这儿工作二十年心里都没底，你们真来劲。我记得跟着他走，头上有一个大月亮，巨大……"他朝天比画出一个大脸盆的直径，比眼前红彤彤的月亮大好几倍，它现在像停在血月的状态完全不会恢复了似的，与此同时，正一点点逼近我们。

"月食是不是意味着坏事。"我问。

"是么？"他搓搓手，递给我一颗烟，给我点上，他也点上自己手里那颗。"我倒觉得是好事。你说现实里，哪儿有破镜重圆？只有追悔莫及。什么事儿能破镜重圆，大家心里不留膈应呢？没有。你看月亮，不管那个，一会儿就好，明天照旧。有什么不爽都能借此散一下，最后能复原。多好。"

我一边抽烟喝酒，一边想着他的话，慢了几秒才笑出来。

"2005年有一次月食，说北京能看到后半段，我琢磨着，什么地方看月食好呢？得眼光开阔，没什么遮挡，我带着小花跑到天坛，简直是太聪明了我，哪儿有地方能像天坛那么开阔？四月底，春风拂面，晚上六点多，我们吃完饭，挺胸叠肚地去了，走在皇上那条石头路上，那叫什么来着？在祈年殿和那个什么坛之间的，当时感觉古人太会玩了，故意把那条路修得高高的，树都种两边儿，在路下面，有个高差，"他伸手比画着那距离，"所以你走在那个什么……对，丹陛桥上……你说老祖宗怎么想的，这名字起的，蛋逼……真是绝了……"

我们借着酒劲哈哈大笑，周围原本盯着月亮的人都回头看着我们，自觉地拉远了和我们的距离。

杨顺擦擦眼角说："走在蛋逼桥上觉着天真高，你离天比别人近，周围只能看见树尖儿啊，没上太空跟上了太空感觉差不太多，比别人高一大截。说真的，我被叫去柏悦楼上吸烟室里跟人扯淡，透明玻璃，两百多米高空，北京城全展在眼前，我双腿直软，都没有在天坛感觉爽。站楼上往下看，想的是，我操，我谁啊，为什么在这儿，要干吗？在天坛，老子就是天子，普天之下莫非王土。"

"那天你看见月食了么？"

"很难说。天儿不是特别好。那天躺在丹陛桥上扛到七点多的时候就有点儿精神涣散了。"他做了灵魂出窍的手势，又挠了挠厚厚的头发。

"又去过么？"

"有时候有的地方会让人有一点儿怕。一瞬间感触太深了。我后来打游戏、看漫画，每次遇到'天上天下，唯我独尊'这句话都想起那一天的天坛。老祖宗真是太会玩儿了。有一瞬间我觉得星空都在冒金光……让你去看保罗·科埃略那本《朝圣》，你看了没有？里头描写那什么拉姆修行术，'蓝色之球灵操'，特别像我那天在天坛的感觉。又短暂又强烈……"他的声音低下来，像陷入了回忆，"越是这样，越不能再去了，再跑去，看见锻炼、唱歌的老头老太太，乌泱泱的人，我要是走在同一条路上没有同样的感觉怎么办？那段记忆记在一个专门的磁带上，如果再去一次，那个磁带说不定就抹了。"

不能确定我所想象的那种场景是不是杨顺说的，他最后说的感觉我却很明白，像我爸不再来看我之后，我姥爷每次想带我去玉渊潭公园我都死命抵抗。

我们陷入了短暂的沉默。酒不知不觉喝掉了五分之四，月亮正在逐渐从血月的状态挣扎着恢复，露出了白色的亮边。似乎没过多久，但周围几乎没什么人了。

杨顺摸摸我们坐的椅子，重新看看周围的海棠、迎春："我前面两种公园，中间还有一种。我们那阵做音乐的，好多人住在安德路，安德路上有一个人定湖公园，我们当时没事儿就往那儿扎。太神奇了，从一个小门进去，你猜怎么着，纯欧氏柱廊，一水儿的大理石雕塑，没穿衣服的大卫似的那种。"他这么说着摆出《沉思者》的姿势，"一层又一层的台基，大楼梯咣咣咣往上，边上欧范儿的一个个小狮子头……记得《甲方乙方》里黑灯瞎火的阿依吐拉公主出来的地方？中间有一个喷泉那地方，人定湖公园，太迷幻了。我之前不知道北京有这地方。关键是……你再往前走……豁然开朗，"他推开双臂，"眼前有一个湖面，往那儿一站立马跟刚才两重天。湖边有一组雕塑，蓝色的，像荸荠中间插了一个胡萝卜，一共五个，我到现在没弄明白什么寓意。绕着湖走，我第一次见识北京的舞场，一群群的老头老太太跳舞，都穿得倍儿漂亮，老头都穿皮鞋西装，老太太全踩着高跟鞋。我就想起高中男语文老师，讲到徐志摩，说为什么林徽因那么有魅力，徐志摩会喜欢陆小曼，按他的话说，女人会跳舞、跳舞的时候是两回

269

事。他脸上露出一种特别猥琐的陶醉表情，抖抖书说，你们还小。我在那个公园里突然明白了，投入跳舞的魅力。舞场上的老头老太太，烁烁放光。当时很惭愧，我自诩一个搞音乐的人愣不懂这些。"

"我妈以前是跳舞的。"我说，"不是那种，专业的那种。"

"呃。"这个"呃"字意味着他看不出来。杨顺见过我妈两回，她一次去酒吧砸了鼓，一次直接揪着他耳朵说他们带我学了坏，其他人把我摁在里屋不让我出去。他们想着无论我用什么方式跟我妈发生冲突都是大逆不道。杨顺后来蜷在椅子上，揉着耳朵问我为什么没跟他说从乐团辞职的事——"我都觉得没法跟你妈交代。"

"我特别小的时候看过她演出。看完之后我爸带着我在中山公园里逛，等她从后台出来。"我猛喝了一口酒，"……不过我不太记得她在台上什么样。我姥爷家有剧照，但看着不像。她扬着头，在舞台上白得发亮。"像现在正亮起来的月亮的边缘，她让周围的人变得无足轻重，"看演出的时候我坐在音乐厅前排的破椅子上，台太高，太亮，我只能看见我爸直眉瞪眼的……"我记得他在后台门口张开双臂等她，她跑着扎进他怀里。

"……你妈怎么样了？"杨顺爱兜圈子，心里越是有一定要问的事，别的话越多。

"还行……医生把选择都告诉我了。"我说，"你替我选吧。选项一，不治了，出院回家，医生说半年；选项二，八到十二万，手术、化疗、国产药，两年；选项三，二十万往上，五年。"我踩灭了烟头。

"后两种医生说的？钱……我还是能弄点儿。"他吞了两口酒。

"医生没那么说，别的病人家属说的。"我说，"我妈要选第一种……我爸上午来了，说他出钱。我妈说我要是用他的钱她不如死……她说她还不如早点儿死……怎么才叫孝顺呢……孝……还得顺……"

"这有什么可废话的，当然治病了，往好了治。二十万……凑凑，其他都再说吧。"他直直地盯着月亮，我听见他似乎轻轻叹了口气。

"我听小花说了，你还是想做乐队。"

他点点头。

"我要找个地儿上班，我爸给我安排。"我说，"他问我想干什么。我……除了打鼓、写歌，什么都不会……当初，我辞职，去找团长。"我记得团长先是大吃一惊又很快变得特别平静，"他跟我说，你受最专业的训练，走到现在，就算不是你的本意，也过关斩将，有多少人不如你，可能只差一点儿，进不了那个专业、这个乐团，你该懂，不是所有人都有资格'追求什么音乐梦想'，不是所有的所谓'音乐梦想'都值得人拿一辈子的前途去追求，到头来一事无成。"我叹了口气，"我就要废了，'一事无成'。"

"不会。怎么会。"杨顺的声音忽然变得非常低沉，他在唱情歌的时候才那样，"过几年再想到今天，都只是一时的难关。像你在北海上丢了桨，我在颐和园迷了路，嘴上不说，当时都以为要完蛋了，但不会的，不会完蛋的。"

"管理员会来救人……"我笑着，可杨顺没笑。

"你妈就那么一说，活着没什么好，谁真的想死呢？赶紧治

271

病，差不多了让她去人定湖公园跳舞，开开心心为了她自己活……再者……你爸是不是还单着？让他们俩搭伴去。"

我想象着那场景，笑得眼泪都流出来了。

"当初你妈说你辞职了，我心里一凉，心想怎么办啊，大好青年交待在这儿了。我怎么对你负责任……"

"那是我自己的事。"乐团出国演出的时间跟乐队的安排冲突，我知道我要问杨顺，他肯定说当然优先出国，无论他心里多么不乐意，绝对这么说。

"……所以后来……我都不敢跟你说乐队要解散，只给你发了条短信。"他说，"我太清楚了，你不会抱怨我，但我觉着这事儿不能这样。我还是要折腾，再不折腾就晚了。五月，去演出。现在没歌、没乐队名字……我要算你一个。"

"我可能……"不行……不行……

"把你的歌卖给我……"他斜着眼打量了我一下，皱着眼睛说，"反正你不是那种老老实实上班的……排练演出……写总能写吧……"

月亮正在变亮，公园里剩下我们两个人。他唱着我们表演过的歌。那真是个好时候。

2018-02-17

林中
巨船

为了不让女朋友立刻转脸到手机上——其实为时已晚——我说，今天我们聊起一件事，之前大家本来都忘了。她头也不抬地"哦"了一声，继续熟练地玩着"2048"，把手机屏幕上所有的"2"堆叠在一起变成 4、8、16、32……

参加聚会的六个人，我们小时候生活在一个叫"815"的军事科研基地。一开始的研究计划时长设定在三十年以上，基地的条件、设施都很齐备，小学、中学俱全，甚至一度在筹办大学。可是，这个基地最终只运转了十年。我五岁的时候和爸妈一起来 815……

"哦。这我听你说过。"她心不在焉地说，"不就是'拿放射物当玩意儿'？"

早先为了吸引她的注意力，我投其所好地说我们小时候都拿放射物当玩意儿。小孩们不知道那东西有什么危害，科幻故事和漫画里当然看过，你会变成巨型章鱼、哥斯拉、绿巨人、超人。我们发现了一个灰色的圆柱体。那东西不大，不太长，比一般的金属重，谁拿着手心都微微发热，似乎它的热量会渗透出来，最终变成一根红棍，像烧透的炭棒。手心的热流让我们认为它代表某种特殊的秘而不宣的权力。我们将那东西视为权杖，只有当头的才配拿着它。在知道那是放射性物质之后，我们都为曾经留在手心里的热量害怕，第二天或者第三天，手确实脱皮了，我们惴惴不安，想着手或者胳膊要被截肢了，头发要全掉了，人要变成畸形了，竟然没有一个人想过我们会得到某种不知名的力量变成超级英雄。

实际上，让我们手心发热的是表面的一层防护涂料，对人的皮肤有刺激性。那些放射性棒棒本该堆在一个管理严密的仓库里，我们中间没人病、没人死以至于我们谈起这事时不太相信那真的是一些放射性物品，唯一可以证实情况严重性的是大人们暴打的强度。我讲到这件事的时候，女朋友两眼放光，在她眼里我像经历了类似于广岛核爆炸的人间惨剧之后活下来的幸存者，她摸着我的头，带着怜爱。

为了延长这目光，增加怜爱的强度，我夸大了我们把玩放射性金属棒的时间长度，把一天半说成了三个月，把一个被军车撞断腿的同学说成了因为放射性物质而截肢。

我说："不是，不是，今天我们说起来，我们以前经常去基地外面的树林。"

815并不是典型的军事基地，没有掩藏在群山之中，周围没有沙漠，不是处于光秃秃、布满黄土的西北平原上，而是在一片林地里。我们坐在吉普车上，沿着一条路在林子里穿行了很久才到基地。这在我心里留下了特别深的印象，树林并不像动画片上那样翠绿温暖，而是又冷又黑，除了贴着道路的那几行树之外，树林像是黑洞洞的一口大坑，深不见底，暗藏杀机。我哭着说，我要找奶奶，我要回家，这里可怕。我的父母冷冷地说，闭嘴、别闹、快到了。

最初几年，815防护严密，有高高的围墙，进出都需要证件和批件，即使小孩儿也不例外。五年过去了，基地负责安全保卫的武警部队总司令在办公室猝死，有人说副总司令杀了他。过了半年，才有新的总司令和副总司令带着一群新的人马来。在空档期里，我们这些淘气包找到了许多自由出入基地的秘密通道。

树林紧贴着基地的围墙，我们钻过墙洞之后直接走进又冷又潮的树林，脚下是二百万年的树叶，没过膝盖，像走在漠河的雪地里。

女朋友笑了，低着头重复着："二百万年的树叶……"为了避免不必要的争执，我没接茬。

除了表面的一层树叶很干很脆像薯片以外，下面的树叶很湿很凉，软的，散发腐败的气味，再往下，变得温乎乎，像久置的尸体，逐渐有了硬度。我们身边的树像有几千年历史，高耸入云，长势疯狂威武，两三个人都合抱不过来。

她终于抬起头，看着我："你说在中国？"

我们无数次想打退堂鼓回家去。冒险没有目地，不知道到底要去哪儿、干什么，腿很凉，感到越来越饿。走了一个多小时，在树林里突然出现一块平地，没有树，土地，很干，很硬。踩上去的脚感让人怀念。平地上，有一圈围墙，我们沿着围墙走，看到一个大门，两边是水泥墩、砖柱子、架着弧形的黑铁架子，上面挂着生锈的红五星。一看就知道这里没人，门上挂着链子和锁。我们凭着身体小，从两扇门和链子之间的缝里挤进去了。

"里面有什么？"
"船。"我说，"一艘船。"
"哦。"她泄了气。

重点来了。那是一艘非常大非常大的船，至少有100层楼高，可它是木头的。一个架子托着它，我们从船身下面往上看，船底是木头的。宽度，至少有250米宽吧。

"100层？ 350米高？ 250米宽？ 船？"
这就是我们被它吸引的原因，它大得不合常理。
"那它得多长？ 1000米？"
我想了想说："我觉得得有那么长吧。"
女朋友哈哈大笑，不是愉快的被打动的笑。我不满地看着她，直到她擦掉眼角笑出的眼泪对我说："你想啊，那比金源燕莎还要长，100层楼高的金源燕莎。一艘木船？？这怎么可能！"
"如果不奇怪，那有什么可跟你说的呢。"
"这么'了不起'的事，你今天才想起来？以你的性格，之前早跟我讲两百万遍了，就像放射性物质一样。"
"因为太大了！我也认为不可能才一直没说。说了你也不会

276

信，像现在！但我们六个人今天都想起那艘船了。"

"一群小屁孩共同的想象吗？尤其是男孩，长长的船可是意味深长。It makes sense 呀。"她撇着嘴，嘻嘻地笑。

脸上发热，恨弗洛伊德，为了控制住表情，我抹了几下脸。

我们发现船的时候很兴奋，围着巨船走了好几圈，没有找到任何爬梯，没法爬到船身的托架上去。只能在船身底下仰视，我们试着在每一块看到的木条上寻找线索，那上面什么也没有。船的周围，像一个废弃的中学，空荡荡的，杂草丛生，有一个灰突突的小楼戳在旁边，大概三层？也许两层。

有一阵，我们几乎每天都去看那艘船，期待着有什么人会出现在那个荒废的院子里，不必为我们讲解，哪怕是凶神恶煞地赶我们走也好。这样我们会确定它是个秘密。

我们之中年龄比较大的那个砸开了小楼的门玻璃，带着我们从窗洞里爬进去。走过传达室，那里有报箱，上面一格格贴着不同的人的名字，有人用消字液涂改过，大多数已经模糊不清，我们费了很大的力气才读出三个名字，谁是葛文琪、邵建波、黄卫平？听起来像是我们父母的同龄人，隐隐约约似乎听到过。楼里的每间房间都是标准的办公室，靠墙放着许多铁柜，两个或者四个或者六个办公桌，每两个办公桌对着，上面放着玻璃板，玻璃板下面有压过大小不同的纸片的痕迹。这里的人都搬走了，屋子被仔细地收拾过，从办公室门口挂的牌子到铁柜上贴过的纸条都被撕掉了，铁柜无论是打开的还是后来被我们撬开的，都是空的。

我们在小楼侧面的围墙旁边发现了一个炉子，它没有和小楼连起来，不像取暖用的，里面的灰烬已被清空，它在围墙上留下的黑色污迹暗示了它曾经长时间地热烈地燃烧。我们中间最善于观察的那个小孩说，这是用来在他们撤走之前烧那些文件的，烧了三天三夜。

为什么他们没有把这些家具搬到815去呢？它们看上去还能用。

"因为他们不能让任何人知道曾经有这么一个地方。"

那些人呢？从报箱和办公桌的数量来看，楼里至少曾经有四五十人。

陷入一阵不寒而栗的沉默，以至于我们走出那栋楼，脚踩在院子里的土地上，感到的不是结实，而是一阵阵可疑的松软。回家的路变得特别黑特别冷，如果有人、有许多人被埋在那些树叶底下……我们的每一步都可能让一只手露出来。我们中间最胆小的那个，边走边哭。

女朋友无奈地看着我，边冷笑边耸耸肩，最后稀稀拉拉地拍了两下手："好啊。Bravo，一艘巨船，一栋空楼。"

"你不信我，给他们打电话啊，他们每个人都会证明我说的是真的。"

"你们早串通好了。"

"'串通'？我们为什么要串通啊？"

她用手指卷了卷脸颊旁边的垂发，笑着不出声。

"你想说什么？"我问。

"你也感到我们最近关系不好吧。所以你想了个新主意来吸引我的注意力。"

我苦笑着："啊？"

"这不是你一贯的模式么？放射性物质的事，总司令被杀的事，你父母的秘密身份，国家的核发展计划……这些故事从来不能一气讲完，你总是好像突然受了什么启发，兴致勃勃地跑回来给我讲。我不反感这些故事……"她笑着，双腿在长沙发上斜放着，轻轻地、慢慢地摇动着，带着引而不发的性暗示。我这才意识到我现在的姿势显得多么谦卑、急切，只有一瓣屁股的三分之一靠在小沙发椅上，一条腿几乎是微跪着在尽可能靠近她。她把头塞在大沙发垫离我最远的一角里，歪着脸看着我。

"想到你讲这些故事的 timing，真是有意思，我做了个记录，"她晃晃手机，"每次都在我们三四个星期没有做爱的时候。你给我讲故事，我跟你上床。"

如果更有血性一点儿，我该立刻把她从这屋里轰走，或者……抽出占了小沙发三分之二面积的大垫子砸在她得意扬扬的脸上，再自己拔腿离开？她会求着我复合……不，她不会……一定是我爬着回来。我不得不承认有几个故事确实是为了"性交易"冒出来的。我的愚蠢在于竟然以为她不会总结规律……

我抬起头偷偷看她，被她笑着逮住，她挑了挑眉毛说："有时候我真挺想和你做爱的，可我必须忍住好听听你还有什么新花样。"

要终止这种带有羞辱感的问答，我要把事情重新拉回船身上："这次……船的事……是真的。你必须相信我。"

"必须"两个字激怒了她，她从沙发上坐起来："那你证明给我看啊。"

我背后开着的电视里一个魔术师从一个空箱子里变出碗，碗里卧着一只大兔子，兔子站起来，窜出来跑了，碗在他手里。讲船的事之前，我已经把电视的声音关掉了，现在看他拼命挥舞空碗。

我跌跌撞撞站起来掏出笔记本电脑，开始查那个地方，输入815基地，当然是什么也搜不到的。我们当时最近的镇子叫什么来着……"红五星"？听上去像为了基地设的烟幕弹，当然也查不到。

我们从省城出发，坐了七个小时车到了红五星。从红五星出发，又是五个小时。但十年后，从基地撤离，四十分钟就到红五星了，他们在红五星和基地之间修了一条公路。从省城到红五星，依司机疯狂程度不同，按时间和车速反算，距离在350公里到700公里之间。从红五星到基地的四十分钟，车速80公里是确定的，这段路绝对不会由地方司机开车，基地的司机都按严格的要求保持车速。他们通常要运送一些敏感的物品，即使在专用公路上也不能开得太快。

我要找的东西似乎很难找，理论上却应该很明显，在一个丘陵、黄土遍布的省里凭这两组不靠谱的数据找一片森林。事情远比想象中花时间，大多数在线地图只提供城市及其附近的高精度卫星图，其他地方放大之后看见的是马赛克格子，连是山的阴影还是树林都分不出来。

三天以后，本来以为花三十分钟能搞定的搜索工作才告一段落，我找到了两个看似靠谱的区域，在图上怎么测量它们所显示的树林范围，都要小于我的印象。只能怪这么多年城市的发展影响了树林的面积，毕竟如果红五星真的成为一个普通的镇子，它

280

也应该快扩张到815基地的规模了。那条接进树林的公路两侧可能早就出现了修车铺、小饭馆和小旅馆，甚至长出一个大村子。

接下来，我去卫星图公司的网站上，提出了两组经纬度，下了购买卫星图的订单。当卫星经过那两个区域的时候，它会为我仔仔细细做一次地理拍摄。

女朋友听了这事之后笑得都要从沙发上摔下来了，非常费劲地调整好呼吸，才说："你真下本儿啊，为了一个故事，值得么？那船肯定不会存在啊。"

"我他妈就是要向你证明，那是真的！！！"我的肌肉都因愤怒而僵硬了。

她变得非常严肃，摆出吵架脸："好……我等着。如果那儿……那儿真有一艘像你说的那么大的船，你认为新闻、微博会放过这事么？有那么多人天天拿着手机等着拍天下奇观……你想如果那真是一个100层楼的金源燕莎，在多远之外就会被人看到？"她的手戳向窗外，透过灰蒙蒙的窗玻璃和层层叠叠的楼群，确实能看到金源燕莎花里胡哨的一角。更别说它现在只有五层高。"你非说那周围是森林，是平的……你要是我，你会信么？"

"好吧。它现在说不定不在那儿了。但它确实存在过。那东西他妈的确实存在过！"

"Ok Ok，我拭目以待。Okay？？"

卫星图公司一周后突然给我公司打电话，核实身份，问我的公司为什么订购了其中一张图。我被什么事都管的综合业务部叫去解释这种私自下单和我们任何项目都没有关系的卫星图的行为，他们的理解是我为了某种私人目的——接了私活——想让公司为我的图买单。订购地图的费用当然要从奖金里扣掉。我从中嗅到了逼近真相的气味，卫星图公司提到要为其中一张图核实身份，压根儿没提到另外一张图，它们明明在一张订单里。我打电话去询问他们的400客服到底什么情况下才需要重新核实经常合作的公司的身份。客服专员非常冷静地念出了十几种条框规定的情况，里面唯一的信息是为了向有关部门备案……有关部门……

即使经过了重新的身份审核，那张图的调图申请依然被冻结了。另外一张图也没有传给我，而是发给了我司的综合业务部，成了公司财产……这已经不重要了。

那天晚上，我对歪在沙发上的女朋友说，你去请几天假，"我带你去找船"。

为了出发，我等了一个月，这中间有许多因素在阻碍我们，比如，她没法请假——这时候我才发现自己几乎不知道她上班时间是干什么的，在我脑子里，她的样子是固定的，我早上出门前，她还没起，蜷在床上，在我下班回来的时候，她已经和沙发融为一体；她中间生了场病，吃不进东西还总是吐，去了趟医院，吃了药似乎并没什么改善，看着她孱弱地蜷在沙发上，我都不忍提起要去找船的事，那像在逼她。

我司为了卫星图的事开了次大会，重申各种劳动纪律，他们以往没这么大动干戈，我们几乎每个人都干过点儿类似的事，最后都不了了之，我变成杀鸡儆猴的鸡，四处打听，甚至请大领导的秘书吃了顿西餐，她才稍微透露了点儿有用的消息，说有一天有关部门打电话过来要直接跟领导"沟通"——到底是什么有关部门，她说电话里说的是"测绘局"，可她觉得肯定不是，以前公司跟测绘局打过交道，这次打电话来的人非常严厉，"像我们犯了什么大错"，接完电话的领导脸色发白——本来这应该是我们去找船的阻碍，当我把这些情况告诉我女朋友的时候，她瞬间两眼放光，来了精神，病都全好了。

我们坐上了西去的火车，在一个介于发达和落后之间的省会城市带着一气呵成的行动力租了一辆四驱越野车。她特意买了一份全省详图，我非常不好意思地告诉她，我不知道我们要去的那个地方确切的名字叫什么，我向卫星图公司下单的那个方形区域的四角经纬度，能排除掉一些绝对不可能的地方，比方说大山，剩下的部分我们只能局部推进。我以为她会痛骂我一顿，她舔舔嘴唇说："Let's go！"这种时候，你会觉得女人真他妈是谜。

依靠 3G 上网卡和我的笔记本电脑再配上全省详图……我们一路向南，在我预估的非常大的范围内"人工排除"掉了二十个市镇，每个镇子都开进去看看，发现哪儿肯定不对之后把它们从地图上叉掉了。这个过程非常奇妙，明知道可能性不大，在开进镇子之前却有心跳加快、肾上腺素激增的快感，屡试屡败之后，兴奋感仍然不减。从未想到我这样的人能接近某个被组织拼命掩护的秘密，我们就要靠自己的力量发现它了。

好多个躺在县城或村子小旅馆硬炕上的夜晚，我都梦见了那条船，看到那条船时的激动、不可思议的震撼与恐惧，一次次、一次次地在我体内被唤醒，莫名其妙地一次比一次强烈而不是减弱。这个过程使我都自我怀疑起来，到底我寻找的东西是否存在过，还是在我小时候的记忆里就这样被一次次放大、增强了呢？我好几次打电话给小时候的朋友，强迫他们重新向我描述他们记忆里的船，我问他们，你觉得那艘船有多长？多高？多宽？无法想象，六个人，得到的回答莫衷一是……有人说大概三四十米长，被放在非常高的地方，"绝对超过100层楼高"。有人说他其实不记得那里有船，只记得一个空空的楼，他记得里面椅子都是转椅，不是815基地里面那种木椅子，在我的脑海里，那些桌子前没有椅子，一把都没有。有人说那条船根本不是木头的，是一艘军舰，铁皮的，船身上有海军的字样，我问他那是巡洋舰么，他说对对对。他小时候总是抱着一本《舰船知识》，他描述的船和那本杂志封面一模一样。

女朋友听到这些回答，笑嘻嘻地说："有个理论说所有证人都不可信。"她竟然一直保持着好奇心，我印象中的她并不是这么有耐性——"你也不可信。"她说。我惊讶地望着她。她言语中的轻描淡写就像在描述桌子是桌子、碗是碗，没有一点儿指责、埋怨的意思。

我一边开车一边琢磨她的话。为什么当初没有求婚？我本该找到许多适合讨论终身大事的时间点。而她也并没有发出任何暗示。可能龟缩在沙发上就是一种对于当下生活并无激情的暗示，但我并没有理会，因为我也没什么激情。可能我脑海里也在期待着别的解决方案，像明明把一件商品放到了购物车里就是不肯付款。可能我在想象着和一个更好相处的人交往，对方会更爱我，我们会更多地做爱而不必巴结恳求、不必讲故事。肯定有一部分的我在想着这些，所以迟迟不肯将我们的关系推进到下一步。

有一天，几轮无关痛痒的刺探问答之后，在我问她是否爱我之前，她突然问我："你爱我吗？"

"爱啊。"

"为什么？"

"这是下一个问题了。该我了。你爱我吗？"

"一阵一阵吧。有时候觉得你是个长鸡巴的傻逼，有时候觉得你是天下最把我放在心上的人。好了，该我了。"她说，"你为什么爱我呢？"她的头靠在车窗上，这时候应该非常颠，她却像没有感到似的。

"我这个年纪，总得找点儿什么人来爱吧。"我想要活跃一下气氛，却不知道怎么才能回答得比性欲所致更高明。

她听了竟然温柔地把手握在我扶着方向盘的手背上，我怀疑无论我扔出一个什么回答，她都想好了要这么做。

她说："是啊，这个年纪……太晚了。"

这时，我们再次转过一座山，看到山下出现了一个小村子。

在那个村子里，我们敲了几户明明里面有点儿亮光的院门，无人应答。最后终于有一个显然是刚从炕上爬起来的老大爷来开门，他去把老伴揪起来，拿暖瓶里的水给我们各泡了一碗我们自己带的方便面。他问我们你们要去哪儿，我说我在找红五星。他老伴本来要回屋去睡，却站住了，回头看看我们，又看看老头。老头立刻凶巴巴地说："睡觉去。"

"你们知道那是哪儿吧？"女朋友笑眯眯地问。

"那地方不叫红五星。"老头绷紧了脸，"你们不像该去那儿的人。"

当我们给老头的钱加到五百块的时候，他才告诉我们，翻过后面四座山，可以看见一条公路，我们会看到"大车"，跟着那些车，就能到我们要去的地方，"那地方叫七十八户"。

我们在车上过了一夜，第二天天没亮，老头敲车窗让我们尽快走，无论遇到什么人也不要打听七十八户的事，回来的时候，沿着公路跟着车走，不要再到这儿来了。

我们翻过了第四座山，没看见公路和大车，水泥路断掉了，前面被正在维修的牌子和路障挡住。女朋友反复哗啦啦翻着全省详图，说这上面完全没有这条路。

我说，咱们应该退回前一个有岔口的地方。

"再等等。"她摇下车窗，像个熟练的杀手似的盯着路的尽头，"现在才七点多，大车刚出发，没开到这儿呢。"

在暴晒的太阳下，我们等了三个小时，终于听到路的那边有汽车的声音，女朋友把我推下车，指使我搬开所有能移动的路障："开过去！"

老头并没说错，开过这个路障、土路和草地之后，坡下横着一条公路，这不算什么，公路不是最让我们激动的东西了，那下面是一整块平原，远处是我记忆中浓密的树林，几乎望不到边。

"你看……"我几乎说不出更多的字。

她心领神会地点点头。

我们冲下坡，跟上了大车，开了大概三十分钟，用最后几滴油开进了红五星的城门。

"你怎么了？"女朋友问我。

我没回答她，眼前那个"城门"和我记忆里放着船的院子的门一模一样，弧形钢架上的锈迹似乎这么多年都没有太大变化。我的记忆一定在什么地方愚弄了我。

不到五十米，我们开进一个加油站，加油的工人用奇怪的神情看着我："走错路了？这儿可不是你们该来的地方。"

是啊，大家都这么说。

女朋友问："这是哪儿？"

"七十八户。"

"什么是七十八户？"

加油站的人带着不怀好意的笑看着她，像我根本不存在："这里住着七十八户人，所以这儿叫这个……从来没人要我解释什么是七十八户。"

"你在这儿住？"

"当然。"

"这儿的人不会变多或者变少吗？"

"会变少……总得有人去世吧。不会变多。"

"为什么？"她锲而不舍。

"地图上没有这个地方……"他像突然才看见我似的，收住了笑容，"420块。"

"你知道基地么？"我探身问他，"815。"

我以为他会守口如瓶，可他耸耸肩说："当然，沿着那条大路，离这儿四十分钟，不过我不建议你去。或者说，这么去。"他上下打量着我们。

"我们需要什么？"女朋友笑着问他。

他指着那些大车司机，他们正从车里钻出来，和其他开着6.2米货运箱车的司机最大的不同是他们全身都裹着银白色的防护服，戴着护目镜。"看看人家。"他说。

"我们周围有放射性物质？"

"嘿嘿，你看我也没穿成那样嘛。他们会把车开到'指定地点'，装上货，立刻开到另外一个'指定地点'。"他故意把"指定地点"四个字说得非常戏剧化，眼睛盯着我的女朋友。那时，我们都没意识到他没有认真回答前面的问题。

我立刻发动了车，按女朋友的要求在整个七十八户转了两圈。这个地方像是即将建成却烂尾的工业开发区。路边停着几辆高级轿车，偶尔出现不穿防护服的路人看着我们，双眼充满怀疑。街道两边有看似至多能住七十八户的几个小楼、几栋房子，风格、造型都非常1980年代初。镇子的核心，有着几个守护森严的封闭库房，只放大车进去。

女朋友笑着说："找对地方了？"

我不知道……我想不起原来的红五星是什么样，也许这里一直就叫七十八户，因为镇口有那个红五星我才一直这么叫它。我记忆里的镇子比这大，比这繁华，亮着各种各样闪烁的霓虹灯，我们在这里剪头发、买东西。街两侧有许多卖各种小吃、点心的店铺，有一家的饼非常好吃，有白糖馅、红糖馅、辣肉末馅、盐芝麻馅的。三层楼高的百货商店里有各种各样的玩具、日常用品，我爸妈可以用券买许多东西，如果有特别的需要可以预定，我曾经要过一个复读机。我小时候以为上海的繁华比不过红五星，而它现在不如我们之前否定掉的任何一个城镇。

离开七十八户，四十分钟之后，我们开到了815基地。幸好这儿和我记忆里长得一样。而这里的一切都像瞬间凝固了。大概发现庞贝就是这种情景。看不到一个人，只有以前的办公楼、厂区、库房，我们下了车，走进离公路最近的一个办公楼，楼门口的封条已经脆了，一碰就散，锁链还有点儿作用，但不堪一击。该死……屋里像我记得的放船的院子里那栋小楼的样子，办公室里仍然留着桌椅和许多物品，似乎如果有另外一波人马来这里，这个地方能立刻用上。可所有的带字的东西都被撤走了，所有撕不下来的字都被消字液涂过。

我爸妈的办公室应该在另外一栋楼里，我走出这栋楼的时候却惊讶地发现，我不记得我爸妈的楼怎么走，而我们的家又在哪儿呢。小时候，每个小孩胸前都带着一个牌子，像我现在上班用的门卡，牌子的颜色各不相同，这个牌子让我们能走进指定的区域，不能到另外的地方去。这可能是我没来过这栋楼的原因，十年里，基地里有许多地方我没到过——这事竟然过了十五年，我才意识到。

跟女朋友一起摸索着找到基地的主干道，我才逐渐开始有点儿回想起到底该怎么走。我们先穿过四五个路口走到我家所在的那个区块。筒子楼还在，楼道两旁是宿舍房间，尽头有厕所和水房，我们家住在四楼，门竟然锁着，我掏出一张信用卡划着门缝，那把老的弹簧锁没几下就被划开了。屋里一股尘土味，很难相信我妈走的时候竟然没关窗。有两间屋，一间是我爸妈的卧室，里面只能放下一张双人床和一个衣柜，外间是电视、沙发、茶几、我的床、吃饭写作业用的折叠桌。有一点儿怀念，一切又挤又小。别的小朋友家大多只有一间房间，相比之下，我们家很大。我为这事得意扬扬，经常招呼同学来玩。

"你们家的厨房在哪儿？我们家也住过筒子楼，在楼道里做饭，"女朋友说，"跟这儿很像，但比这儿小。"

"没厨房，这儿的人都在食堂吃饭。"

食堂和澡堂在筒子楼楼群里。每种颜色的牌子意味着不同的吃饭和洗澡的时间。整个基地尽力控制火源和热源，任何一家被发现在用热得快之类的东西都会被通告批评，早上七点的基地广播、每栋楼门前的通告栏都会写出他们的名字和所在部门，每周都会有人入户检查插线板的连接、电灯和保险丝的情况。怕火，怕一切潜在的火，甚至静电的噼啪声都会引起楼层防火安全员的注意。

离开基地的那天，我坐在大客车上，看着基地在着火，我的眼睛、其他人的眼睛、车厢的玻璃上都是火光。我妈妈用她冰凉的手松散地挡着我的眼睛。这种画面令人震惊，反倒不那么恐怖，所有人都格外冷静，好像确定火并不会伤害我们。

"我们今天晚上住这儿。"女朋友坐在我的小床上，小范围的尘土被从床单上震动起来，"也许会找到更干净的房间。反正除了咱们之外没人会来。"

我又撬开了几个房间，想不起和这些房间有任何联系的信息，按说我应该来过，可眼前的一切都是陌生的。似乎有什么事发生得非常突然，有人没叠被子、有的大衣柜开着，在抽屉深处落下一整叠全国粮票，有个房间的桌子上放着用盘子扣好的菜和馒头，像在等什么人回家，那些东西已经不再发臭，石头一样硬邦邦的。屋里的物品随意地充斥着生活气息，又有点儿不对劲。

女朋友专心地看着那些房间里剩下的东西，翻动着："没有字，没有照片。"

"应该是有专人重新检查之后销毁了。"

"现在我才觉得你以前说的或许是真的。"她歪着脸看看我，笑。

我很难对她说清楚，这里有多少地方和我印象里不一样。

"不过我还是不信有船。"她说，"这种地方为什么需要船呢？完全没水啊。"

我没接话，提议去看看我爸妈工作的那栋楼。如果我记得没错，他们的办公楼旁边是一个巨大的工厂车间，那是我不许去的地方，我在门口看过很大很长的车进去运货。那个车间看起来有100米高。

"又来了。100米高的车间。哈哈。"她笑着，跟着我走下楼。她边说边对我说，人类的度量衡是有多么千奇百怪，古时候的八尺大汉只有一米六那么高。我眼里的100米可能20米都不到。她说着，伸手拍了拍我的头。

据说一群企鹅登上陆地走向栖息地的时候，偶然会有记性特别糟糕的企鹅忘了回家的路，这时候它必须重新走到海边，再重复上岸的路，有时这个过程要反复很多次，直到它想起来。我在同一条路上走了两个来回，才明白它和我记忆里的那条路之所以区别很大是因为两边的行道树都死了。本来道路两旁是两排极高的法国梧桐，现在树坑里全是碎砖。

"哈哈，有多高？100米？"女朋友笑着。

我爸妈的办公楼被铁链锁了三圈，三层小楼的所有窗户玻璃都被铁板钉起来了。"看来他们是不想任何人进去啊。"

让我惊讶的不是这个，是我印象中是车间的地方现在变成了一大片寸草不生的空地。至少应该有一些痕迹，证明这里支过墙板、放过机器。那里肯定曾经有巨大的机器，外面能听到嗡嗡嗡的巨大的发动机快速运转的声音，车间墙上的通风扇直径都超过3米。

"不开玩笑。"我说。

她玩世不恭地耸耸肩："你的表情倒是真严肃。"

我能证明自己的方式只能看明天是否能找到船，或者有过船的痕迹了。看到眼前的空地，我预感到结果会非常令人绝望，在那里仍然保留着那艘船的可能性非常小，太渺茫了。也许是我的记忆带有某种虚构或者自娱自乐的夸张，更重要的原因是，有人在认认真真地让一切消失，不可辨认。想掩饰这一切的人不会留下任何蛛丝马迹。

回宿舍楼的路上，我们去车里拿吃的和喝的。远远看见一个全身穿着防护服的人正趴在我们的车窗上向里面张望，我冲他叫了一声"嘿"，他望向我们的方向，呆立了几秒钟，拔腿跑了。不久之后，我听到远处有汽车发动的声音，他开着一辆小轿车特意重新在我们面前几百米的地方停下来，像要把我们看清楚。那辆车像是英菲尼迪去年的新款，我曾经非常希望抽到车号就去倾家荡产借钱买一辆，七十八户路边停着的都是这种类型，华丽丽、耗油量大。几分钟之后，他踩了油门开走了。

"你说他是加油站那人吗？"我问。

"是他的话，会跟咱们说话吧。"她很肯定。

我想起在加油站上了厕所出来，看到他们正站在车旁边说话。女朋友低头笑着把脸旁的碎发摆到耳后，那种笑容带着害羞的情欲，眼神里透出伺机而动的挑逗。她对我早没有那种笑了。

"你说他穿成那样是不是说明这地方有问题？"她看着天空问我，似乎在空中能看到射线。

我走到十字路口，给她指曾经是放射物仓库的地方，曾经那些灰色的棒棒就放在那里，现在那片地变成了空地。"我想他们把所有的东西都搬到了七十八户，在那儿卖掉。"

"也许我们应该住到七十八户去，明天再来。"她第一次流露出不安，像个珍惜自己生命的人。

我想到她对加油站那家伙的笑容……有时许多事因果关系并不是嘴上说的那样。"相比之下，咱们在这儿受到任何辐射的可能性会比较小。放射性物质说不定都在七十八户。你想想那些卡车司机。"

我们拿着一些面包、几盒盒装牛奶和瓶装水走回宿舍楼，在门口，我迟迟没进去，突然有点儿明白了这儿和我记忆里不同的原因。用手机仅有的一格信号，我给我们小时候那伙人里记性最好的家伙打了电话，他和我住在一栋楼里，这我很确定。

我问他记不记得他们家的窗帘什么颜色。

他嗯啊了一阵，跟我说是小碎花的，白底，一种浅粉色的小玫瑰和浅黄色的小玫瑰交叉的图案。

"哪个房间？"我问。

"二楼。正对楼门的话，楼梯间左边那个？"

我眼前的那个房间挂着纯绿色的窗帘，他说的那个图案正在三楼靠近厕所的一个房间挂着。

这栋楼的房间不是朝东就是朝西，楼前没有树，所有窗户朝西的家庭都挂着窗帘，窗帘是每家显示个性和品味的途径，他们不允许自己用和别人一样的窗帘。我对这些窗帘的印象很深，即使那些窗户都关着，它们构成的颜色组合给我留下很深的印象，偶然有哪家换了窗帘，我都会立刻察觉。有人把窗帘弄错了，所以我在第一次走进这栋楼时感到不对劲。

重新站在我自己的家里，也是哪儿哪儿都不对。

站在窗口给我妈打了个电话，我问她记不记得在 815 的时候我的床单是什么颜色，她说："只能是蓝色啊。你那时候不接受别的颜色。深蓝色格子、浅蓝色条纹……诸如此类的。"

茶几呢？

"褐色木贴皮。"她说，"你最近怎么突然对 815 的事感兴趣了？你不该……"

我挂断了电话。

眼前是黑色的有机玻璃茶几、粉色泡泡纱的床单……电视是对的，衣柜是对的。

"你觉得为什么有人要做这些事呢？"

实话说，我一点儿也不知道，猜测说，可能有人为了某种目的把所有的家具都集中到一起，比如……消除辐射？然后重新装回这些房间里。这个过程中，有些东西他们搞错了。他们明知不会再有人住了，为什么不直接销毁呢？像他们让车间和仓库消失一样。难道我们不是唯一会回 815 看看的人？

"关于船的事，你没问问你爸妈吗？"

"当然问过，他们谁都不知道有船。"

"那么大个东西看不见吗？"

我苦笑着，就知道她要这么问。

"他们从 815 回北京之后，都干什么工作呢？"

"其实我不知道他们干什么。我们住在部队大院，他们属于部队编制，可家里没有制服。"

"即使现在，你也没问过？"

"我爸根本不回答这种问题，我妈说我爸是管计划的，她自己是管分配的。"

"老实说，我以前以为中国人都不太擅长保密，尤其是对家里人。你的那些朋友也不知道父母干什么的吗？"

不知道他们是否问过，我相信他们得到的回答也很模糊。我能明白这种情况，比如，我们公司到底是什么，除了某几个隐形的高层，没一个人说得清。每个人都忙着做眼前的那一小块事，这些细小的碎片拼起来变成了每年盈利几十亿的"事业"，真是不可思议。我的工作就是把表格里关于人口相关的统计数据和地形图连接起来，如果有人问我陕西省每个县 70 岁以上老人的百分比，我能立刻把一张以不同深浅的红色表示数据量的全国地图调到屏幕上。我们整整一层楼的人，有人统计消费大闸蟹、小龙虾的数量，有人在试图弄清楚哪个四线城市的中年汉子最喜欢三接头皮鞋。每个人都做着非常无聊又绝对具体明确的工作，虽然可以设想这样的统计信息为消费者和厂家带来指引，实际上，又根本看不到我们的工作成果具有任何改变世界的可能，因为它们的数字基础是不可信的。王朔在一篇小说里写过，统计局的人通过药店里某几种药的消耗量来推测人口的变化，这听上去似乎有道理，又好像一点儿道理都没有。我们的世界一个重要的维持世界和平的手段就是把分工细化，细化到你清楚地知道眼下每一分钟要做的事，又想不出它有什么用。815基地就弥漫着那种秘密的气氛，你不能去别的区域，你不能做别的事情。现在回想起来，我猜人们是分批、分部门去红五星的，我们的学校说不定也只是为基地三分之一的家庭甚至更少的家庭设置的。我所有的同学都住在我们那一区的二十几栋宿舍楼里，可那里应该不是基地全部的人。一定还有更多。撤离时的火光范围要比我想象的大得多。

在这时，我听见外面响起了汽车的声音，而且不止一辆。我在窗前蹲下，微微挑开窗帘——这不是我家原来那种圆点的窗帘，我妈当时对买到那种窗帘布很得意，她认为抽象代表"洋气"，电视里那时总是一再播一段领带广告，其中有一句"圆点代表温柔"——回头示意女朋友也别站着。有四五个人从楼下的两辆车里钻出来，一辆是刚才的英菲尼迪，一辆竟然是玛莎拉蒂，这些人都穿着全套防护服。我往后退，在确定离窗口足够远的地方站起来，拿起一袋吃的，招呼女朋友别出声跟我走。我踹开楼道尽头的门，拽着她从消防楼梯爬上屋顶，走到长长的宿舍楼的另外一头，从屋顶的检修口爬到另外一组消防楼梯上，再跑下去。有一个穿防护服的人在楼道里由消防门的窗口看见了我们，跑过来，却无法打开那扇门。这曾经对我们那些小孩儿来说是未解之谜，楼道两头的消防楼梯是一样的，门的质地却不同，宿舍楼靠近仓库方向的一侧全是加厚的铁门，而被我踹开的那一侧，所有门都是普通的木门。现在答案是明显的，这种设计意味着他们在用铁门预防想象中可能发生的大爆炸。

我们的车旁边站着一个穿防护服的人，显然这时候如果我们不想自投罗网只能先躲着。

"也许我们现在应该去找船。"女朋友说，"他们找到咱们也是迟早的事吧。"

我看看天，天是晴白的，也许我们比我小时候走得快，走到船那里不至于天黑，看到那艘船确实存在，我们再回到这儿被防护服们带走也没什么了不得。再说，天黑……好像也并不是什么值得畏惧的事。

"走。"

她笑了。

"笑什么？"

"这是你一路上最性感的时候。"

基地围墙上的洞还在，我们掩饰那个洞的两片波形板原样立着，只是挪开之后露出的洞比我印象里小不少。女朋友刚刚能爬出去，而我不得不费劲地掰掉两层墙砖。

墙外确实是树林。走进去，像是天已经全黑了，凉气从四面八方爬上来贴在身上。我们一边走一边吃东西，以为增加点儿热量会好些，可体表的凉气很快和胃里的冷牛奶连起来，形成不太高明却前后夹攻的围剿。脚下的树叶像我描述的一样，"脆薯片"下面是软烂的，叶片没过了我的脚面，几乎到登山鞋的脚腕处，把鞋面变得湿凉。

"什么时候才走到？"女朋友突然问，"你们小时候走了这么长时间吗？"

我们以为已经走了一个小时，实际上才三十五分钟。

"这个方向对吗？"

我不知道。因为我从来不是带路的那个人。那个人是以什么路标来确定位置的呢？我不知道。那个人是谁呢？……带路的人是谁？……我想不起他的脸。我们在基地管理最松懈的时候去见过几次船。我们这帮小孩有多少人？一直是六个？不……最开始的时候是七个……消失的是带路的这个人……我们没有去找船不是因为基地管理变严了，墙洞所在的位置不需要任何门卡就能到达，我们不再去找船是因为没有他带路，可谁也没有再提起他。他到底是谁？

手机已经完全接收不到任何信号了。我没有场外求助电话能打了。我们没有转弯，出了那个洞笔直地走着。眼前还是看不到边的树林。树林外面天是否黑了，根本确定不了，越走越暗。

"再走五分钟。"几乎是说完这句话的时候，我和女朋友前后踏到了硬地。我们清楚地触碰到这块地的边缘，却没有看到任何院子，仍然是树，每一棵都很高大，和周围的树毫无区别。

女朋友停下看着我："你想说就是这儿？"

到了决胜的时刻，我们站在我确定无疑的硬地上，眼前没有任何这里曾经放着一艘船的线索。

我并没有说谎。

不可能编出一个船的事。

我继续往前走，过了几十米，才发现女朋友竟然没有跟上来。我回过身去找她。

她站在原地，死盯着我："没有船。从来都没有。你不能承认吗？"

我看着她，望着她，说不出话。这就像一个梦。

那不是我编的。想象中胜利的场景应该是我指着那艘船对她说，你看我没骗你。不是现在这样空口无凭，但我仍然没骗她。

"前面不会有你说的船。"她说着，语调里有种绝望的冷静。

……对，不会有。"肯定能找到一些痕迹。"

她没说话，只是摇着头。

"不会什么都消失，会有证据，像这块地，"我拼命踏着这硬地，"这块地和别处不一样。你感觉到了吧！这不是普通树林的地。"

她闭了下眼，缓慢地睁开。

"你也看见了，七十八户，还有那些追咱们的人……这个基地……"

"那些不重要，"她说，"咱们是来找船的，没有船。其他的都不重要。"她停了几秒，"我早知道有基地，那又怎样？全中国有多少这样的基地啊？有什么了不起的？我关心的不是基地，是船！是你的说的那种巨大的船！我质疑的是船！它不存在！你面对现实吧！那艘船不存在！"她指着自己的脑袋，暗示我的脑子出了毛病。

我转身向前走，整个头皮都在发紧，眼眶在疼，我的手因为攥着拳头而肌肉僵硬，我不知道该找谁来发泄这通怒火。无法为自己辩白、无法证明自己的委屈，徒增我无能的羞耻感。

我沿着硬地的边缘走了一整圈，除了树看不见别的。这林子里竟然没有其他动物，鸟和虫子的声音都没有，非常安静。我在硬地中间走了几个来回，每次都仔细地做了标记，以免自己走的距离太短，没有小楼、没有锅炉、没有烧黑的痕迹、没有墙、没有高大的托架……不仅没有船，这些辅助的东西一样都没有。树和树叶，均匀地在这片地上，像它们已经这样生活了几百年。在这个乱走的过程中，我察觉到女朋友已经不见踪影，我一边走一边叫着她的名字，这么做的时间越久，我越觉得自己可能会向她承认确实没有船。

　　每次她的名字从我嘴里说出来，我就像在跪地求饶。就在这时我被一棵树伸出来的根绊了一跤，在硬地上摔了个狗啃泥。我死盯着那棵绊倒我的树，它树根隆起的方式非常不自然，树根的下面像垫了什么东西。我索性把手指伸到树根下面，摸起来像一块水泥，硬的，有鲜明的直角，表面留着一些石子似的东西，我用指甲抠掉了一些，捏出来看，像是橘色和灰色的石英石颗粒。以前人们会在水泥上撒上大量这种小颗粒，再用水冲刷掉多余的，形成一种有颗粒质感的水刷石表面……"水刷石"这个词儿是怎么跑到我脑子里的呢……这正是那个院子院门两侧柱子上会出现的东西。有人把水泥柱子敲掉了，却留下了一些痕迹没处理干净，这些树在生长过程中把它包起来了……

　　摸着拍在地上的半边脸，我还在琢磨"水刷石"……有个声音在耳边回响，是他在一遍遍地说"这是水刷石"以显示他比我们知道的事情都多，他比我们聪明。他是那个带着我们找到船的孩子……基地副总司令的儿子，那半年里，他父亲一直被调查，为了融进我们的小团伙，他才提出要带我们去一个地方……而且在一路上不许我们打退堂鼓。"向前！向前！必须向前……"

　　"那里有条大船！"他是这么说的，所以我对那东西是船深信不疑，也许那压根不是船。对……说不通，这儿没有水，为什么有条船。

　　我更大声地叫着女朋友的名字，她当然没有任何回答。我不知道两相比较哪个更好，是她出现，我们为有没有船争论，还是她不出现，我为她着急，却避免了正面冲突的尴尬。

沿着来的路往回走，在钻过那个小洞之后，我的眼前是几条穿着防护服的腿。他们开着我租的车带我回七十八户，把我扔进一个小楼。三天里，我一直问他们有没有看到我女朋友，问所有我能见到的人，我形容她的相貌——鹅蛋脸、很白，嘴唇有点儿薄，眼神充满怀疑；她穿的衣服——黑色的冲锋衣，黑色的高领衫，看起来很保守，可那件高领衫的上半部是蕾丝的，如果她俯下身你能看见她的乳沟，杯罩？如果按日本算法怎么也有 36D；她头发的长短——长发，到肩胛骨，发尖是棕色的；她走路的样子——高傲，昂首挺胸，她小时候练过芭蕾；她看起来谁都不相信。没有人回答我。

最后他们确定我可以走了，让我在一份保密文件上签字。

我说，我不签，我女朋友消失了。

其中一个人说，没人会在这儿消失。

我说，我要带她回去。

他们冷冷地注视着我，举着那份文件。

我写自己名字的时候觉得我确实不配当她男朋友。

他们拿过文件之后才对我说，如果我向任何人讲这个地方、看到的事，我都可能被抓起来，处以一定时间的拘役。多长时间？这由我达到了何种级别的泄密决定。你们怎么知道我说没说呢？听到这个问题，他们笑了。

租的那辆越野车不知道在哪儿，我没能开走，他们用另外一辆朴素的斯柯达把我送到了省城，看着我上了火车。

回到北京，我无数次给女朋友打电话，无人应答或是无法接通，这两种模式的交替反而给了我反复拨打的驱动力。我想她被那些人抓起来了。她有时候挺倔，不像我那么好说话。她不会乐意在那份文件上签字。

　　我以为女朋友的父母会来向我要人，整天惴惴不安，如果我不能对任何人明说那里有个秘密基地，我该怎么解释我把女朋友丢了的事呢？

　　一个月后，我在街上遇到她妈妈，正急于辩白的时候，她突然用她的包使劲打我，对我大喊："都是因为你把她带到那个鬼地方！"

　　我抓着她的手腕问："她在哪儿？"

　　"她不回来了！！她说她不想回来了！！"

　　我当时有一阵想把女朋友拉回来的冲动，可她连给我一个交代的念头都没有，想必是心意已决。我们的家，保留着两个人生活的样子，她喜欢躺的那张沙发，我连碰都没碰，枕头和毯子堆叠成她身体的形状。与其说是一种怀念，不如说是软弱。

　　如果我认真翻找，或许会从那个家里的某个角落翻出她的日记或者控诉信，里面写着她多么厌恶我和与我相关的生活，写着她怎么出于怜悯迟迟不能做出与我分手的决定。她厌恶了我的故事和那些故事之后的性爱，她要的不是这个。

　　她要的是什么？

　　难道她想要的就是在七十八户那个地方和一个加油站的员工过一辈子吗？

　　我抓住她妈妈的手臂："她说了什么？她说了我什么？"

女朋友的母亲被我抓得惨叫，不断地后退："她说这不怪你，怎么可能不怪你！"

对啊。这怎么可能不怪我。

有一次她给我看一篇村上春树的小说，里面的老夫妻因为一条短裤离婚，他们的感情早就淡了，短裤只是触发这一切的理由。我们也一样，船只是理由。也许我们都心知肚明那里什么也找不到。不过是想拿一次冒险作为僵死的感情的祭品，以便在七老八十的时候以为我们好歹也有点儿过人的故事。

第二天，我接到我女朋友的同事打来的电话，她高叫着："谢天谢地，总算找到个人。她人去哪儿了？"

我们约在她办公室楼下的咖啡厅，她抱着一个不大的纸箱子进来，里面是我女朋友留在办公室的东西，包括面部喷雾、一瓶手霜、一把梳子、三支笔、一个本、一个颈枕，只有这些。"就这些了。你看，她特爱在办公室睡觉。"她的同事说着，"你都拿走吧。我们老板脾气很大，她这么长时间不来，这个岗位肯定留不住。你让她赶紧来办离职。"她忽然笑着问，"她是不是怀孕了？我肯定她怀孕了。"

不知道我的表情应该看起来像知道这事还是映出我内心的惊诧，我的迟疑已经被她看在眼里。

"你还不知道？"她想着，小手指在桌上跳动，"好几个月了。她孕吐挺厉害的，我们都在厕所听见过，她整天无精打采的。"

所以她在离开家之前总是吐……可她在路上并没……我想起她一路上几次从加油站卫生间走出来的样子，她在抹嘴，我以为是因为女厕所不怎么干净。

"我本来以为你们会结婚的。毕竟好了那么久。"

汉语真神奇，"好"和"耗"听上去那么像。"她说过我什么吗？"我问。

"那倒没说什么。只是偶尔提到一次你的公司，所以我才这么找到你的手机号。她对私事嘴挺严的。"她眼神闪烁，在逃避什么，拍了拍我的手背，"你们应该见见面，好好谈谈。我觉得你不是她说的那种人，你得让她知道你比她想得靠谱。你也知道，女人嘛，都不太有安全感，好多小事儿在我们这儿会看得挺重……有时候一些小屁事儿，我们就会给人定性。比如，有一天早上我跟我老公说，你下班回来给我买一副洗碗手套，就是超市里那种，长的、粉色的，上面有小颗粒可以增大摩擦方便抓住碗的……你不知道就算了……重点是，他下班之后给忘了。我们俩那天晚上大吵一架，我跟他说你不重视我，你不爱我……我不是为了秀恩爱……当时打得挺严重的，椅子倒了，盘子摔了，孩子哇哇哭，真是鸡飞狗跳啊……事后我知道我是挺没意思的，又道歉又哄又……算了，你不用知道。我就是说，女人……挺敏感的，挺容易放大的。有的事，你是男人，你许诺了你得做，不能老拖着，她不说，在心里盼着呢等着呢。有一天，她回过头来会感到自己信错了人。她会把错怪到自己头上。你也知道，她那种人，看起来挺开朗的，其实不太爱说话，显得对人爱答不理似的，关键是不懂表达自己的需求。有时候你盼着你就得说啊，不然别人怎么知道该怎么办呢？你说是不是？"她又拍拍我，作为结尾。"我不跟你聊了，我得回去了。你找找她，跟她谈谈，最好是跟她结婚。你们也不小了，又有了孩子……"她看了我一眼，"闹心的话我就不多说了。

你自己琢磨吧。"

我以为我会感到愧疚，为没有观察出那些细小的情绪愧疚。她已经尝试在生活中留给我足够的线索让我发现我们之间的秘密，让我能够进一步满足她想要确定地共同生活的愿望。可我没有发现。比这更糟，我并没有观察。可我不愧疚，反而恼火，一种对沟通不足的恼火，被人试探的恼火，被一个喋喋不休、自以为是的人烦着了的恼火。但这已经毫无意义了。

我翻着女朋友留在盒子里的那个本子，她在日程本上我们做爱的日子下面做了标记，一点儿不难认——"ML"，很有规律，三周、三周、三周，跳过来例假的一周变成第四周做爱。在最近的九个月里，她在某些日子下面写上了"LOL"，我猜是大笑的意思，可惜只有三次。其中一次是她生日，我送给她一只小狗，那只小狗在打预防针之后死了……我们守了它整晚，它一直发出轻微的呜咽，我们什么也做不了，只能呆坐着。早上我们从昏睡中醒来，以为会像医生说的那样——"熬过这一夜就好了"，它早就变得冰凉、僵硬，我们竟然睡了好几个小时……那天她非常伤心，对我说："我们不可能是好父母。"我说："你胡说八道，这根本是两回事。"我很清楚，说什么都没用，没想到对着她，我倒竟然呜呜呜地哭起来，因为心里也同意她这个结论。

我们没有未来。

我在北京租了一辆车，一路开过去，在出省城之前的最后一个加油站加满了油，在车没油之前，我已经开过了七十八户到了基地。有辆车跟着我，这次是宾利。我把车开到距离通向树林的出口最近的地方，拿出后备厢里的塑料汽油桶。墙边还立着上次那块波形板，把它扯开之后，里面是完整无缺的一面墙，他们甚至精细地进行了表面做旧，一切看起来如此自然，新旧墙体没有任何缝隙，不着一丝痕迹。我听见宾利车门关闭的声音，有人从里面出来，向我跑过来，我把自己的帽衫脱下来，塞紧汽油桶的桶口，把帽衫的帽子留在外面，用打火机点燃帽子的带子，把整个小汽油桶扔过了墙去。我以为会有燃烧、爆炸、巨响。只有我被两个穿着防护服的人按倒的声音，我听见自己的肋骨触地，发出咔咔的声响。另外一个人，站在旁边对着步话机说："把喷淋打开，对，就是 B75 区域。"我听见墙那边传来喷水声，闻见了一种胶皮、塑料被烧着的混合气味。

我第一次坐在宾利车里，坐在后排，旁边各有一个穿防护服的家伙。他们百无聊赖地看着外面。刚才用步话机的那人正在开车，他问："你为什么想要点火？"

"卫星会标记热源。别人就会知道这儿有个基地。"

"你不想想之前和基地签的协议？那不是儿戏……等等，你别告诉我你不知道那些树都是假的。"

它们什么时候变成假的了……

"这里长树很困难，更别说长那么大的树了。"他漫不经心地说，"一直都是假的。为了掩护基地规模。你不用搞这种事就能标记，Google Earth 上就有。只是名字按照国际通行的原则隐去了，看起来像个废掉的空小区。"他换成闲聊的口气，"你是来找媛媛的么？"

听他叫我女朋友的名字叫得这么亲昵，我从后座蹿起来卡住他的脖子，隔着防护服我根本没法掐紧双手，我左右的人立刻过来拉住我的胳膊。车子晃了两下又找到了正常的方向感。本该被我掐死的人在防护服里哈哈大笑。我知道他就是我们之前在七十八户加油站遇到的人。他爽朗的笑声让我心如刀绞。这是完胜者对完败者的炫耀的笑。这不仅是一个雄性动物抢夺、霸占了一个雌性之后的扬扬得意，他证明了他拥有全面的吸引力。

"你不会对她好的，你这个混蛋！！"我又爬上他的车座试图把防护服打开。

这一次，车都没打晃。

我又在上次那个小楼的同一个房间里被关了三天。这中间我强烈要求见我女朋友，她并没有出现，我对着监控说，我要问清楚孩子的事，无论她想怎样，都需要一个有说服力的解释。没有解释出现。我甚至翻了每顿饭的每一个米粒，想找到某种暗号、字条，没有，什么都没有。我对着摄像头说了许多蠢话，下跪忏悔、希望得到谅解、承诺未来、向她求婚，没得到任何反馈。

他们重复着上次的做法把我送到省城，看着我离开。他们说到了北京会有人联系我，我会收到一张通知书，需要到指定地点去接受质询，看怎么处理。

我问他们，我是不是会被关在某个地方一辈子？

他们面面相觑，没有回答。

我问他们，我女朋友会怎么样？

他们中的一个告诉我："她会过得很好，现在她是我们的一员。"言下之意是，我在某个圈外。

"怎么才能变成你们呢？"我问。

他们没有回答。

下了火车，我先回到自己住的小区。从进小区开始，那些平常跟我并没有什么关系的邻居都用一种同情的表情看着我。走到楼下，我抬头一看，那个本来挂着圆点窗帘的窗口已经被火烧成了煤黑色。走到楼道里，我家的铁门歪在一边。进去走了一圈，我没发现有任何能保留下来的东西，甚至那些女朋友塞进衣柜深处的不用的旧包都被烧得里外焦黑。我莫名其妙地非常平静，好像事情就该如此。她已经成了他们中的一个，成了知道秘密、守护秘密的人，果然比我这样一知半解的人要高端许多。她将获得我不可能拥有的安全感。而我甚至都没有进入那条线之内的资格。圈里的人也向我证明了，不需要把我关在什么特殊的地方，我早已经被关起来了。

回到父母家，他们并没问我为什么回来。我妈说，你去洗个澡，看着很晦气。

吃完晚饭，我终于忍不住问一边抽烟一边看着《参考消息》的父亲："815为什么叫815？"我以为他不会回答，或者说没什么意思，只是代号。没想到他说："当时外国专家给定的名，'Boat in Woods'。"

2015－09－30

文
景

Horizon

社 科 新 知　文 艺 新 潮

请勿离开车祸现场

叶扬 著

出 品 人：姚映然
责任编辑：李 琬
封扉设计：马仕睿
营销编辑：杨 朗
美术编辑：陈 阳

出　　品：北京世纪文景文化传播有限责任公司
　　　　　（北京朝阳区东土城路8号林达大厦A座4A　100013）
出版发行：上海人民出版社
印　　刷：山东临沂新华印刷物流集团
制　　作：北京大观世纪文化传媒有限公司

开 本：890mm×1240mm　1/32
印 张：9.75　　字 数：188,000　　插 页：2
2019年6月第1版　　2019年6月第1次印刷
定 价：42.00元
ISBN：978-7-208-15779-8 / I·1814

图书在版编目（CIP）数据

请勿离开车祸现场 / 叶扬著. —上海：上海人民
出版社，2019
ISBN 978-7-208-15779-8

I.①请… II.①叶… III.①小说集–中国–当代
IV.①I247

中国版本图书馆CIP数据核字（2019）第050652号

本书如有印装错误，请致电本社更换　010-52187586